Stella Cornelius-Koch

Wellengesang

Stella Cornelius-Koch

Wellengesang

Drei Freundinnen in Heiligenhafen

Roman

Edition Forsbach

Bibliografische Information der Deutschen Nationalbibliothek:
Die Deutsche Nationalbibliothek verzeichnet diese Publikation in der Deutschen Nationalbibliografie; detaillierte bibliografische Daten sind im Internet über http://dnb.d-nb.de abrufbar.

Edition Forsbach
Leben ist Mee(h)r

http://www.edition-forsbach.de
ISBN: 978-3-943134-48-3
Dieses Buch ist auch als E-Book erhältlich

Lektorat: Sylvia Ehrich

Printed in Germany

Für die beste Mama von allen

Eins

Sina fühlte sich, als wäre sie gerade von einem Zug überrollt worden. Vor ein paar Minuten war ihre (ziemlich) perfekte Welt noch in Ordnung. Jetzt saß sie da, starrte auf das halbleere Rotweinglas in ihrer Hand und wischte gedankenverloren den Abdruck vom Rand, den ihr Lipgloss hinterlassen hatte.

Hatte sie das alles gerade nur geträumt? Ausgerechnet sie – sitzengelassen von Alex. Dem Alex, mit dem sie die letzten fünf Jahre zusammen war und von dem sie sich eigentlich nie trennen wollte. Was ein paar Worte doch alles anrichten konnten, dachte Sina. Gerade ihr, einem Werbe- und Textprofi, war das Gespräch völlig entglitten …

Sie war mit Alex, wie schon so oft, bei ihrem Lieblingsitaliener gewesen. Es sollte ein harmonischer Abend werden. Das war es auch, bis plötzlich alles im Chaos endete. Sina war gerade dabei, sich mit der Gabel etwas Penne mit Ruccola-Tomatensoße in den Mund zu schieben, als Alex plötzlich ein kleines Kästchen aus seiner Jackentasche zog und vor ihr auf den Tisch legte. Sina hielt inne – ihre Gabel noch in der Luft – und starrte auf das dunkelblaue Kästchen mit der roten Schleife vor ihr.

„Na, nun mach' schon auf“, sagte Alex. Seine dunklen Augen blitzten sie erwartungsvoll an.

Zögerlich begann Sina, die Schleife zu lösen. Als sie die Schachtel aufgemacht hatte und sah, was sich darin befand, brauchte sie einen Moment, um sich zu sammeln. „Oh Alex, der Ring ist wunderschön. Aber was soll ..."

„Sina", unterbrach Alex sie, während er ihre Hand nahm. „Wir sind nun schon fast fünf Jahre zusammen – quasi eine Ewigkeit. In dieser Zeit sind wir durch Höhen und Tiefen gegangen. Aber ich liebe dich wie am ersten Tag – nein, mehr noch. Ich möchte gerne mein ganzes Leben mit dir teilen. Sag', willst du mich heiraten?"

Sina antwortete nicht, sondern wandte ihren Blick zu der Familie am Nachbartisch, die sich fröhlich zuprostete. Sie überlegte angestrengt, was sie sagen könnte. Alles in ihrem Inneren schien plötzlich in Aufruhr zu sein. Sie spürte förmlich, wie sich ihr Magen verkrampfte. Sina atmete ein paar Mal tief ein und aus, um sich zu sammeln, bevor sie Alex wieder anblickte. „Alex, du weißt, dass ich dich ebenfalls liebe. Doch eine Heirat ... Ich meine, für immer? So etwas will gut überlegt sein. Findest du nicht, dass wir dafür später immer noch Zeit haben? Es ist doch alles gut so, wie es ist."

„Sina!" Alex kam mit seinem Kopf näher an Sina heran, sodass sie sein Aftershave deutlich riechen konnte, und sah ihr fest in die Augen. „Ich dachte, zwischen uns ist alles klar. Alle rechnen damit, dass wir endlich heiraten – insbesondere meine Eltern. Du weißt doch, dass sie in Kürze die Maschinenbaufirma an mich übergeben und sich zur Ruhe setzen wollen."

„Ach." Sina nahm ihre Serviette vom Schoß und warf sie auf den Tisch. „Und als neuer Geschäftsführer der ‚Seiler GmbH' fehlt dir noch eine Ehefrau? Ich glaub' es einfach nicht, dass du mich für deine Karriere benutzen willst." Auf Sinas Hals und Dekolleté wurden plötzlich rote Flecken sichtbar.

„Ich benutze dich doch gar nicht."

„Doch, das tust du, Alex. Wenn du mich wirklich liebst, können wir auch noch in zwei oder drei Jahren heiraten. Ich brauche einfach noch etwas Zeit."

„Zeit, Zeit, immer sagst du, du brauchst noch Zeit. Weißt du, was ich glaube, Sina? Du hast Angst, Verantwortung für dein Leben zu übernehmen."

„Habe ich nicht", entgegnete Sina verletzt.

„Hast du doch. Immer, wenn es um wichtige Entscheidungen in deinem Leben geht, schiebst du sie endlos vor dir her. Doch damit, mein Schatz", Alex zeigte mit dem rechten Zeigefinger in ihre Richtung, „läufst du nur vor dir selbst davon."

Alex sprang auf, sodass sein Stuhl mit einem Satz nach hinten rutschte und die Vase auf dem Tisch bedenklich wackelte. „Weißt du was? Lass' es mich einfach wissen, wenn du dich entschieden hast. Aber warte nicht zu lange." Alex winkte die Bedienung herbei. „Machen Sie mir bitte die Rechnung fertig? Ich zahle sie dann gleich am Tresen." Wortlos blickte Alex Sina noch einmal an, während er seine schwarze Lederjacke von der Stuhllehne nahm, sich umdrehte und einfach ging.

Sina seufzte. Was hätte sie nur tun sollen? Alex' Antrag annehmen, damit er endlich Ruhe gab? Aber das konnte sie einfach nicht. Wie denn auch? Jede Frau wünscht sich doch eine Heirat aus Liebe und nicht, weil es gerade so gut in die Karriere passt. Da braucht man doch gar nicht erst zu heiraten. Sina nahm die rote Rose aus der Vase und begann, die Blütenblätter einzeln abzuzupfen.

Und was hatte Alex gesagt: Sie schiebe wichtige Entscheidungen immer vor sich her? Das stimmte doch gar nicht! Sie wollte nur absolut sicher sein, dass sie das Richtige tat. Doch war es wirklich das Richtige, Alex zu heiraten – unter diesen Umständen? Sie war sich nicht mehr sicher.

„Signorina Bergheim, darf ich Ihnen noch etwas bringen?"

Sina erschrak, weil sie den Kellner neben ihr nicht bemerkt hatte. „Was? Oh, entschuldigen Sie. Nein, Carlo, nur die Rechnung."

„Die hat Signore Seiler schon beglichen."

„Ach ja, stimmt. Dann gehe ich jetzt mal."

„Einen schönen Abend noch, Signorina Bergheim."

„Danke." Müde stand Sina auf und schlüpfte in ihre helle Lederjacke, in die der Kellner ihr half.

„Und wenn ich mir die Bemerkung erlauben darf: l'Amore ist manchmal schwer. Aber meistens renkt sich alles wieder ein."

Sina drehte sich zu Carlo um und rang sich ein gequältes Lächeln ab.

„Danke, sehr lieb von Ihnen."

„Buona notte."

„Buona notte, Carlo."

In der Nacht schlief Sina schlecht – so schlecht, dass sie gar nicht erst hätte ins Bett zu gehen brauchen. Morgens gegen fünf fiel sie schließlich in einen unruhigen Schlaf. Als Sina ihre Augen öffnete, brauchte sie eine ganze Weile, um sich an die Helligkeit zu gewöhnen. Noch schlaftrunken tastete sie mit ihrer linken Hand zum Wecker auf dem Nachttisch und strich sich mit der rechten Hand ein paar blonde Haarsträhnen aus der Stirn, um die Uhrzeit besser erkennen zu können.

„Was, schon zehn nach neun? Warum hast du Mistding denn nicht rechtzeitig geklingelt?"

Sina schüttelte verzweifelt den Wecker, während sie sich aufrichtete, ihre Beine vor das Bett setzte und mit ihren Füßen nach ihren Hausschuhen tastete.

Kaum war sie aufgestanden, musste sie sich am Bettpfosten festhalten, da ihr schwindelig wurde. Sina beschloss, ganz langsam ins Bad zu gehen.

Als Sina das Bad nach scheinbar endlosen Sekunden erreichte, verspürte sie den dringenden Wunsch nach einer ausgiebigen Dusche. Sie streifte ihr teures Seidennachthemd ab, stieg in die Dusche und drehte das Wasser auf.

Oh, wie gut das tat! Sina spürte, wie ihre Lebensgeister nach und nach wieder erwachten und ihr Kreislauf sich immer mehr stabilisierte. Während ihr das warme Wasser über Kopf und Oberkörper rann, wurde ihr langsam bewusst, was gestern Abend passiert war.

Sie hatte noch nie viel geheult. Doch jetzt liefen ihr die Tränen nur so über die Wangen und vermischten sich mit dem warmen Wasser auf ihrer Haut. Es dauerte einen Moment, bis sie sich wieder im Griff hatte.

Okay, sie hatte definitiv verschlafen. Inzwischen war es fast halb zehn. Um zehn Uhr sollte sie die Präsentation für die Firma „Pro Tags GmbH" halten. Das heißt, sie hatte noch eine halbe Stunde Zeit. Das würde sie auf keinen Fall mehr schaffen und – um ehrlich zu sein – sie wollte es in ihrer momentanen Verfassung auch gar nicht. Also musste sie sich etwas einfallen lassen.

Sina stellte das Wasser ab, nahm sich ein Handtuch, wickelte es um ihren Körper, stieg aus der Dusche und ging in die Diele zum Telefon.

„Werbeagentur Wieland, Sie sprechen mit Beate Reimann."

„Hallo Bea, hier ist Sina. Du, ich weiß, es ist äußerst unpassend, aber ich kann heute nicht kommen. Ähm, ich habe mir anscheinend so einen blöden grippalen Infekt eingefangen. Du weißt schon, mit Halsweh, Schnupfen und Husten. Und Fieber habe ich auch. Kannst du meine Präsentation um zehn Uhr ausnahmsweise übernehmen? Du kennst den Kunden doch auch. Die Unterlagen liegen alle auf meinem Schreibtisch."

„Oh, du Ärmste. Du hörst dich auch ganz verschnupft an. Kurier' dich erst einmal aus. Ich sag' unserem Chef Bescheid. Keine Sorge, ich mach' das schon."

„Danke dir, Bea, du bist ein Schatz. Ich denke, am Montag bin ich wieder fit."

Sina legte auf und bekam sofort ein schlechtes Gewissen. Himmel, was hatte sie getan? Bea so schamlos anzulügen, obwohl sie mit ihrer Kollegin befreundet war. Von wegen verschnupft. Sie hatte bestimmt deshalb so nasal geklungen, weil sie vollkommen verheult war. Aber das konnte sie ihr einfach nicht sagen – noch nicht.

Sina ging in die Küche, holte die Kaffeedose aus einem der Oberschränke und überlegte angestrengt. Sie musste definitiv raus aus ihrer Wohnung. Hier zu Hause würde sie nur verrückt werden. Da in der Agentur ohnehin nur ihre Handynummer bekannt war, ging sie kein besonders großes Risiko ein, nicht zu Hause zu sein, wenn jemand anrief.

Und Alex? Der würde nach dem Streit gestern Abend garantiert nicht so schnell anrufen. Da heute Freitag war, könnte sie doch vielleicht auch gleich über das ganze Wochenende wegfahren – am besten ans Meer. Plötzlich huschte ein Lächeln über ihr Gesicht. Denn sie wusste jetzt, wohin sie fahren würde.

Während das Kaffeewasser durch die Maschine gluckerte, ging Sina ins Schlafzimmer, zog die Tür ihres Kleiderschranks auf, holte ihre Reisetasche heraus, legte sie aufs Bett und begann zu packen.

„Oh nein, nicht schon wieder der Anlasser", stöhnte Sina, als sie den Kopf über den Motor ihres Karman Ghia neigte. Bis jetzt hatte alles so gut geklappt, sie war ganz ohne Stau aus Hamburg rausgekommen, obwohl es schon Mittag war, als sie endlich fertig gepackt hatte. Auch auf der A1 lief alles glatt. Doch jetzt stand sie hier – in einer Haltebucht auf der Landstraße und raufte sich die halblangen blondgesträhnten Haare. „Dass das auch gerade jetzt passieren musste." Sina war dabei, ihren Motor mit dem Hammer zu bearbeiten, als neben ihr ein grauer Kombi hielt.

„Moin moin, Deern. Kann ich dir irgendwie helfen?" Ein etwa 60-jähriger Mann mit Schiebermütze beugte sich durchs offene Beifahrerfenster zu ihr hinüber.

Sina musste lächeln. Schon lange hatte sie kein Mann mehr so einfach geduzt, sie war schließlich inzwischen 34 Jahre alt. Und bei ihren Kunden blieb es meist – bis auf wenige Ausnahmen – beim förmlichen „Sie". Sina wischte ihre schmutzigen Hände, die so gar nicht zu ihren lila lackierten Fingernägeln passen wollten, an einem Taschentuch ab. „Das ist sehr freundlich von Ihnen. Aber ich habe ja das hier." Sina nahm den Hammer aus dem Kofferraum und hielt ihn demonstrativ in die Höhe.

„Oh, ich will dir bestimmt nichts tun." Der Mann schien beim Anblick des Hammers einen Schreck bekommen zu haben, denn er zog unwillkürlich den Kopf zurück.

„Nein, nein, Sie verstehen mich falsch." Sina ließ den Hammer wieder sinken. „Ich will Sie damit nicht in die Flucht schlagen. Den Hammer brauche ich für den störrischen Anlasser. Das ist das Einzige, das hilft, um meine ‚Süße' wieder in Gang zu bringen."

„Na, du bist mir ja mal `ne plietsche Deern. Na, dann viel Erfolg mit der Holzhammermethode".

Der Fremde lächelte, winkte zum Abschied und fuhr davon.

Sina konnte sich ebenfalls ein Lächeln nicht verkneifen, obwohl ihr langsam wieder bewusst wurde, weshalb sie jetzt auf der Landstraße stand. Sie wollte weg von Alex – einfach weg an die See, um wieder einen klaren Kopf zu bekommen. Doch stattdessen stand sie jetzt hier im Nirgendwo und versuchte, ihren Wagen wieder flottzukriegen. Vor lauter Wut schlug Sina etwas stärker als gewollt auf den Anlasser.

„Na bitte, geht doch. Warum nicht gleich so?"

Zufrieden stellte Sina fest, dass der Motor wieder lief und sie ihre Fahrt wie geplant fortsetzen konnte.

Nach rund einer Stunde Fahrt ohne weitere Panne hatte Sina schließlich ihr Ziel erreicht: Heiligenhafen an der Ostsee – den Ort, in den sie in ihrer Kindheit mit ihren Eltern schon so oft in den Urlaub gefahren war.

Als sie das Ortseingangsschild passierte, kam es ihr vor wie früher, als sie noch eine glückliche Familie waren. Damals hatte sie begeistert mit ihrem Kescher nach Krebsen und kleinen Fischen im Meer gesucht und war gar nicht mehr aus dem Wasser herauszubekommen. Abends hatten sie und ihre Eltern dann Krabben gepult und gegessen, die sie fangfrisch am Hafen gekauft hatten.

Nichts schien das Familienglück zu trüben. Ihre Eltern hatten miteinander gelacht und gescherzt und kamen ihr glücklich vor. Doch irgendwann hatten sie angefangen, sich zu verändern. Sina musste da etwa zehn Jahre alt gewesen sein.

Wie sie später erfuhr, hatte ihre Mutter zu diesem Zeitpunkt eine Fehlgeburt erlitten. Seitdem zog sie sich immer mehr von ihr und ihrem Vater zurück.

Ihr Vater hatte damals alles versucht, um seine Frau wieder aufzumuntern. Er brachte ihr Blumen mit, lud sie ins Theater ein, machte ihr Komplimente – doch vergeblich. Irgendwann konnte Gunnar Bergheim die Abweisung seiner Frau nicht mehr ertragen, packte seine Koffer und ging. Obwohl er seine Tochter über alles liebte, glaubte er, damit das einzig Richtige zu tun.

Er lebte in Australien, wo er inzwischen in der Nähe von Sydney eine Farm besaß. Er schickte Sina häufig Geschenke (zuletzt ein Didgeridoo) und rief sie regelmäßig an. Einmal im Jahr kam er nach Hamburg, um Sina zu besuchen. Obwohl sie sich beide über das Wiedersehen immer sehr freuten, merkte Sina, dass ihr Vater sich in Deutschland nicht mehr wohlfühlte und Australien längst seine neue Heimat geworden war.

Und ihre Mutter Sonnhild? Nun, sie hatte drei Jahre nach der Trennung wieder geheiratet. Eine gute Partie, wie sie stets betonte. Ihr neuer Mann war Geschäftsführer einer Import- und Exportfirma in Hamburg. Da ihre Mutter nicht arbeiten musste, investierte sie all ihre Liebe und Zeit in karikative Zwecke und engagierte sich für Waisenkinder.

Trotz der räumlichen Nähe war das Verhältnis zu ihrer Mutter nicht so eng wie das zu ihrem Vater. Sie hörten und sahen sich häufiger, doch ihre Gespräche verliefen oberflächlich, so als wollte ihre Mutter Sina keinen Einblick in ihr Gefühlsleben gewähren.

Was war in den Jahren nur geschehen? Die Ehe ihrer Eltern war gescheitert; und jetzt drohte ihrer Beziehung mit Alex ebenfalls das Aus, dachte Sina. Sie bog gerade auf den Parkplatz am Ferienpark ein, um die Appartementvermittlung aufzusuchen.

„Mist, zu!" Sina rüttelte an der Tür. Dann fiel ihr Blick auf das Schild mit den Öffnungszeiten: „Geöffnet Mo bis Fr v. 9-12 und 15-18 Uhr." Jetzt war es erst zwanzig nach zwei. Was sollte Sina bis drei Uhr nur tun? Hunger hatte sie keinen. Doch für einen kleinen Spaziergang am Strand würde es in jedem Fall zeitlich reichen. Weit war es ja nicht. Nur etwa 300 Meter durch den Ferienpark.

Mit jedem Schritt, den Sina dem Wasser näher kam, stieg ihr der würzige Duft der Ostsee mehr in die Nase. Bald konnte sie auch die Brandung hören – diesen wiederkehrenden Rhythmus der Wellen, der schon als Kind belebend und beruhigend zugleich auf sie gewirkt hatte.

Sina konnte nicht anders. Sie bückte sich, um ihre Pumps und Nylonkniestrümpfe auszuziehen. Obwohl es für Anfang Mai noch recht frisch war, genoss sie es, den kühlen feuchten Sand zwischen ihren Zehen zu spüren. Alex hin oder her: Sina spürte schon jetzt, dass ihr dieses Wochenende allein guttun würde. Und irgendwie hatte sie das Gefühl, dass sich von nun an ihr Leben verändern würde.

Zwei

Zu den wenigen Dingen, die Louise aus der Ruhe bringen konnten, gehörte Unpünktlichkeit. Und so ging sie ungeduldig vor ihrem Haus auf und ab, während sie auf das bestellte Taxi wartete.

„Siggi, da sind Sie ja endlich! Ich wollte gerade in der Taxizentrale anrufen und fragen, wo Sie bleiben. Ich hatte Ihnen doch in der letzten Woche gesagt, dass ich um 12 Uhr in Heiligenhafen sein muss. Meinen Sie, wir schaffen das noch?"

Louise war im Begriff, einen ihrer insgesamt vier schweren Koffer zum Auto zu tragen, die am Straßenrand standen, als Siggi ihr entgegeneilte und ihr den Koffer abnahm.

„Es tut mir wirklich sehr leid, Frau Mertens", antwortete Siegfried Schmidt, als er den Kofferraumdeckel seines Mercedes Kombi öffnete und das Gepäck darin verstaute.

„Auf dem Rennstieg hat es einen Unfall gegeben. Ich stand dort mindestens 20 Minuten im Stau und habe noch versucht, Sie telefonisch zu erreichen, aber da waren Sie wahrscheinlich schon hier draußen. Aber keine Sorge, Frau Mertens, von Lübeck bis nach Heiligenhafen sind es höchstens 70 Kilometer. Das müssten wir locker in einer Stunde schaffen."

„Wenn Sie das sagen, Siggi. Na, dann lassen Sie uns mal loskommen."

Immer, wenn Siggi mit Louise unterwegs war, entwickelte sich schnell ein lockeres Gespräch zwischen ihnen. Obwohl

Louise mit ihren 63 Jahren knapp 20 Jahre älter war als der Taxifahrer, verstanden die beiden sich prächtig. Kein Wunder: Seit dem Tod ihres Mannes vor rund zwei Jahren hatte Siggi seine Kundin, die selbst keinen Führerschein besaß, schon oft gefahren – sei es zum Arzt, zu Freundinnen oder wie jetzt in den Urlaub.

Siggi bewunderte die ältere Dame; denn im Gegensatz zu seiner eigenen Mutter und anderen Frauen ihres Alters trug Louise keine „Seniorenkleidung“ in gedeckten Farben, sondern war stets modisch und elegant gekleidet. Ihre kurzen graublonden Haare hatte Louise je nach Anlass locker und leger aus dem Gesicht gekämmt oder sorgfältig zu einer eleganten Frisur geföhnt. Ihr Gesicht zierte ein dezentes Make-up, das ihre grünen Augen zum Strahlen brachte. Und wenn Louise lachte, wurden rund um die Augen und den Mund feine Fältchen sichtbar, die darauf hindeuteten, dass sie in ihrem Leben schon einiges durchgemacht hatte, aber trotz allem ein fröhlicher Mensch geblieben war.

Doch es war nicht nur die äußere Erscheinung, die Siggi faszinierte. Von der Zeit unmittelbar nach dem Tod ihres Mannes einmal abgesehen, wirkte Louise auf ihn stets gut gelaunt, gelassen und souverän.

Als sich Siggis Frau vor anderthalb Jahren von ihm getrennt und er zu allem Überfluss kurz darauf noch seinen gut bezahlten Job als Computerspezialist verloren hatte, war sein Selbstbewusstsein auf den Nullpunkt gesunken. In dieser Zeit war es vor allem der Zuspruch Louises, der Siggi nicht völlig verzweifeln ließ.

„Siggi“, hatte sie zu ihm gesagt, „verkaufen Sie sich nicht als Pfannkuchen, sonst werden Sie als Pfannkuchen gefressen“, woraufhin Siggi zum ersten Mal nach vielen Wochen der Traurigkeit wieder lächeln konnte.

Louise ließ ihren Blick über die leuchtend gelbblühenden Rapsfelder links und rechts neben der Landstraße schweifen, die sich wunderbar vom satten Blau des Himmels abhoben. „Wie oft haben Carl und ich uns über den blühenden Raps gefreut, als wir hier entlanggefahren sind."

„Ja, wunderbar. Sie waren oft mit Ihrem Mann in Heiligenhafen im Urlaub, nicht wahr?"

„Sehr oft. Sechzehnmal, um genau zu sein."

„Muss komisch für Sie sein, nun zum ersten Mal alleine dort hinzufahren."

„Ja, irgendwie schon."

Louise begann, an den Knöpfen ihrer aprikotfarbenen Bluse zu spielen. „Ich hoffe, Sie halten mich jetzt nicht für verrückt. Aber ich glaube, dass Carls Geist mitreist und wir uns dort ganz besonders nahe sein werden.

Wir haben uns in Heiligenhafen schon von Anfang an so wohl gefühlt. Wir haben sogar überlegt, dort gemeinsam unseren Lebensabend zu verbringen, wenn Carl in den Ruhestand geht – am liebsten in dem Haus, das ich jetzt für drei Monate gemietet habe. Das stand nämlich bei unserem letzten gemeinsamen Urlaub gerade zum Verkauf. Aber da war Carl ja schon sehr krank ..."

„Dass Sie jetzt dort wohnen werden, hätte ihn bestimmt gefreut", versuchte Siggi Louise abzulenken, weil er merkte, dass dies gerade ein schwieriger Moment für seine Kundin war. „Und Sie haben sich ja auch eine schöne Zeit ausgesucht – von Mai bis Juli."

Louise wischte sich eine Träne aus dem rechten Auge und lächelte. „Wenn die Familien in den Schulferien mit ihren Kindern einfallen, bin ich wieder weg. So kann ich jetzt noch die Ruhe genießen."

„Das hört sich doch gut an."

„Ja, glauben Sie mir, Siggi, ich werde es genießen und nur das tun, wozu ich Lust habe. Ich habe ungefähr ein Dutzend Bücher mitgenommen. Was glauben Sie, warum der eine Koffer so schwer ist."

„Recht haben Sie. Sie haben sich wirklich einmal Erholung verdient."

Oh ja, dachte Louise. Erholung brauchte sie wirklich nach all den schlechten Nachrichten der vergangenen Wochen. Obwohl Louise Siggi voll vertraute und ihn fest in ihr Herz geschlossen hatte, gab es dennoch Dinge, über die sie mit ihm nicht sprechen wollte und konnte.

Und überhaupt: Warum sollte sie Siggi unnötig mit ihren Sorgen und Problemen belasten? Schließlich hatte er doch seit der Trennung von seiner Frau und dem Verlust seines Jobs alle Mühe, als Taxifahrer seinen Unterhaltsverpflichtungen nachzukommen. Viel Geld, da war sich Louise sicher, blieb Siggi nach Abzug aller Kosten nicht zum Leben. Da hatte sie es – zumindest materiell gesehen – doch bedeutend leichter.

Außerdem war sie bislang noch mit all ihren Problemen alleine zurechtgekommen. Selbst ihr Sohn Mark wusste nicht, was Louise in der letzten Zeit durchgemacht hatte. Ohnehin war ihr Verhältnis seit dem Tode Carls sehr schwierig geworden, was Louise, die ihren Sohn über alles liebte, zusätzlich schmerzte.

Doch Mark, der derzeit als Ingenieur in Südamerika arbeitete, konnte sie die neue Schreckensnachricht nicht auch noch zumuten.

Und vielleicht würde er auch gar nichts von ihr wissen wollen, gab er Louise doch indirekt die Schuld daran, dass sein Vater nicht mehr lebte. Dabei hatte Louise doch nur Carls letzten Wunsch auf ein würdevolles Sterben zu Hause erfüllt.

„Im Krankenhaus", hatte Carl damals zu ihr gesagt, „da sterben die Menschen doch nur. Zu Hause aber kann ich in Ruhe ins Jenseits reisen und mich von dir, mein Engel, verabschieden, ohne dass uns jemand dabei stört. Das ist doch viel schöner so."

Und das war es auch, obwohl es Louise fast das Herz zerrissen hätte, als ihr Mann ein für alle Mal die Augen schloss und sie ihn nicht mehr atmen hörte. Wie friedlich hatte Carl doch ausgesehen. Louise schien es fast so, als ob Carl ihr zulächelte. Dieses Bild hatte sie bis heute vor sich, wenn sie an ihren Mann dachte. Und sie hoffte inständig, dass Mark ebenfalls freundliche Gefühle empfand, wenn er sich an seinen Vater erinnerte. Schließlich hatte sie extra dafür gesorgt, dass Carl im Beerdigungsinstitut aufgebahrt wurde, wo sich Mark – nachdem er den nächsten Flug von Buenos Aires nach Hamburg genommen hatte – in Ruhe von seinem Vater verabschieden konnte.

Die Tatsache, dass Louise Carl nicht noch einmal ins Krankenhaus gebracht hatte, wo er vielleicht noch ein paar Stunden oder Tage gelebt hätte, trug er ihr – da war sie sich sicher – bis heute nach, auch wenn er es ihr nie direkt sagte. Dabei wollte Carl auf keinen Fall, dass sein Sohn ihn hilflos an Schläuchen und einer Herz-Lungen-Maschine angeschlossen sah. Er sollte seinen Vater als starken Mann in Erinnerung behalten. Und das war ihr gelungen, auch wenn sie nie vermutet hätte, dass Mark ihr Vorgehen nicht verstehen würde.

Louise seufzte leise, während sie die Realität wieder einholte. Siggi musste plötzlich abbremsen, weil vor ihnen ein Wohnwagengespann die nachfolgenden Fahrzeuge zum Langsamfahren zwang. Louise blickte auf das Navigationsgerät in der Mitte der Fahrzeugarmatur. Sollte nichts mehr dazwischenkommen, würden sie um zehn vor zwölf am Zielort ankommen.

Louise lehnte sich zurück, schloss die Augen und dachte an die vielen Male, die sie mit ihrem Mann nach Heiligenhafen gefahren war. Wie hatten sie doch die gemeinsamen Urlaube genossen. Zugegeben, nicht immer hatten sie mit dem Wetter das große Los gezogen. Doch selbst an Regentagen hatten sie nie Trübsal geblasen, sondern waren, in warme Pullis und Windjacken gehüllt, am Strand spazieren gegangen.

Anschließend hatten sie es sich bei einem Stück Kuchen und einer Tasse heißem Tee – entweder im Café oder in ihrer Ferienwohnung – gemütlich gemacht und ein Buch gelesen.

Als Mark noch jünger war, war er stets mit den Eltern in Urlaub gefahren. Allerdings hatten sie Heiligenhafen erst entdeckt, als ihr Sohn bereits das Teenageralter erreicht hatte.

Und da war es natürlich nur eine Frage der Zeit, bis er eigene Wege ging und lieber mit seinen Freunden nach Italien oder Frankreich zum Zelten fuhr, anstatt mit seinen Eltern „öde und uncoole" Ferien an der Ostsee zu verbringen. Aus diesem Grund hatten Louise und Carl ihren Urlaub in Heiligenhafen meist allein verbracht.

Als Eltern vermissten sie die Familienurlaube; ihnen war jedoch durchaus bewusst, dass ihr Sohn „flügge" geworden war und sie ihn loslassen mussten – gerade, um das gute Verhältnis zu ihm nicht zu belasten. Und im Gegensatz zu anderen lang verheirateten Ehepaaren fielen Louise und Carl nach dem Auszug ihres Kindes nicht in ein tiefes Loch, sondern genossen – vor allem nach Carls Pensionierung – die neu gewonnene Zeit zu zweit.

Dass ihr Mann nur knappe drei Jahre etwas von seinem Ruhestand haben sollte, hatte ihr gemeinsamer Plan für den Lebensabend nicht vorgesehen – im Gegenteil: Carl und Louise waren sich sicher, noch viele gemeinsame Jahre vor sich zu haben. Wie hatten sie sich schon darauf gefreut, nach Heiligenhafen umzuziehen. Dementsprechend hatten sie auch schon Immobilien-Anzeigen studiert.

Aber daraus wurde dann ja leider nichts mehr, weil ihnen Carls Speiseröhren- und Magenkrebs einen Strich durch die Rechnung gemacht hatte. Noch im letzten Jahr hatte es Louise nicht übers Herz gebracht, alleine nach Heiligenhafen zu reisen.

Doch jetzt war es an der Zeit, sich der Realität zu stellen. Warum sollte sie nicht in dem Haus wohnen, das Carl und sie so geliebt hatten? So schmerzlich die Erinnerung an die dort gemeinsam verbrachte Zeit war, so groß war auch die Hoffnung, dort ihrem geliebten Mann besonders nahe sein zu können und die richtige Antwort auf die Frage zu finden, die Louise derzeit nicht losließ.

Nachdem sie in die schmale Straße „Zum Graswarder“ eingebogen waren, sah sie es schließlich: das Haus, das für die nächsten drei Monate ihr Zuhause sein würde. Das Dach schien erst vor kurzem mit Reet neu gedeckt worden zu sein. Mit seiner weißen Fassade und den friesisch-blauen Fensterrahmen leuchtete das Ferienhaus in der Mittagssonne.

Und erst der Garten, dachte Louise, als sie ausstieg und die weiß gestrichene Holzpforte öffnete. Die Rosen blühten noch nicht, dafür war es noch viel zu früh. Doch gelbe Forsythien und der weiße und lilafarbene Flieder boten neben den zahlreichen roten Tulpen, gelben Narzissen und blauen Traubenhyazinthen ein farbenfrohes Bild. Wenn Louise Glück hatte, würde sie es auch noch während ihres Aufenthaltes erleben, dass ihre Lieblingsblumen, die Hortensien, anfingen zu blühen. Louise freute sich jetzt schon darauf, das mitzuerleben.

„Frau Mertens?“ Louise drehte sich um und sah einen sportlich aussehenden älteren Herrn um die 70 auf sich zukommen.

„Herzlich willkommen in Heiligenhafen.“ Lächelnd reichte ihr der Mann die Hand. „Mein Name ist Friedrich Petersen. Ich hoffe, Sie hatten eine angenehme Reise.“

„Guten Tag, Herr Petersen. Ja“, Louise deutete auf Siggi, „Herr Schmidt hat mich von Lübeck sicher hierher gebracht.“

Siggi war gerade dabei, das Gepäck aus dem Kofferraum zu holen und nickte Herrn Petersen kurz zu.

„Frau Mertens“, sagte er, als er sämtliche Gepäckstücke zur Tür gebracht hatte, „soll ich Ihre Koffer noch ins Haus tragen?“

„Danke, Siggi. Das schaffe ich schon. Sie müssen ja jetzt auch wieder los. Hier.“ Louise zog eine in goldenes Geschenkpapier verpackte flache Schachtel und einen Briefumschlag aus ihrer Tasche und gab beides dem Taxifahrer. „Hier ist das vereinbarte Geld für die Fahrt und noch etwas Süßes für den Rückweg. Dunkle Schokolade, die mögen Sie doch so gern.“

„Ach, Frau Mertens. Vielen Dank. Aber das sollen Sie doch nicht.“ Siggi, der dunkle Schokolade über alles liebte, dachte, dass die Rückfahrt nun nicht mehr ganz so öde sein würde, wie er befürchtet hatte.

„Ich weiß, aber ich mache es trotzdem.“ Louise legte Siggi in einer vertrauten Art die Hand auf die Schulter. „Kommen Sie gut wieder nach Hause. Bis zum 29. Juli.“

Louise winkte Siggi hinterher und wartete, bis das Taxi nicht mehr zu sehen war. Dann wandte sie sich Herrn Petersen zu. „Nun können wir den Papierkram erledigen.“

Wie erwartet, war es für Louise mit wehmütigen Erinnerungen verbunden, durch das Haus zu gehen, nachdem sie mit Herrn Petersen die Formalitäten erledigt und ihre Koffer ausgepackt hatte. Besonders schwierig war es, das Wohnzimmer im Erdgeschoss zu betreten, da sie Carl dort noch immer in „seinem“ geliebten Ohrensessel sitzen sah – die Lesebrille auf der Nase und eine Zeitung vor sich.

Es hatte zu ihrem täglichen Ritual gehört, dass Carl ihr die Glosse aus der Tageszeitung vorlas, während Louise ihm gegenüber auf dem Sofa saß. Dafür unterbrach sie gerne jederzeit das Lesen, auch wenn ihr Buch gerade noch so spannend war, denn: Carl konnte so wunderbar vorlesen. Er betonte jedes Wort stets richtig und unterstrich das Gesagte mit einer ausladenden Geste. Vor allem lustige Begebenheiten, wie zum Beispiel die Tücken der Technik im Alltag, wusste er mit seinem trockenen norddeutschen Humor bühnenreif vorzutragen. Meist kamen Louise dann die Tränen vor Lachen, und sie musste sich erst einmal ein Taschentuch holen, bevor sie weiterlesen konnte.

Louise seufzte, als sie das Wohnzimmer verließ und in das daneben gelegene Elternschlafzimmer ging. Auch hier hatten sie so manch traute Stunde verbracht. So hatten sie im Laufe der Jahre ein weiteres lieb gewonnenes Ritual entwickelt. Jeden Morgen nach dem Aufwachen lagen sie erst einmal einige Minuten eng aneinander gekuschelt da, bevor sie schließlich aufstanden.

„Den Morgen gemeinsam begrüßen“, hatte Louise dieses Ritual getauft. Und tatsächlich: Mit Carl in ihren Armen hatte der Tag fast immer gut begonnen. Das merkte sie vor allem dann, wenn Carl beruflich ein paar Tage zu einer Fortbildung musste oder sie selbst auf Modemessen war, um die neuesten Trends für ihre Damenboutique aufzuspüren.

Ja, sie vermisste ihn wirklich – vor allem jetzt, wo sie vor einer so wichtigen Entscheidung stand. Louise nahm ihre Handtasche, holte einen weißen Umschlag heraus und öffnete ihn. Das, was darin stand, hatte sie bestimmt schon hundertmal gelesen. Doch noch immer wusste sie nicht, was sie tun sollte. Sie hoffte inständig, dass sie hier in Heiligenhafen die Antwort finden würde.

Um sich etwas abzulenken, beschloss Louise, in den Garten zu gehen, um dort etwas Hand anzulegen. Herr Petersen hatte ihr zugesichert, dass sie sich nicht darum zu kümmern brauchte, weil die Hausverwaltung auch die Pflege des Gartens übernehmen würde. Doch Louise hatte darauf bestanden, sich während der Zeit ihres Aufenthalts zumindest um „alles Blühende" zu kümmern, weil sie dabei wunderbar entspannen konnte.

Drei

„Hast du dir das mit der Reise auch gut überlegt? Ich meine, du bist doch noch nie so eine lange Strecke alleine gefahren. Und dann vier Wochen an die Küste! Was machst du bloß, wenn es die ganze Zeit regnet? Glaubst du, dass du das durchhältst?"

Karin kniete vor ihrem Bett, unter dem sie eben einen leeren Koffer hervorgezogen hatte, und blickte hoch zu Ilka, wobei ihr die braunen langen Locken wirr um das Gesicht fielen.

„Ilka, ich muss einfach raus hier. Sieh' mich doch an."

Karin strich sich die Haare aus dem Gesicht und deutete mit beiden Händen auf ihr blasses Gesicht und die verquollenen Augen. „Ich sehe schon aus wie eine wandelnde Leiche. Ich brauche dringend einen Ortswechsel. Und außerdem soll Seeluft ja sehr gesund sein."

„Ja, aber ich meine, so ganz alleine. Was ist, wenn du mich brauchst und ich nicht da bin? Ich komm' mir vor, als ob ich dich im Stich lassen würde."

„Ilka, mach' dir deswegen keine Vorwürfe. Es ist doch nicht deine Schuld, dass dir dein Chef den Urlaub gestrichen hat. Und außerdem gibt es ja Telefone. Damit kann selbst ich umgehen."

„So habe ich es nicht gemeint. Ich weiß, dass du auch alleine klar kommst. Aber nachdem dich Dieter so schäbig behandelt hat. Dieses Schwein! Alleine, wenn ich an ihn und seine 25-jährige Tussi Angelika mit den Schlauchboot-Lippen denke, könnte mir schlecht werden."

„Schlauchboot-Lippen?" Karin wollte gerade einen hellgrünen Pullover in den Koffer legen, hielt aber inne.

„Ja, diese dicken, völlig unnatürlich wirkenden Lippen, die aussehen, als ob sie mit einer Luftpumpe aufgeblasen worden sind." Ilka schürzte ihre Lippen, um Karin zu verdeutlichen, was sie meinte. „Hoffentlich platzen die, wenn Dieter und sie sich küssen."

„Ach, Ilka." Karin schüttelte den Kopf und konnte sich ein Lachen nicht verkneifen, obwohl der Gedanke an Dieters Untreue alles andere als angenehm für sie war.

Zuletzt hatten sich die Hinweise darauf verdichtet, dass ihr Mann sie betrog. So waren er und seine junge Freundin unter anderem von einer gemeinsamen Bekannten dabei gesehen worden, wie sie eng umschlungen am Kölner Rheinufer entlangspazierten. Als Dieter ihr schließlich die Affäre gestanden hatte, war das für Karin dennoch wie ein Schlag ins Gesicht. Vor allem deshalb, weil er ihr ein paar Tage vorher beim gemeinsamen Abendessen noch beteuert hatte, wie froh er sei, mit Karin verheiratet zu sein.

Ja, dachte Karin, froh darüber, dass sie eine naive Ehefrau war, die er so leicht betrügen konnte. Dabei waren sie mal so glücklich gewesen. Karin und Dieter hatten sich an der Universität Bonn kennengelernt, wo Karin Ernährungswissenschaft und Dieter Architektur studierte. Noch mitten im Examen war Karin schwanger geworden. Nach ein paar Monaten hatten sie dann geheiratet; weitere drei Monate später kam Sophie auf die Welt.

Dieter, der ebenfalls gerade seinen Abschluss gemacht hatte, fand schnell eine Stelle in einem Architektenbüro, während sich Karin – für sie selbstverständlich – um Kind und

Haushalt kümmerte. Ursprünglich wollte sie später mal als selbständige Ernährungsberaterin arbeiten, doch auch nachdem ihre Tochter in der Schule war, hatte sie nie ernsthaft das Bedürfnis, berufstätig zu sein. Es erschien ihr genug, ihr Ernährungswissen zum Wohle ihrer Familie und Freunde einzusetzen.

Erst als Sophie vor einem Jahr auszog, um in England zu studieren (Architektur, wie ihr Vater), hatte Karin zunehmend das Gefühl, dass ihr doch etwas fehlte.

Nachdem Karin ihrer Tochter berichtet hatte, dass ihr Vater eine Freundin hatte, die mit ihren 25 Jahren gerade mal fünf Jahre älter war als sie selbst und ebenfalls studierte, war sie entsetzt. „Ich rede mit Papa kein Wort mehr“, hatte sie gesagt, als sie vor drei Wochen über das Wochenende aus London gekommen war, um ihrer Mutter seelischen Beistand zu leisten. „Was bildet der sich überhaupt ein? Glaubt er, er ist George Clooney, der alle Frauen einfach so um den Finger wickeln kann? Oh, Mami, das ist so gemein und blöd von ihm!“

Leider konnte Sophie nicht noch länger bleiben, da sie in der folgenden Woche zwei wichtige Klausuren schreiben musste. Die Tatsache, dass ihre Tochter nun wieder weit weg war, war auch einer der Gründe dafür, warum Karin dringend einen Ortswechsel brauchte. Ohne Sophie war es so still und leer in der Wohnung. Dann doch lieber eine Zeit lang in einem fremden Haus an der Ostsee sitzen, das sie nicht kannte. Das Ferienhaus war eigentlich viel zu groß für sie alleine, doch ihre Freundin Ilka konnte ja leider nicht, wie geplant, mitkommen.

„So, ich glaube, ich habe alles“, sagte Karin schließlich, als sie den Reißverschluss der letzten Tasche zuzog und diese zur Treppe an die Haustür stellte. „Wie gesagt, die Blumen brauchst du eigentlich nur alle drei Tage zu gießen. Den Briefkastenschlüssel hatte ich dir ja schon gegeben und ..."

„Ja, Karin, ich weiß." Ilka legte Karin die Hand auf die Schulter und schob sie durch die Tür.

„Nun mach' aber zu, dass du loskommst. Schließlich hast du noch eine lange Fahrt vor dir."

„Du hast recht." Karin blickte auf ihre Uhr. „Ich sollte jetzt wirklich losfahren. Wer weiß, wie viel Verkehr auf der Autobahn ist."

„Fahr' in jedem Fall vorsichtig und sorg' dafür, dass du regelmäßig Pausen machst. Und ruf' an, sobald du da bist."

„Ja, mach' ich." Karin und Ilka umarmten sich.

„Und du komm' nach, sobald du hier weg kannst."

Karin war müde, aber stolz, die 550 Kilometer von Köln bis nach Heiligenhafen alleine und ohne Pannen geschafft zu haben. Zwischendurch hatte sie auf einem Rastplatz Pause gemacht und dabei zwei Scheiben ihres noch am frühen Morgen selbstgebackenen Vollkornbrotes gegessen und dazu Grünen Tee getrunken, der – wie sie als Ernährungswissenschaftlerin wusste – eine sanfte, aber lang anregende Wirkung hatte.

Was Karin besonders freute: Sie hatte bei ihrem letzten Stopp richtig getankt! Wie oft hatte Dieter sich über sie lustig gemacht, nur weil sie einmal beinahe versehentlich „Super" statt „Diesel" getankt hatte. Seitdem achtete Karin peinlichst genau darauf, die richtige Tanksäule anzufahren. Das gelang ihr auch diesmal. Nur einmal war Karin, etwa 20 Kilometer vor ihrem Ziel, in einem Verkehrskreisel zu früh abgebogen. Das hatte sie jedoch schnell gemerkt und den Wagen vor einem Supermarkt wieder gewendet.

Als sie den Ort Heiligenhafen erreicht hatte, hielt sie noch einmal an, um eine ältere Dame nach dem genauen Weg zu fragen. Glücklicherweise war der Weg zu dem Ferienhaus nicht schwer zu finden. Der genauen Beschreibung der hilfsbereiten Frau folgend, bog Karin in die Straße „Zum Graswarder" ein und hielt schließlich vor dem Ferienhaus.

Da sie mit ihrem neun Jahre alten Volvo nie schnell fuhr, hatte Karin, wie sie jetzt mit einem Blick auf die Uhr sah, für die Strecke über fünf Stunden gebraucht. Sie war jedoch schon um halb elf losgefahren, sodass ihr bis zum verabredeten Zeitpunkt um 16 Uhr noch etwa 20 Minuten Zeit blieben.

Da von Herrn Petersen weit und breit nichts zu sehen war, wollte Karin die Zeit nutzen, um sich schon einmal etwas umzusehen. Sie parkte am Straßenrand (sich gleich in die Auffahrt zu stellen, traute sie sich nicht), zog ihre Baumwolljacke über und schloss den Wagen ab. Karin öffnete die weiße Holzpforte und ging langsam auf eines der Fenster mit den blauen Holzrahmen zu, um einen Blick hineinzuwerfen.

„Es ist noch schöner, als ich es vom Bild auf dem Prospekt in Erinnerung habe", sagte Karin halblaut vor sich hin.

„Ja, das Haus ist wirklich wunderschön", antwortete plötzlich eine Stimme hinter ihr. Karin drehte sich erschrocken um und sah vor sich eine Frau mit kurzen graublonden Haaren, die sie freundlich anlächelte und eine Gießkanne in der Hand hielt.

„Guten Tag, mein Name ist Louise Mertens."

Louise stellte die Gießkanne vor sich ab und gab der dunkelhaarigen Frau, die so Ende vierzig oder Anfang fünfzig sein mochte, die Hand.

„Mein Name ist Winter, Karin Winter", entgegnete Karin, während sie die ihr gereichte Hand schüttelte. „Ich bin hier um 16 Uhr mit Herrn Petersen verabredet. Er wollte mir die

Schlüssel für das Haus bringen, das ich für vier Wochen gemietet habe."

„Sie haben was?" Louise schüttelte ungläubig den Kopf. „Das muss ein Irrtum sein. Dieses Haus ist bereits vermietet – und zwar an mich für die nächsten drei Monate."

„Aber ich habe es doch schriftlich." Karin kramte nervös in ihrer Handtasche und zog einen weißen Briefumschlag heraus, öffnete ihn und zeigte ihn Louise. „Hier, sehen Sie. Das ist die Buchungsbestätigung vom 16. März, unterschrieben von Kai Petersen."

Louise las stirnrunzelnd das Schreiben. „Tatsächlich. Kai Petersen ist der Juniorchef von Petersen-Immobilien, soweit ich weiß. Warten Sie bitte kurz." Louise gab Karin das Papier zurück und schloss die Tür auf. „Ich hole meine Buchungsbestätigung."

Nach etwa zwei Minuten erschien Louise mit dem gesuchten Schreiben. „Hier." Louise gab Karin den Brief. „Meine Buchungsbestätigung datiert vom 14. März, also zwei Tage früher, unterschrieben von Friedrich Petersen, dem Seniorchef. Er war vor knapp vier Stunden noch hier und hat mir die Schlüssel gebracht." Louise hob den Schlüssel demonstrativ in die Höhe.

„Was? Aber das geht doch nicht. Wir müssen dort anrufen und das klären", sagte Karin verzweifelt.

„Ich glaube, anzurufen brauchen wir nicht mehr", sagte Louise mit Blick auf den Wagen, der direkt vor dem Haus hielt. Ein jüngerer Mann stieg aus und kam auf die beiden Frauen zu.

„Frau Mertens? Frau Winter? Mein Name ist Kai Petersen." Noch etwas außer Atem gab Kai Petersen beiden Frauen die Hand, während sich auf seinem für die Jahreszeit schon stattlich gebräunten Gesicht ein verlegenes Lächeln breit machte. „Gut, dass ich Sie gleich beide antreffe. Wissen Sie, uns ist da bei der Vermietung ein Fehler unterlaufen. Sie müssen wissen, mein Vater hält die Vermietungen immer noch handschriftlich fest. Und ich habe leider vergessen, die Buchung von Ihnen, liebe Frau Mertens, in den Computer einzutragen, sodass das Haus noch als frei markiert war. So etwas ist uns bisher noch nie passiert." Kai Petersen hob beschwichtigend die Hände in die Höhe.

„Alles gut und schön", unterbrach Louise ihn und stemmte dabei ihre Hände in die Hüften. „Aber was gedenken Sie jetzt zu tun?"

„Nun, wir haben leider für einen so langen Zeitraum nicnts anderes mehr frei. Aber ich könnte eine von Ihnen im ‚Gästehaus Jensen' unterbringen, das meiner Schwägerin gehört – natürlich unter Berücksichtigung der günstigeren Miete."

„Aber", warf nun auch Karin ein, „ich habe doch gerade deshalb bei Ihnen gebucht, weil ich dieses Haus wollte."

„Das geht mir genauso. Und ich glaube, mit einem Pensionszimmer sind wir beide nicht einverstanden." Louise sah zu Karin, die nickte. „Ich denke, Sie sollten schnellstmöglich versuchen, noch ein anderes Ferienhaus für uns zu bekommen – wo auch immer Sie das herbekommen. Und bis dahin schlage ich vor, dass Frau Winter hier wohnt. Das Haus hat ja insgesamt drei Schlafräume. Da werden wir uns bestimmt einig. Was meinen Sie, Frau Winter?"

„Ja, wenn das geht?", sagte Karin mit einem vorsichtigen Blick auf Herrn Petersen.

„In diesem besonderen Fall geht das natürlich in Ordnung." Kai Petersen schien erleichtert zu sein, so als ob er insgeheim auf diese Lösung gehofft hatte. „Und es fällt selbstverständlich für jede von Ihnen nur die halbe Miete an. Mein Vater und ich werden versuchen, schnell ein weiteres freies Objekt zu bekommen und Sie umgehend informieren. Vielen Dank für Ihr Verständnis." Kai Petersen gab Louise und Karin zum Abschied die Hand und wollte gerade gehen, als er sich noch einmal zu Karin umdrehte. „Oh, fast hätte ich's vergessen. Hier ist der zweite Schlüssel für Sie, Frau Winter. Ich wünsche Ihnen einen angenehmen Aufenthalt."

„Ja, dann würde ich sagen, Frau Winter, stellen Sie Ihr Auto erst mal in die Auffahrt. Dann haben Sie es leichter mit dem Reintragen Ihres Gepäcks." Louise blickte auf Karins Volvo, der an der Straße vor dem Haus stand.

Als Karin hinter Louise die lange Diele betrat, war sie überrascht. Das Haus wirkte auf dem Prospekt sehr geräumig. Doch erst jetzt sah sie, wie groß es tatsächlich war. Und hier wollte sie ursprünglich ganz alleine wohnen? Neben einer gemütlichen Küche mit weißen Schränken im Landhausstil lag das große Wohnzimmer, das mit hellen Holzmöbeln ausgestattet war, und von dessen Essplatz an der großen Terrassentür aus man den Strand und das Meer sehen konnte. Außerdem gab es zwei Bäder – eines mit Dusche und Badewanne im Erdgeschoss und eines mit Dusche im Obergeschoss, wo Louise bereits ihr Zimmer bezogen hatte. Im Erdgeschoss befanden sich zudem zwei weitere Schlafräume.

„So", sagte Louise, während sie die Tür zu einem der Schlafräume im Erdgeschoss öffnete und auf das Doppelbett deutete, „dies ist das Elternschlafzimmer", ohne zu erwähnen, dass sie hier mit ihrem Mann schon viele Male gewohnt hatte. „Ich denke, hier haben Sie es bequemer als in dem Kinderschlafzimmer nebenan."

Wie die anderen Zimmer war auch dieses mit hellen Kieferholzmöbeln eingerichtet. Neben einem etwa zwei Meter breiten Schrank gab es zusätzlich noch einen Tisch und zwei

Sessel, die vor einer weiteren Terrassentür standen. Auch von hier aus konnte man auf das Wasser blicken, freute sich Karin, als sie den Vorhang beiseiteschob.

Louise trat neben sie. „Es ist beruhigend, auf das Meer zu sehen, nicht wahr? Übrigens, ich freue mich, dass Sie damit einverstanden sind, dass wir uns das Haus erst einmal teilen. Obwohl wir uns doch gar nicht kennen, habe ich das Gefühl, dass wir uns gut verstehen werden."

„Ja, ich glaube auch."

„Schön. Jetzt lasse ich Sie aber erst einmal alleine, damit Sie in Ruhe auspacken und sich etwas eingewöhnen können. Wie ich an Ihrem Autokennzeichen erkenne, kommen Sie aus Köln. Dann müssen Sie ja von der langen Fahrt erschöpft sein. Wenn Sie mögen, trinken wir nachher noch eine Tasse Tee zusammen."

„Sehr gerne. Und Frau Mertens ..." Karin lächelte verlegen. „Es ist sehr nett von Ihnen, dass Sie mich hier wohnen lassen. Vielen Dank."

„Ach, dafür brauchen Sie sich nun wirklich nicht zu bedanken. Wir sind doch beide gleichberechtigte Mieterinnen. Bis nachher." „Ja, bis nachher."

Nachdem Louise hinter sich die Tür geschlossen hatte, ließ sich Karin auf dem Stuhl vor der Frisierkommode nieder und schloss die Augen, denn in ihrem Kopf begann es auf einmal zu rauschen. Kein Wunder: Die Affäre ihres Mannes, ihre Entscheidung, hierher zu fahren, um erst einmal Abstand zu gewinnen, die Reisevorbereitungen und die kurzfristige Absage ihrer Freundin Ilka, mit nach Heiligenhafen zu kommen, ihre erste lange Autofahrt alleine und jetzt noch die Panne mit der Vermietung des Ferienhauses – das war einfach alles etwas zu viel auf einmal.

Karin hoffte, in den nächsten Tagen zur Ruhe zu kommen und sich über ihr weiteres Leben mit oder ohne Dieter im Klaren zu werden. Sie konnte es noch immer nicht fassen, dass ihre Ehe vor dem Scheitern stand und sie plötzlich ganz allein war.

Sie bedauerte es sehr, dass Ilka in dieser so schwierigen Phase ihres Lebens nicht bei ihr sein konnte. Aber sie würde mit ihrer besten Freundin, so oft es geht, telefonieren – das stand fest – „notfalls mitten in der Nacht", wie Ilka ihr versichert hatte. Ach, wie schön war es doch, so eine gute Freundin zu haben.

Aber: So ganz alleine würde sie ja in nächster Zeit ohnehin nicht sein. Karin hatte das Gefühl, dass ihr die Gesellschaft von Frau Mertens sehr gut tun würde. Die ältere Dame (sie mochte wohl so um die 60 Jahre alt sein) strahlte eine unglaubliche Ruhe, Selbstsicherheit und Herzlichkeit aus. Sie würde ihr – wenn sich die Gelegenheit dazu bot und sie sich etwas besser kennengelernt hatten – bestimmt einen Rat in Sachen Ehe geben können. Denn obwohl Ilka ihr dringend dazu geraten hatte, sich von Dieter scheiden zu lassen: So ganz sicher war sich Karin nicht, ob diese Entscheidung auch richtig wäre. Schließlich waren sie 20 Jahre glücklich verheiratet gewesen. Das warf man doch wegen eines Seitensprungs nicht so einfach hin.

Und vielleicht war sie sogar selbst schuld daran, dass sich Dieter einer Jüngeren zugewandt hatte – so wie sie aussah. Karin öffnete ihre Augen und blickte in den Spiegel auf der Frisierkommode vor ihr. Sie war nun einmal keine Schönheit und würde es vermutlich auch nie werden. Ihre braunen schulterlangen Locken waren kaum zu einer vernünftigen Frisur zu bändigen. Und ihr Teint war blass, was durch ihre braunen Augen und die dunklen Augenbrauen noch verstärkt wurde. Mit Make-up hatte Karin natürlich schon das ein oder andere Mal experimentiert. Doch damit kam sie sich irgendwie angemalt vor. Dazu kam ihr leichtes Doppelkinn. Karin schob die Haut mit Daumen und Zeigefinger der rechten Hand hin und her. Das konnte man sowieso nicht wegschminken. Allenfalls wegschneiden. Aber eine Schönheits-OP kam für Karin, die viel Wert auf Natürlichkeit legte, keinesfalls infrage.

Nicht zuletzt hatten sich auf ihren Hüften – trotz gesunder Ernährung und regelmäßiger Yoga-Stunden – einige Pfunde zu viel angesammelt. Das war auch einer der Gründe, warum Karin überwiegend Schlabberpullis trug, womit sie natürlich alles andere als elegant wirkte.

„Ich bin nun mal eine graue Maus und kein Supermodel", sagte Karin halblaut zu sich selbst, während sie auf ihre Armbanduhr blickte und erschrak. Es war bereits kurz nach fünf! Das bedeutete, dass sie mindestens eine halbe Stunde hier herumgesessen hatte. Dabei wollte sie doch schon längst ihre Koffer ausgepackt haben. Das würde sie nun später nachholen müssen. Schließlich konnte sie doch Frau Mertens mit dem Tee nicht so lange warten lassen.

Karin machte schnell einen ihrer beiden Koffer auf, nahm einen Pulli heraus und wechselte diesen gegen die Bluse und die Strickjacke, die sie derzeit anhatte. Sie kämmte kurz ihre Haare, blickte sich prüfend im Spiegel an und sagte: „Ob schön oder nicht: Jetzt mache ich erst einmal Urlaub."

Als Karin in die Küche kam, sah sie Louise, in eine Zeitung vertieft, am Tisch sitzen.

„Ach, da sind Sie ja." Louise blickte auf, als sie Karin hörte, und nahm ihre Lesebrille von der Nase. „Setzen Sie sich doch. Der Tee müsste noch heiß genug sein. Weißer Tee – den habe ich erst vor kurzem in Lübeck entdeckt. Er schmeckt viel milder als Grüntee, soll aber ebenfalls sehr gesund sein. Mögen Sie den?"

„Ja, sehr gerne. Weißen Tee habe ich auch zu Hause. Ernährungsphysiologisch gesehen steht Weißer Tee dem Grünen Tee in nichts nach – im Gegenteil: Die Blätter werden nur gewelkt, getrocknet und leicht fermentiert. Dadurch bleiben die gesunden Polyphenole im Tee vollständig erhalten.

„Oh, Sie wissen aber gut Bescheid, Frau Winter. Sind Sie Ernährungsexpertin?"

„Nun, ich war – ich meine – ich habe mal Ernährungswissenschaften studiert, übe den Beruf aber schon lange nicht mehr aus."

„Das ist aber schade. Darf ich fragen, warum nicht?"

Karin blickte wegen der direkten Frage etwas irritiert zu Louise, berichtete dann aber, dass sie nach der Geburt ihrer Tochter ihren Beruf an den Nagel gehängt hatte und seitdem Hausfrau und Mutter war.

„Eine Tochter hätte ich auch sehr gerne gehabt. Wie alt ist sie?"

Karin berichtete, dass Sophie zwanzig wäre und inzwischen in London Architektur studierte.

„Dann sind Sie und Ihr Mann bestimmt sehr stolz auf sie."

„Nun ja, mein Mann ...", setzte Karin an, überlegte es sich jedoch schnell anders. „Ja, Dieter und ich sind sehr stolz auf Sophie."

Louise merkte, dass an dieser Stelle etwas nicht stimmte und hakte daher nicht weiter nach. Stattdessen begann sie, von ihrem Leben zu erzählen – von ihrem Sohn Mark, der derzeit als Ingenieur in Südamerika arbeitete (dabei erwähnte sie jedoch ebenfalls nichts von ihrem angespannten Verhältnis zu ihm). Sie berichtete von ihrer Modeboutique in Lübeck, die sie vor fünf Jahren verkauft hatte, um mehr Zeit für sich und ihren Mann zu haben. Dieser war ebenfalls zu diesem Zeitpunkt in den Ruhestand gegangen, nachdem er rund 30 Jahre als KFZ-Sachverständiger gearbeitet hatte. Sie erzählte Karin auch von ihren Plänen, hier in Heiligenhafen gemeinsam ihren Lebensabend zu verbringen und davon, dass ihr Mann vor knapp zwei Jahren gestorben war und ihr Plan deswegen nicht mehr verwirklicht werden würde. „Und nun bin ich das erste Mal alleine hier", endete Louise schließlich.

„Ich finde das sehr mutig von Ihnen". Karin blickte Louise ernst an. „Einfach noch einmal allein ein neues Leben anzufangen."

Louise berührte mit ihrer Hand Karins Hand, die ihre Teetasse festhielt. „Wissen Sie, Frau Winter: Mein Mann hätte das so gewollt, dass ich die Zeit hier genieße. Und das habe ich jetzt auch vor. Und daher mache ich jetzt noch einen Strandspaziergang. Das Licht ist wunderschön am frühen Abend. Möchten Sie nicht mitkommen?"

„Das ist sehr nett von Ihnen. Aber gehen Sie ruhig alleine. Ich muss noch meine Koffer auspacken und meine Freundin Ilka anrufen. Morgen komme ich gerne mit."

„Na fein. Dann bis später." Louise wollte gerade aus der Tür gehen, drehte sich aber noch einmal um. „Übrigens: Um das Abendbrot brauchen Sie sich nicht zu kümmern. Ich habe vorhin schon frische Krabben auf dem Markt gekauft. Dazu gibt es Bratkartoffeln und grünen Salat. Wäre das ernährungsphysiologisch in Ordnung für Sie?"

Karin lächelte. „Ernährungsphysiologisch ist das völlig in Ordnung. Und selbst, wenn nicht: Schließlich haben wir Urlaub, oder?"

„Ja, den haben wir."

Vier

Louise war etwa eine Stunde am Strand spazieren gegangen und wollte gerade den Rückweg zum Ferienhaus antreten, als sie ein leises Wimmern hörte. Sie drehte sich um, sah aber niemanden und wollte schon weitergehen, als sie erneut etwas vernahm. Diesmal war es ein lautes Schluchzen. Sie blieb stehen und suchte mit ihren Augen den Strand ab. Nach einer Weile entdeckte sie ein schwarzes Paar hochhackiger Schuhe, die seitlich aus einem der rot-weiß-gestreiften Strandkörbe hervorlugten. Louise ging auf den Strandkorb zu und blickte vorsichtig hinein. Darin saß eine junge Frau mit schulterlangen blonden Haaren, die sich die Hände vors Gesicht hielt und sie daher nicht bemerkte.

„Entschuldigen Sie. Geht es Ihnen nicht gut? Kann ich Ihnen irgendwie helfen?"

Sina schreckte hoch und wischte sich verlegen mit dem rechten Ärmel ihres schwarzen Pullovers die Tränen aus dem Gesicht, wobei sie ihren Mascara verschmierte. „Danke, das ist sehr nett, doch mir ist nicht mehr zu helfen", antwortete Sina und blickte aufs Meer.

Louise bückte sich, damit sie mit Sina auf Augenhöhe war und legte ihr zur Beruhigung eine Hand auf den Unterarm. „Sagen Sie doch so etwas nicht. Es gibt für alle Probleme eine Lösung."

„Ach ja", schniefte Sina und zog ein zerknülltes Papiertaschentuch aus der vorderen linken Tasche ihrer Designer-Jeans. „Auch dann, wenn gerade mein ganzes Leben in Scherben liegt?"

„Ja, auch dann. Jedes Chaos lässt sich wieder ordnen, glauben Sie mir. Möchten Sie vielleicht darüber reden?"

Sina hob den Kopf und sah Louise überrascht an. „Mit Ihnen? Aber wir kennen uns doch gar nicht."

„Manchmal ist es leichter, mit einem Fremden zu reden, als mit Menschen, die man gut kennt."

„Nun gut, wenn Sie sich das anhören wollen? Ich habe gerade meinen Freund vergrault und meinen Job geschwänzt." Sina begann, Louise ausführlich von dem Streit mit Alex am vorherigen Abend zu berichten. Schließlich erzählte Sina Louise auch, wie sie unter dem Vorwand einer schweren Erkältung nicht zur Arbeit in die Werbeagentur gegangen und stattdessen hierher gefahren war, um wieder einen klaren Kopf zu bekommen.

„Jetzt wollte ich mir ein Hotelzimmer mieten. Und nun habe ich auch noch mein Portemonnaie verloren – mitsamt meiner Kredit- und EC-Karte. Das Einzige, was mir geblieben ist, sind meine Auto- und Hausschlüssel und mein Handy." Sina deutete auf die Innentasche ihrer weißen Lederjacke.

„Waren Sie denn schon bei der Polizei?", fragte Louise.

„Ja, vor zwei Stunden. Sie hat mir gesagt, dass hier in Heiligenhafen selten etwas ‚geklaut' wird. Ich hätte das Portemonnaie bestimmt verloren und sollte noch mal suchen oder abwarten, bis es einer findet."

„Sind Sie denn den Weg schon mal abgelaufen? Ich meine, nur so zur Sicherheit."

„Nein." Sina sah Louise überrascht an und ließ dann ihren Blick über den Strand schweifen.

„Ist das Ihr Ernst? Wie soll man denn hier am Strand etwas wiederfinden?"

„Na, kommen Sie." Louise zog Sina sanft aus dem Strandkorb. „Ich helfe Ihnen suchen. Übrigens: Ich heiße Louise Mertens."

„Und mein Name ist Sina Bergheim."

Sina und Louise suchten zuerst etwa eineinhalb Stunden die Strandpromenade bis zu dem Café ab, in dem Sina am Mittag eine „Latte Macchiato" getrunken hatte. Dort versprach man, Sina sofort anzurufen, sobald jemand das Portemonnaie bei ihnen abgeben sollte.

Als sie auch am Strand nichts entdecken konnten, blieb Sina schließlich stehen und sagte zu Louise:

„Vielen Dank für Ihre Mühe, Frau Mertens. Aber ich glaube, es hat keinen Zweck. Ich muss wohl nach Hamburg zurückfahren."

Sina drehte sich zu Louise um und wollte ihr zum Abschied die Hand reichen. Doch Louise registrierte dies gar nicht, da sie angestrengt nachdachte.

„Wissen Sie was, Frau Bergheim", sagte Louise nach einer Weile, „Sie können für das Wochenende in dem Ferienhaus übernachten, das ich gemietet habe. Könnten Sie mir vielleicht Ihr Handy kurz leihen, damit ich mit dem Vermieter und meiner Mitbewohnerin telefonieren kann? Ich denke aber schon, dass das in Ordnung geht. Herr Petersen ist mir nämlich noch etwas schuldig. Und auf einen Gast mehr oder weniger kommt es nun auch nicht mehr an."

„Und?", fragte Sina kurze Zeit später gespannt, die der Vorstellung, in einem Haus bei einer sehr netten, doch fremden älteren Dame zu übernachten, mit gemischten Gefühlen entgegensah.

„Den Vermieter habe ich erreicht. Er ist einverstanden. Leider geht meine Mitbewohnerin nicht ans Telefon."

„Sollte ich dann nicht doch besser fahren?"

„Ach was. Frau Winter ist überaus nett. Sie wird schon nichts dagegen haben, dass Sie zwei Tage bei uns übernachten."

„Na dann, vielen Dank für das freundliche Angebot. Ich habe meinen Wagen übrigens auf dem Parkplatz vorne vor dem Ferienpark stehen."

Als Louise und Sina das Ferienhaus erreichten, war es schon fast dunkel.

„Frau Mertens, gut, dass Sie endlich kommen. Ich habe mir schon Sorgen gemacht, weil Sie doch nur kurz spazieren gehen wollten. Oh, Sie haben Besuch?" Karin blickte verwundert auf die junge Frau neben Louise.

„Es tut mir leid, Frau Winter. Ich habe vorhin versucht, Sie telefonisch zu erreichen. Darf ich vorstellen: Das ist Frau Bergheim. Frau Bergheim ist ihr Portemonnaie abhandengekommen, sodass sie sich für das Wochenende kein Zimmer in Heiligenhafen mieten konnte. Da habe ich ihr angeboten, bis Sonntag hierzubleiben. Sie haben doch nichts dagegen, hoffe ich?"

Das konnte doch nicht wahr sein! Karin starrte noch immer auf die junge Frau, die zwar keine aufgespritzten „Schlauchboot-Lippen" hatte, wie ihre Freundin Ilka sagte, und ihr blondes schulterlanges Haar glatt statt lockig trug, aber sonst eine verblüffende Ähnlichkeit mit Dieters Freundin aufwies. „Nun, ich war die ganze Zeit im Garten und habe das Telefon wohl nicht gehört."

Schließlich gab sich Karin einen Ruck und reichte Sina die Hand, die diese scheinbar ebenso unwillig drückte. „Karin

Winter, angenehm. Wenn Ihnen Frau Mertens angeboten hat, hier zu übernachten, geht das natürlich in Ordnung." In Wirklichkeit wünschte sich Karin, dass Frau Bergheim so schnell wie möglich wieder verschwand.

Sina entging die verhaltene Reaktion nicht und musterte ihrerseits Karin mit kritischem Blick. „Wenn es Ihnen zu viele Umstände macht, übernachte ich natürlich auch gerne woanders."

„Ach, Kindchen." Louise machte eine wegwerfende Handbewegung. „Wo wollen Sie denn jetzt hin ohne Geld? In diesem Haus ist genügend Platz für uns alle drei, nicht wahr, Frau Winter?"

„Wie bitte? Ja, natürlich. Sie können das Zimmer dort hinten haben." Karin deutete den Gang entlang. „Wir teilen uns dann das Bad hier unten. Wo es doch nur für dieses Wochenende ist."

Das hat mir zu allem Unglück gerade noch gefehlt, dachte Sina, als sie ihre Reisetasche aus ihrem Karmann Ghia holte und in ihre vorübergehende Bleibe brachte. Mit so einer unfreundlichen Öko-Tante das Bad teilen! Hätte sie das vorher gewusst, wäre sie garantiert nicht auf das Angebot eingegangen – so freundlich es auch war – sondern wieder nach Hamburg zurückgefahren. Aber nun würde sie sich mit dieser Frau Winter irgendwie arrangieren müssen.

Glücklicherweise waren es nur zwei Nächte. Sie würde einfach so viel Zeit wie möglich außerhalb des Hauses verbringen, sodass die Wahrscheinlichkeit, dieser Person zu begegnen, so gering wie möglich war. Schon allein, wie sie aussah – mit ihren Birkenstock-Sandalen und dem viel zu weiten Schlabberpulli! Letzterer sollte wohl ihre zu vielen Pfunde am Bauch und an den Hüften kaschieren, wirkte aber eher wie ein Kartoffelsack. Und erst ihr Gesicht! Nicht die Spur von einem Make-up. Dafür einen viel zu blassen Teint und dunkle Augenringe. Auch an ihre Haare hatte sie wohl lange Zeit keinen Friseur mehr herangelassen.

Sina kicherte. Irgendwie ähnelte diese Frau Winter einer Schleiereule, der der Föhn explodiert war. Sina war sich bewusst, dass auch sie mit ihren verweinten Augen nicht gerade top aussehen musste, doch sie war wenigstens gepflegt und hatte Stil, was man von dieser Frau nicht behaupten konnte.

Sina hatte gerade ihre Sachen in der Eckkommode verstaut, als es an ihrer Tür klopfte und sie Louises Stimme vernahm. „Frau Bergheim? Ich wollte Sie fragen, ob Sie mit uns essen möchten. Es gibt frische Krabben mit Bratkartoffeln und grünem Salat. In 15 Minuten ist alles fertig."

Sina überlegte einen Moment. Da sie nicht undankbar und unhöflich erscheinen wollte, sagte sie: „Danke, Frau Mertens. Ich esse sehr gerne mit Ihnen."

Das Essen war köstlich, wie Sina zugeben musste. Sie war um Freundlichkeit bemüht; dennoch blieb die Stimmung zwischen ihr und Karin angespannt. Das blieb auch Louise nicht verborgen, die – um die Situation etwas aufzulockern – ausgiebig von der Schönheit Heiligenhafens schwärmte und davon, wie gut ihr das Klima hier tat.

Es dauerte nicht lange, bis sich Karin vom Tisch erhob und mit den Worten entschuldigte, sie sei von der langen Fahrt aus Köln hundemüde und würde gerne früh schlafen gehen.

Ein paar Minuten später hielt es auch Sina nicht mehr auf ihrem Stuhl – hoffentlich lang genug, damit das Bad wieder frei war, wie sie dachte. Das Angebot, mit Louise zusammen noch ein Glas Rotwein zu trinken, lehnte sie dankend mit der Begründung ab, der Tag sei durch den Verlust ihres Portemonnaies auch für sie sehr aufregend und anstrengend gewesen.

Und so kam es, dass Louise alleine mit einem Glas Wein in der Hand ins Wohnzimmer ging, sich dort in den Lieblingssessel ihres verstorbenen Mannes setzte und nachdenklich in den dunklen Abendhimmel blickte, während sich ein paar Meter weiter zwei Frauen aus Liebeskummer in den Schlaf weinten.

Als Louise am nächsten Morgen gegen halb neun in die Küche kam, war sie überrascht, Karin schon so früh dort anzutreffen. Karin trug ein verwaschenes gelbes T-Shirt und eine weiße bequeme Hose mit weit geschnittenen Beinen. Sie war gerade dabei, sich Tee in eine Tasse zu gießen.

„Guten Morgen, Frau Mertens. Ich habe Vollkornbrötchen für uns alle vom Bäcker geholt und wollte schon einmal eine Tasse Tee trinken, bevor ich Yoga übe. Möchten Sie auch Tee?"

„Guten Morgen, Frau Winter. Ja, einen Tee nehme ich gerne." Louise kam näher, während Karin Tee in eine zweite Tasse füllte und diese Louise reichte.

„Sie machen Yoga?" Louise pustete in die Tasse, um den heißen Tee etwas abzukühlen, und nahm dann einen kleinen Schluck.

„Ja, jeden Morgen. Es gibt nichts Besseres, um Körper und Seele zu beleben. Haben Sie nicht Lust, mitzumachen?"

Louise lachte. „Ja, warum eigentlich nicht, wenn das in meinem Alter noch geht?"

„Für Yoga ist es nie zu spät, Frau Mertens. Außerdem sehen Sie noch sehr beweglich und sportlich aus."

„Na ja. Ich glaube, Sie übertreiben etwas. Meine Sportlichkeit beschränkt sich auf etwas Nordic Walking und Radfahren", entgegnete Louise verlegen.

„Was muss ich denn anziehen?"

„Haben Sie bequeme Kleidung dabei?"

„Genügt eine Jogginghose?"

„Das reicht vollkommen. Und ich habe auch eine zweite Matte für Sie dabei. Sie war eigentlich für meine Freundin Ilka gedacht."

„Prima, dann gehe ich mich schnell umziehen. Bis gleich." Louise stellte die Tasse auf den Tisch ab und ging ins Obergeschoss.

„So, und nun?" Louise stand mit Karin im Wohnzimmer, die gerade dabei war, die Sessel in die Ecke zu schieben und die Matten in der Mitte des Raumes auszubreiten.

„Gehen Sie erst einmal in die Rückenlage und legen die Handflächen auf den Unterbauch, Frau Mertens. Das ist wichtig zur Vorbereitung, um zur Ruhe zu kommen."

„Gut, mach' ich. Aber nennen Sie mich doch bitte Louise, wo wir uns doch jetzt zusammen den Hals verrenken."

Karin lachte. „Gut, dann nennen Sie mich einfach Karin. Also, machen Sie mir am besten einfach alles nach ..."

Karin und Louise waren gerade dabei, auf dem Rücken liegend, in die Brücke zu gehen, als Sina plötzlich in der Tür stand.

„Guten Morgen. Was machen Sie denn hier?"

„Yoga", entfuhr es Karin und Louise fast gleichzeitig, während sie ihren Rücken wieder auf den Boden ablegten und zu Sina sahen, die, mit nassen Haaren und in einen Bademantel gehüllt, dastand und die beiden Frauen fragend anblickte.

„Ja, Yoga", wiederholte Karin. Ziehen Sie sich doch Sportzeug an und machen Sie einfach mit."

„Auf keinen Fall", schnaubte Sina, drehte sich auf dem Absatz um und verschwand.

Louise blickte mit einem Achselzucken zu Karin, der vor Schreck über diese schroffe Abfuhr der Mund offen stehenblieb.

Sina hatte gehofft, Karin erst einmal nicht mehr zu begegnen. Wenn diese um diese Uhrzeit ihr komisches Meditationsprogramm absolvierte, hatte sie doch bestimmt auch schon gefrühstückt. Als sie, frisch geföhnt und angezogen, die Küche betrat, saßen Karin und Louise jedoch noch am Tisch. „Frau Bergheim, kommen Sie und setzen Sie sich. Frau Winter hat Brötchen für uns besorgt."

Da Sina Hunger hatte, nahm sie eines der Vollkornbrötchen (bestimmt aus Bio-Anbau, wie sie abfällig dachte) und begann, es aufzuschneiden. Karin, die gerade dabei war, sich Haferflocken in eine Schale zu füllen, fragte Sina, ob sie gerne einen Grünen Tee trinken wolle.

„Ich trinke keinen Tee, danke. Gibt es vielleicht auch Kaffee?"

„Ich glaube, es ist noch etwas Kaffee im Schrank." Louise deutete auf einen der Oberschränke, woraufhin Sina aufstand und die Dose mit dem Kaffee und einen Papierfilter herausnahm. „Ich möchte heute gerne noch einmal zur Polizei gehen und fragen, ob mein Portemonnaie inzwischen gefunden worden ist." Sina begann, mit einem Löffel etwas Kaffeepulver in den Filter zu geben. „Ach, Frau Mertens? Es ist mir etwas unangenehm, aber könnten Sie mir vielleicht etwas Geld bis morgen leihen, falls mein Portemonnaie bis dahin nicht wieder auftaucht? Ich überweise es Ihnen sofort, wenn ich wieder in Hamburg bin."

Louise schluckte gerade den Rest ihres Brötchens herunter und tupfte sich mit einer Serviette den Mund ab. „Ja, natürlich. Reichen 100 Euro?"

„Bestimmt“, antwortete Sina und blickte zu Karin, die deutlich erkennbar ihre Stirn runzelte.

Nachdem Louise Sina das Geld gegeben hatte und diese aus dem Haus gegangen war, wuschen Karin und Louise gemeinsam das Geschirr ab. Karin nutzte die Gelegenheit, um Louise das zu fragen, was ihr auf der Seele brannte. „Louise, glauben Sie, dass es richtig ist, einer fremden jungen Frau Geld zu leihen? Was ist, wenn sich Frau Bergheim damit eine andere Unterkunft sucht oder einfach nach Hamburg zurückfährt und Sie nie wieder etwas von ihr hören?“

Louise blickte eine Weile aus dem Küchenfenster und dann zu Karin:

„Glauben Sie mir, Karin. Das Mädchen hat ein gutes Herz, auch wenn es im Moment nicht so aussieht. Sie kommt wieder. Da bin ich mir ganz sicher.“

Sina war froh, nun wenigstens etwas Bargeld in der Tasche zu haben – auch wenn es sie viel Überwindung gekostet hatte, Frau Mertens darum zu bitten. Um ihr eigenes Bargeld, es mochten so um die 250 Euro gewesen sein, machte sie sich am wenigsten Gedanken. Doch was war, wenn der Dieb (Sina ging immer noch davon aus, dass man ihr Portemonnaie gestohlen haben musste) inzwischen ihr Konto abgeräumt hatte? Zwar hatte sie gestern Abend noch telefonisch ihre Kredit- und EC-Karte sperren lassen, doch das war natürlich keine Garantie dafür, dass sich in der Zwischenzeit nicht doch jemand bedient hatte.

Als Sina ohne Ergebnis wieder aus der Polizeiwache kam, dachte sie einen Moment lang daran, in ihren Karmann Ghia zu steigen und wieder nach Hamburg zu fahren. Geld zum Tanken hatte sie ja jetzt, und zu Hause würde sie Frau Mertens das Geld gleich überweisen. Doch irgendetwas hielt sie davon ab, wenngleich sie nicht genau wusste, was.

Sina überlegte, was sie mit dem Rest des Vormittags anfangen sollte. Sie entschied sich schließlich, noch etwas durch den Ort zu bummeln und eine Kleinigkeit zu essen. Zwar konnte sie mit dem geliehenen Geld nicht groß shoppen gehen, wenn sie noch tanken wollte. Aber das machte auch nichts.

Schließlich gab es in Heiligenhafen ja keine Designeroutlets oder andere Läden, die sie interessiert hätten. Alles, was der Ort zu bieten hatte, waren ein winzig kleines Kaufhaus, ein etwas hochpreisiges Bekleidungsgeschäft, ein paar Boutiquen (meist mit Mode für die Dame ab 50, wie Sina beim Betrachten der Auslagen enttäuscht feststellte) sowie zwei Schuhgeschäfte. Ein paar Stiefeletten gefielen Sina, doch kaufen wäre mit dem knappen Budget eh' nicht drin gewesen. Darum widerstand sie der Versuchung, in den Laden zu gehen und die Schuhe anzuprobieren.

Sina sah auf ihre Armbanduhr. Da es schon nach halb eins war, beschloss sie, etwas zu essen. Auf ein üppiges Mittagessen hatte sie eigentlich keine Lust, zumal sie mit den 100 Euro ja ohnehin gut haushalten musste. Wer wusste schon, wofür sie das Geld bis morgen Nachmittag noch brauchte? Sina wusste, dass es kurz vor der Strandpromenade leckere Crêpes gab. Dort angekommen, bestellte sie einen Crêpe mit Banane und Eierlikör.

„Ist ja am Wochenende ganz schön viel los hier", sagte sie zu der jungen Frau, die gerade den Teig für den hauchdünnen Pfannkuchen auf die heiße Platte goss und diesen mit Hilfe eines Holzspatels in kreisförmigen Bewegungen verteilte. „Das sind die Wochenendausflügler – zum Glück für uns."

„Ja, das glaube ich. Ehrlich gesagt, würde ich derzeit lieber etwas Ruhe haben."

Die Frau in der Bude nahm eine Banane, entfernte die Schale und schnitt die Frucht in gleichmäßige Scheiben. „Na, dann gehen Sie doch zur Steilküste."

„Das ist eine gute Idee. Warum bin ich nicht gleich darauf gekommen?"

Sina schlug sich mit der Hand gegen die Stirn.

Die Frau lächelte, verteilte die Bananenstückchen auf dem Crêpe, goss etwas Eierlikör darauf, faltete ihn und gab ihn schließlich Sina. „Bitte. Guten Appetit und alles Gute."

Sina nahm den heißen Crêpe und entfernte sich etwas von der Bude, da hinter ihr schon eine Familie mit zwei kleinen Kindern drängelte.

Nachdem Sina den – wie sie fand – absolut leckeren Crêpe aufgegessen hatte, bekam sie Zweifel, ob eine Wanderung an der Steilküste wirklich das Richtige für sie war. Schließlich hatte sie mit ihren hochhackigen schwarzen Pumps absolut nicht die richtigen Schuhe dafür an. Da sie jedoch keine Lust hatte, noch einmal zum Haus zu fahren – allein schon, um dort nicht Karin Winter über den Weg laufen zu müssen – entschied sie sich, die Tour dennoch zu machen. Sie konnte ja notfalls immer noch umkehren.

Also zog sie ihre Lederjacke an und marschierte los. Der Weg wurde zunehmend schmaler und glich irgendwann nur noch einem Trampelpfad. Doch wenn sie genau schaute, wohin sie trat, würde es mit den Schuhen schon gehen.

Als Sina etwa 20 Minuten gelaufen war, nahm sie erstmals ein Rauschen wahr, das mit jedem Schritt immer deutlicher und lauter zu werden schien. Auch der Wind wurde stärker, und Sina begann sich darüber zu ärgern, dass sie kein Haargummi mitgenommen hatte. Als Sina sich mit der Hand ihre wehenden Haare aus dem Gesicht strich und nach vorne blickte, blieb sie abrupt stehen.

Vor ihr bot sich genau der atemberaubende Anblick, den sie noch aus Kindertagen kannte. Die Ostsee schien endlos weit zu sein. Auf dem dunkelblauen Wasser waren ein paar weiße Punkte zu erkennen, die sich bei genauerem Hinsehen als Segelboote entpuppten. Der fast wolkenlose hellblaue Himmel, in dem zahllose Möwen ihre Bahnen zogen, hob sich deutlich vom dunkleren Wasser ab. Als Sina nach unten blickte, sah sie, dass die Wellen im gleichmäßigen Rhythmus an den steinigen Strand klatschten. Am Strand standen zwei Spaziergänger (vermutlich ein Pärchen) und warfen für ihren Hund einen Stock ins Wasser. Dieser sprang anscheinend absolut begeistert ins kühle Nass, um den Stock wieder und wieder zu apportieren.

Sina setzte sich, um die Szenerie besser in sich aufnehmen zu können. Sie stützte die Hände hinter sich ab, reckte ihren Kopf in die Sonne und schloss die Augen.

Oh Gott, warum hatte sie sich nicht schon viel früher einmal eine Auszeit genommen und war ans Meer gefahren? Wie lange war es eigentlich her, dass sie zum letzten Mal Urlaub gemacht hatte? Fast ein Jahr. Das war, als sie mit Alex und seinen Eltern den Sommerurlaub zusammen in deren Landhaus in der Toskana verbracht hatte. Doch hatte sie sich da auch richtig erholt? Nicht wirklich. So musste sie sich ständig nach dem Zeitplan von Alex' Eltern richten, die auch noch im Urlaub Besuch von Geschäftsfreunden aus Deutschland bekamen und bei dem – warum auch immer – Sina ständig dabei sein sollte.

Sina wollte sich schon lange mal wieder Urlaub nehmen. Doch in der Werbeagentur war einfach ständig so viel zu tun. In den letzten Monaten hatte sie bestimmt 300 Überstunden angehäuft. Und es gab nicht die geringste Chance, diese in nächster Zeit irgendwie abzubauen. Dabei bestand das Leben doch aus so viel mehr als Arbeit. Zum Beispiel aus Liebe, wenngleich sie und Alex dafür gerade ein denkbar schlechtes Beispiel abgaben.

Wie hatte es mit ihr und Alex überhaupt so weit kommen können? Sina hatte immer geglaubt, dass Alex ihr absoluter Traummann sei, kultiviert, gebildet, gut aussehend und höflich. Doch jetzt war sie gar nicht mehr so sicher. Alex versprach ihr ein gesichertes Leben in geordneten Bahnen. Doch wollte sie das wirklich? Und dann seine Unverfrorenheit, sie schon als seine Ehefrau einzuplanen, damit er es als Geschäftsführer der Maschinenbaufirma seiner Eltern leichter hatte. Was hatte er sich bloß dabei gedacht, einfach so über sie zu bestimmen? Natürlich hatte sie sich schon oft ausgemalt, wie es wohl sein würde, mit Alex verheiratet zu sein. Doch nicht unter diesen Umständen!

„Meine Eltern rechnen fest damit", hatte er gesagt.

Zählte es denn gar nicht, was sie wollte? Man könnte fast meinen, es ginge ihm gar nicht um sie, sondern nur darum, einen weiteren Punkt auf einer Liste abzuhaken.

Und sie? Liebte sie Alex überhaupt noch?

Sie wusste es nicht. Alles, was sie wusste, war, dass sie gerade begonnen hatte, sich zum ersten Mal ernsthaft Gedanken über ihr eigenes Leben zu machen. Und dies war ein beunruhigendes, aber zugleich gutes Gefühl.

Während sich Sina nach einer Weile auf den Rückweg zum Ferienhaus machte, beschloss sie, das Wochenende zu genießen – komme, was da wolle.

Mit dieser Karin Winter würde sie sich schon arrangieren – es war ja nur für zwei Tage. Und sie hatte beileibe schon ganz andere Dinge durchgestanden.

Fünf

Sina wollte gerade an die Tür klopfen, als sie einen kleinen gelben Post-it-Zettel entdeckte, der an der Klingel klebte. „Bin im Garten“ stand darauf. Sina ging rechts um das Haus herum durch den Rosenbogen, der in den hinteren Teil des Gartens mündete. Dort angekommen, erblickte sie mitten auf dem Rasen ein Bild auf einer Staffelei, das allem Anschein nach gerade erst fertiggestellt worden war.

Der Künstler hatte ganze Arbeit geleistet, dachte Sina anerkennend. Sie besaß einen sicheren Blick für Farben und Stil. Auf dem Bild war genau die Szenerie zu sehen, die sich auch beim Blick auf das Meer vor ihr geboten hatte. Die Wasser war in verschiedenen Blau- und Grüntönen eingefangen. Am Horizont zogen Möwen ihre Bahnen. Im Vordergrund bewegte sich der Strandhafer sachte im Wind. „Das ist richtig gut“, sagte Sina halblaut.

„Oh danke“, entgegnete Karin, die – in ein hellblaues altes Herrenhemd gehüllt und einen Pinsel und Lappen in der Hand haltend – plötzlich hinter ihr stand.

„Sie haben das gemalt? Ich dachte, Frau Mertens hätte ...“, entgegnete Sina ungläubig. Karin nickte schüchtern. „Ja, das ist von mir. Aber ich habe gerade erst wieder mit der Aquarellmalerei angefangen. Hier am Meer gibt es so viele schöne Motive. Die möchte ich mir einfach nicht entgehen lassen.“

„Sie sind sehr begabt."

Karin wurde sichtlich verlegen. „Nun, sehr begabt ist vermutlich etwas übertrieben. Aber es macht mir großen Spaß."

„Nein, wirklich. Sie besitzen großes Talent." Sina blickte zur Düne gegenüber und anschließend erneut auf die Leinwand. „Schon allein, wie Sie die Stimmung eingefangen haben mit der Bewegung des Strandhafers im Wind und den warmen Farben."

„Danke." Karin war angenehm überrascht über das Lob und blickte auf das Päckchen, das Sina in der Hand hielt.

„Ach übrigens. Ich habe Kuchen mitgebracht. Ist zwar kein Vollkornkuchen, den gab es beim Stadtbäcker nicht. Stattdessen habe ich Quark-Kirsch-Schnitten genommen. Ich hoffe, Sie mögen ihn trotzdem. Wo ist denn eigentlich Frau Mertens?" Sina blickte sich suchend um.

„Frau Mertens müsste jeden Moment zurückkommen. Sie wollte nur kurz etwas erledigen."

Karin legte Pinsel und Lappen beiseite. „Dann werde ich den Kuchen mal in die Küche bringen und für uns einen Tee und für Sie einen Kaffee kochen. Frau Mertens ist ja bestimmt gleich wieder da."

„Super. Dann geh' ich mich nur kurz umziehen und helfe Ihnen beim Tischdecken."

Während Karin in der Küche Tee und Kaffee zubereitete und den Kuchen auspackte, dachte sie verwundert über Sinas verändertes Verhalten nach. Was war in der kurzen Zeit bloß passiert? War die junge Frau ihr gegenüber nur deshalb plötzlich so freundlich, weil sie Heiligenhafen morgen Nachmittag ohnehin wieder verließ? Hatte sie etwa gemerkt, dass sie bei ihr und Louise mit ihrer arroganten Art nicht weiterkam? Oder besaß die junge Frau – wie Louise es angedeutet hatte – tatsächlich ein gutes Herz und war letztendlich dankbar dafür, dass sie hier so einfach übernachten konnte? Schließlich war dies ja alles andere als selbstverständlich.

Karin konnte sich keinen genauen Reim darauf machen, merkte aber, dass sie über die neue Harmonie – so sie denn anhielt – erleichtert war. Sie mochte Unfrieden und Neid einfach nicht. Obwohl: Wenn sie ehrlich war, fiel es ihr nicht so leicht, freundlich zu Sina Bergheim zu sein. Zu vieles an ihr erinnerte sie an Angelika, die Freundin ihres Mannes.

Kein Wunder, dass sie jedes Mal einen Stich in ihrem Herzen spürte, wenn sie die junge Frau ansah. Beide hatten – von ihrer äußerlichen Ähnlichkeit einmal abgesehen – alles, was ihr selbst fehlte und Männer anscheinend anzog. Beide waren jung, schön, selbstbewusst und durch ihren Beruf finanziell unabhängig. Und Sina Bergheim sollte unglücklich sein, wie Louise heute Vormittag ihr unfreundliches Verhalten ihr gegenüber erklärte? Das konnte sie sich einfach nicht vorstellen. Wenn hier jemand unglücklich war, dann doch wohl sie, die betrogene Ehefrau! Aber das konnte Louise ja nicht wissen – noch nicht.

Als Karin gerade Tassen und Teller aus einem der Küchenschränke holte, eilte Sina mit schnellen Schritten herbei. „Warten Sie, ich wollte Ihnen doch helfen." Sina nahm Karin das Geschirr ab und verteilte es auf dem Tisch, als Louise zur Tür hereinkam.

„Na, da komme ich wohl gerade richtig. Oh, und es gibt Kuchen."

„Ja". Karin drehte sich lächelnd um und deutete auf den Kuchen auf dem Tisch. „Den hat Frau Bergheim mitgebracht. Quark-Kirsch-Schnitten."

Im Gegensatz zum Frühstück verlief das Gespräch jetzt schon viel lockerer – in erster Linie natürlich zwischen Karin und Sina, wie Louise feststellte. Sie hatte geahnt, dass Sinas

Arroganz und Schnippigkeit reiner Selbstschutz war und von ihren Problemen ablenken sollte. Aber dass die junge Frau ihre Maskerade so schnell fallen ließ, überraschte sie dann doch.

Da die drei Frauen sich jetzt so gut miteinander unterhielten, fasste Louise einen Entschluss. „Hören Sie beide mal. Was halten Sie davon, wenn wir heute Abend zusammen essen gehen? Ich meine, Frau Bergheim, Sie werden spätestens morgen Nachmittag wieder nach Hamburg fahren. So könnten wir – quasi als Abschluss für Sie – noch einen netten Abend zusammen verbringen. Im Ort gibt es ein hervorragendes kleines Restaurant. Und da noch keine Hauptsaison ist, bekommen wir bestimmt auch kurzfristig noch einen Tisch, wenn wir früh hingehen. Ich lade Sie beide ein."

„Oh, das ist eine gute Idee", sagte Karin. „Aber Sie brauchen mich nicht einzuladen."

„Das Gleiche gilt für mich", entgegnete Sina. Ich zahle Ihnen das Geld für das Essen zusammen mit den 100 Euro zurück, sobald ich wieder in Hamburg bin."

Louise schüttelte lachend ihren Kopf. „Ich lade Sie beide ein. Keine Widerrede!"

„Aber dann lade ich Sie anschließend noch zu einem Drink ein", sagte Sina.

„Abgemacht."

Um 20 Minuten vor sieben marschierten die drei Frauen los. Eigentlich hatten sie als Zeit 18.30 Uhr vereinbart. Überraschenderweise war es jedoch Karin, die sich verspätete, da sie neben den beiden anderen Frauen an diesem Abend ebenfalls gut aussehen wollte. Das war ihr jedoch gründlich misslungen, dachte Sina, als sie Karin näher betrachtete. Sie trug einen hellgrünen Baumwollpullover und dazu eine schwarze weite Hose. Das war an sich ja völlig in Ordnung, wenn Karin nur nicht die hellbraunen Schnürschuhe dazu angezogen hätte! Das machte ihr Outfit nun alles andere als elegant. Und erst ihr Gesicht!

Wie immer hatte Karin auf jegliches Make-up verzichtet, sodass die dunklen Schatten unter ihren Augen erneut deutlich zutage traten. Ihre braunen Naturlocken hatte Karin an den Seiten mit kleinen goldenen Spangen hochgenommen. Dies passte in Sinas Augen jedoch überhaupt nicht zu den grässlichen Ohrringen, an deren Enden jeweils eine kleine Holzkugel baumelte.

Ganz anders Louise, die in ihrem cremefarbenen Pullover und der gleichfarbigen Bundfaltenhose wieder einmal gepflegt und elegant wirkte. Ihre Haare waren sorgfältig frisiert und ihr Gesicht dezent geschminkt.

Sina selbst hatte sich für eine eng anliegende weiße Bluse entschieden, die sie am Dekolleté leicht geöffnet ließ und unter der ein schwarzes Top hervorblitzte. Dazu trug sie eine schwarze, leicht ausgestellte Hose und um die Taille einen silbernen schmalen Gürtel. Ihre schulterlangen Haare hatte Sina diesmal zu einem Pferdeschwanz zusammengebunden, was ihre schlanke Figur noch betonte.

Wie Louise versprochen hatte, fanden sie im Restaurant gleich einen freien Tisch in der Ecke. „Sehr gemütlich hier", meinte Karin, während sie sich auf die Bank setzte und umschaute.

„Ja", bestätigte Louise. „Ich war oft mit meinem Mann hier zum Essen. Uns hat es hier von Anfang an gut gefallen."

„Und wo ist Ihr Mann jetzt?", fragte Sina.

„Mein Mann ist vor zwei Jahren gestorben."

„Oh, das tut mir sehr leid", sagte Sina und sah Karin an, die wissend nickte und auf ihre Finger blickte.

„Ach, wissen Sie …“, Louise legte Sina eine Hand auf den Unterarm, „mit Heiligenhafen sind sicher viele wehmütige Erinnerungen für mich verbunden. Schließlich haben wir hier insgesamt 16 gemeinsame schöne Urlaube verbracht. Doch mein Carl hätte nicht gewollt, dass ich jetzt Trübsal blase. Er hat immer gesagt: Louise, das Leben ist viel zu kurz, um es mit Traurigkeit zu verschwenden. Daran versuche ich mich zu halten. Oh, ich glaube, da kommt unsere Bedienung.“

Es wurde ein schöner Abend bei einem leckeren Essen – nicht zuletzt deshalb, weil die Frauen sich fest vorgenommen hatten, ernstere Themen zu meiden. Stattdessen berichteten Louise und Karin, wie es dazu kam, dass sie beide zur gleichen Zeit im Ferienhaus wohnten und nicht mehr ernsthaft damit rechneten, dass eine von ihnen ein adäquates Ersatzquartier bekam. Und wenn Karin und Louise ehrlich waren, genossen sie inzwischen die Gesellschaft der jeweils anderen.

Da sie schon einmal beim Thema waren, erzählten sich die drei Frauen von früheren Urlaubspannen. So berichtete Karin, wie sie und ihr Mann einmal bei einem Campingurlaub in Frankreich mitten in der Nacht von einem sintflutartigen Regen überrascht worden waren und mit ihrem Wohnwagen am nächsten Morgen knietief im Wasser standen. Aus diesem Grund konnten sie den Platz erst zwei Tage später wieder verlassen, weil der Matsch jegliches Rangieren unmöglich gemacht hatte.

Das sei ja noch gar nichts, meinte Louise. Als sie und Carl vor ewigen Zeiten einmal nach Italien gefahren waren (zu diesem Zeitpunkt kannten sie Heiligenhafen noch nicht), war ihnen einmal das ganze Geld gestohlen worden. „Deswegen kann ich auch so gut verstehen, wie Sie sich gerade fühlen müssen“, sagte Louise an Sina gewandt. Glücklicherweise hatte ihnen ein deutsches Ehepaar aus Stuttgart mit etwas Geld ausgeholfen. Zu allem Überfluss hatte Louise in dem Urlaub eine starke Sonnenallergie bekommen, was sie dem Apotheker anscheinend auf italienisch nicht hatte richtig klarmachen können. Denn dieser wollte ihr statt eines lindernden Präparats für Gesicht und Dekolleté eine Hämorrhoidensalbe verkaufen.

Nur mit Mühe erholten sich die Frauen wieder von ihrem Lachkrampf. Jetzt war Sina dran, die von mehreren Pannen am Flughafen zu erzählen wusste. Einmal hatte man bei der Gepäckkontrolle ihren gesamten Koffer ausgeleert, woraufhin sich Slips und BHs überall auf dem Kofferband verteilt hatten, was ihr verständlicherweise mehr als peinlich gewesen war. Ein weiteres Mal hatte es unerwartet eine Flugplanänderung gegeben, wodurch sie – da sie ahnungslos das ursprünglich vorgesehene Gate angesteuert hatte – beinahe nach Moskau anstatt nach Zürich geflogen wäre.

Nachdem die Frauen mit dem Essen fertig waren und noch eine ganze Weile zusammensaßen, ließ sich Louise – unter dem wortreichen Protest von Karin und Sina – die Rechnung bringen und bezahlte.

„Aber ich bin Ihnen doch noch einen Drink schuldig", warf Sina ein. „Ich weiß was: An der Strandpromenade ist die ‚Piraten-Bar'. Ich habe heute Mittag gesehen, dass sie momentan alle Cocktails zum halben Preis anbietet. Da könnten wir noch hingehen." „Aber ich trinke doch keinen Alkohol", gab Karin zu bedenken.

„Ach, gar kein Problem", meinte Sina. „Auf jeder Karte gibt es heutzutage auch alkoholfreie Cocktails. Da ist bestimmt auch etwas Gesundes für Sie dabei."

Louise griff zu ihrer Jacke und stand auf. „Gut, dann man los mit uns Piratenfrauen." Die drei Frauen lachten.

Karin studierte die Karte, was nicht so einfach war, da sie versuchte, bei dem schummrigen Licht ohne ihre Lesebrille die Beschreibungen der Cocktails zu erkennen.

„Da ganz unten. Alkoholfreie Cocktails." Sina zeigte auf die betreffende Stelle.

„Gut, dann nehme ich den ‚hawaiianischen Fruchtpunsch'. Und Sie, Louise?"

„Frau Bergheim, was können Sie denn empfehlen? Ich meine, Sie haben ja mit Cocktails etwas mehr Erfahrung als wir."

„Sex on the beach". Damit kann man nichts falsch machen."

„Sex on the was?" Karin glaubte, ihren Ohren nicht zu trauen.

„Sex on the beach – Sex am Strand. Er besteht aus Wodka, Pfirsich-Likör, Orangensaft und ..."

Louise kicherte. „Gut, den nehme ich."

„Gut, also zweimal ‚Sex on the beach' und einmal den ‚hawaiianischen Fruchtpunsch', bitte."

„Mmh, schmeckt das gut." Louise fand augenscheinlich Gefallen an ihrem Cocktail.

„Ja, vor allem, weil man den Alkohol kaum schmeckt. Möchten Sie nicht auch mal probieren, Frau Winter?"

Karin verzog das Gesicht.

„Nein, das ist sehr nett, danke. Ich bleibe lieber bei meinem Fruchtpunsch."

Louise räusperte sich. „Ich finde, da wir ja nun eine – wenn auch zeitlich begrenzte – Wohngemeinschaft bilden, möchte ich euch als die Älteste hier gerne das ‚Du' anbieten, wenn ihr mögt. Also ich heiße Louise."

„Ja, dann Louise." Sina stieß zuerst Louises und dann Karins Glas an. „Ich bin Sina."

„Und ich Karin."

Louise fragte sich, warum sie nicht schon viel eher einen Cocktail trinken gegangen war. Siggi hätte sie doch anschließend sicher nach Hause fahren können. Inzwischen hatte sie drei „Sex on the beach“ gehabt und das Gefühl, besser mit dem Trinken aufzuhören, da sich die hölzerne Gallionsfigur über der Bar langsam auf sie zuzubewegen schien.

Sina erging es ähnlich, obwohl sie ja eigentlich „cocktailfest“ war. Der Weißwein beim Essen und jetzt die Cocktails, das war irgendwie zu viel, zumal ihr Karin zusehends sympathischer wurde. Und das konnte nicht richtig sein! Sie sah Karin mit leicht glasigem Blick von der Seite an und fragte sich, was sie eigentlich anfangs gegen die dunkelhaarige Frau gehabt hatte. „Nichts“, entfuhr es Sina.

„Was hast du gesagt?“, fragte Louise, die bemüht war, auf dem hohen Barhocker die Balance zu halten.

„Ich sagte ‚nichts‘“, wiederholte Sina und blickte dabei verlegen von Louise zu Karin.

Karin erkannte, dass die beiden Frauen nun genug getrunken hatten.

„Ich glaube, wir gehen jetzt besser zum Ferienhaus zurück. Es ist schon fast zwölf.“

Sina winkte in Richtung Bar. „Gut, wie du meinst. Bitte zahlen. Alles zusammen.“

Sie mussten noch ein gutes Stück an der Strandpromenade entlanggehen. Da sowohl Sina als auch Louise im Dunkeln Schwierigkeiten hatten, dem Weg zu folgen (Sina hätte beinahe einen Mann angerempelt, der seinen Hund zu später Stunde noch Gassi führte), beschloss Karin, die beiden angetrunkenen Frauen links und rechts unterzuhaken.

„Oh, das ist nett von dir“, meinte Sina, die ihr dabei den Arm tätschelte. „Ohne dich würden wir bestimmt nicht nach

Hause finden, nicht wahr, Louise? Louise?" Sina schrie über Karins Kopf hinweg.

„Ja, Sina?" Louise versuchte, ein leises Rülpsen zu unterdrücken, weshalb die Antwort undeutlich ausfiel.

„Louise, findest du es nicht nett von Karin, dass sie uns sicher nach Hause bringt?"

„Sehr nett." Louise hakte sich noch etwas fester bei Karin ein, da sie gerade über einen Stein gestolpert war. Leicht schwankend kam das Trio schließlich nach 20 endlos langen Minuten, wie Karin fand, bei ihrer Unterkunft an.

Als Karin am nächsten Morgen um kurz nach neun aufwachte, war es noch ruhig im Haus. Kein Wunder, dachte Karin kopfschüttelnd und schmunzelnd, Louise und Sina mussten sicherlich noch ihren Rausch ausschlafen. Nachdem Karin über den positiven Verlauf des letzten Abends nachgedacht hatte (wenngleich sie den Alkoholkonsum natürlich nicht gutheißen konnte), stand sie auf, ging ins Bad und anschließend in die Küche, um sich wie gewohnt einen Tee zu kochen. Anschließend legte sie im Wohnzimmer ihre Yogamatte zurecht und wollte gerade mit den Übungen beginnen, als Louise hereinkam. Louise, der die Haare noch etwas zu Berge standen, sah leicht blass aus, was Karin nicht wirklich überraschte.

„Oh Louise, ich habe heute Morgen gar nicht beim Yoga mit dir gerechnet. Ich meine, nach dem gestrigen Abend."

„Ich weiß, ich weiß."

Louise legte eine Hand an ihre Stirn.

„So ganz auf der Höhe bin ich auch noch nicht. Aber auf die Yogastunde wollte ich nicht verzichten. Du sagst doch, dass Yoga Körper und Seele belebt. Das brauche ich heute Morgen ganz dringend."

„Nun gut. Dann leg' dich erst einmal auf den Rücken. Später machen wir dann etwas für den Kreislauf."

Karin und Louise nahmen gerade den Vierfüßlerstand ein, als Sina in dunkelblauer Jogginghose und einem weißen Glitzer-T-Shirt in der Tür stand. „Na, Louise, wieder fit? Oh ich sehe, ihr macht Yoga. Kann ich heute mal mitmachen? Mir ist hundeelend. Aber vielleicht hilft Yoga ja dagegen."

„Hier." Karin reichte Sina ihre Matte. „Breite die Matte neben Louise aus."

„Was muss ich denn jetzt machen?"

„Zieh' erst einmal deine Socken aus. Dann rutschst du auf der Matte nicht so leicht weg. Wir wollten gerade in den ‚Hund mit dem Kopf nach unten' gehen. Dafür nimmst du erst einmal den Vierfüßlerstand als Ausgangsposition ein."

Sina tat, was Karin ihr sagte. „Okay, und dann?"

„Dann beginnt ihr, euch vom Boden abzudrücken und langsam die Arme und Beine zu strecken. So." Karin machte die korrekte Haltung vor.

„Hund mit dem Kopf nach unten? Bist du sicher, dass das so heißt? Du siehst eher aus wie eine dicke Raupe, die ein Geodreieck verschluckt hat."

„Sina", sagte Louise entsetzt.

„'Tschuldigung, ich meine das nicht persönlich. Muss wohl am Restalkohol liegen."

„Ist schon okay", murmelte Karin, noch immer in der Yogaposition. „Ich weiß selbst, dass ich nicht die Schlankste bin. Also, können wir jetzt weitermachen?"

Sina und Louise begannen, ebenfalls die Yogahaltung einzunehmen.

„Ich kann die Beine nicht ganz strecken", stöhnte Sina.

„Das macht nichts. Das ist am Anfang auch gar nicht nötig. Streck' sie einfach so weit, wie du es leicht schaffst."

„Mache ich das richtig so?“ Diesmal kam die Frage von Louise. „Das zieht nämlich ganz schön am Hintern.“

„Kommt das Dehnungsgefühl flächig an oder sticht es?“

„Flächig. Alles flächig.“

„Dann ist es richtig so.“

Sina begann, langsam ungeduldig zu werden. „Wie lange muss ich denn noch im umgekehrten Hund bleiben, Karin? Mir wird langsam schlecht. Ich glaube, die Cocktails kommen wieder hoch.“

„Dann kommt raus, ihr beide, bevor ihr hier noch auf den Teppich spuckt.“

„Uff, ich wusste gar nicht, dass Yoga so anstrengend sein kann.“

Sowohl Sina als auch Louise hatten durch die Umkehrhaltung wieder eine gesunde Gesichtsfarbe bekommen.

„Ja, das kann es.“ Diesmal war es Karin, die sich über die beiden Frauen amüsierte.

Da es Sina und Louise an diesem Vormittag aus nachvollziehbaren Gründen etwas ruhiger angehen ließen, die Frauen aber die letzten Stunden vor Sinas Abreise zusammen verbringen wollten, beschlossen sie, ein wenig am Strand spazieren zu gehen und mittags „einen Happen“ zu essen, woraufhin Sina sich für die Crêpesbude aussprach.

Nachdem alle drei ihre Crêpes auf einer Bank im Ferienpark genossen hatten, blieben sie noch eine Weile in der für Mai schon recht warmen Sonne sitzen. Louise war froh, ihren Hut dabeizuhaben, da sie ihr Kopfweh immer noch nicht ganz wieder los war und sie sich so etwas vor der Sonne und dem Wind schützen konnte.

„Schade“, seufzte Sina. „Aber ich glaube, so langsam muss ich wohl meine Sachen packen und nach Hamburg zurückdüsen. Vorher möchte ich noch mal schnell zur Polizei. Vielleicht hat sich ja mein Portemonnaie inzwischen angefunden."

Louise stand auf. „Wir begleiten dich, wenn du möchtest."

„Ja", sagte Karin. „Lasst uns gehen. Dann können wir vielleicht noch eine Tasse Tee, äh Kaffee, zusammen trinken."

„Gute Idee."

Leider blieb auch dieser Besuch bei der örtlichen Polizeiwache erfolglos. Als Sina die Treppenstufen herunterkam, wo Louise und Karin warteten, zuckte sie mit den Schultern. „Ich geb' es auf. Mein Portemonnaie werde ich wohl nie wiedersehen. Ich hoffe nur, dass die Sperrung der Karte erfolgreich war und ich noch etwas Geld auf meinem Konto habe."

„Du Ärmste." Louise legte Sina die Hand auf die Schultern. „Komm', lass' uns noch einen Kaffee zusammen trinken, bevor du fährst."

Als Sina ihre Reisetasche auf dem Beifahrersitz verstaut hatte und sich von Karin und Louise verabschiedete, war ihr – wie sie zugeben musste – schon etwas mulmig zumute. Schließlich wusste sie nicht, was sie in Hamburg erwarten würde. Hatte Alex vielleicht auf ihren Anrufbeantworter gesprochen und sich entschuldigt? Andererseits hätte er sie ja auch auf dem Handy erreichen können. Und wie war wohl die Präsentation ohne sie gelaufen? Morgen musste sie ihren Kollegen, die sie mit ihrem erfundenen grippalen Infekt schließlich belogen hatte, vor die Augen treten. Würde sie das problemlos schaffen? Nicht zuletzt Karin und Louise: Wie würde es ihnen in den nächsten Wochen hier in Heiligenhafen ergehen? Würde Karin viele Bilder malen und weiterhin täglich Yoga üben? Würde Louise am Strand walken gehen und ein ‚Dutzend Bücher' lesen, wie sie es vorhatte? Würde sie jemals wieder von den beiden Frauen hören, die sie so freundlich über das Wochenende aufgenommen hatten?

„Es war schrecklich nett von euch, mich hier einfach wohnen zu lassen, wo ihr mich doch gar nicht kanntet. Das Wochenende hier hat mir wirklich gut getan." Sina umarmte zuerst Louise und dann Karin.

„Auch wir haben uns gefreut, dich kennenzulernen – auch wenn es anfangs ja ein paar kleine Anlaufschwierigkeiten gab", sagte Louise, während sie Karin zuzwinkerte.

„Hier." Karin gab Sina ein in Papier eingewickeltes kleines Päckchen. „Bis Hamburg ist es ja nicht so weit. Aber ich habe dir ein paar Brote geschmiert. Vielleicht hast du für heute Abend ja nichts im Haus."

„Oh, danke, sehr lieb von dir." Sina nahm die Brote und legte sie in ihre Tasche. „So, dann macht's mal gut."

„Gute Fahrt, Sina."

„Ja, danke. Und wie gesagt. Das Geld überweise ich dir gleich nächste Woche, Louise. Deine Kontonummer habe ich ja."

Louise und Karin blickten dem Karmann Ghia nach.

„Hoffentlich ergeht es dem Mädchen in Hamburg gut." Karin seufzte.

„Sag' mal, kann es sein, dass du Sina plötzlich ins Herz geschlossen hast?"

„Na ja, zumindest ein bisschen", antwortete Karin lächelnd, während sie gemeinsam zurück ins Haus gingen.

Komisch, dachte Louise, als sie später am Abend in ihrem Bad stand, um sich für das Bett fertig zu machen. Noch vor ein paar Tagen war sie davon ausgegangen, dass sie die nächsten drei Monate alleine verbringen würde. Und nun hatte sie kurzfristig gleich mit zwei Frauen das Haus geteilt. Eine davon, nämlich Karin, würde ihr aller Voraussicht nach noch weiterhin Gesellschaft leisten. Ursprünglich hatte sie ja befürchtet, dass sie sich durch Karins Gegenwart zu sehr eingeschränkt fühlen würde; schließlich war sie es inzwischen gewohnt, allein zu leben, und kam ganz gut damit zurecht. Doch das Gegenteil war der Fall: Sie genoss die Gesellschaft Karins und auch die kurzzeitige Anwesenheit Sinas, obwohl oder gerade weil die beiden Frauen so ganz anders waren als sie selbst. Und es zeigte ihr wieder einmal, wie wichtig Toleranz war und dass es sich lohnte, nicht gleich vorschnell über einen Menschen zu urteilen, auch wenn sie natürlich in der kurzen Zeit nur sehr wenig über Sina und Karin erfahren konnte.

Gut, Sina hatte ihr am Freitag am Strand ihr Herz ausgeschüttet. Doch war sie wirklich so traurig über die Krise mit ihrem Alex? Oder steckte hinter dem Zusammenbruch Sinas noch mehr?

Und was war mit Karin? Sie wusste, dass Karin eine erwachsene Tochter hatte, die in England studierte und die ihr ganzer Stolz war. Doch was war mit ihrem Mann, den sie kaum erwähnte? Warum war er nicht zusammen mit ihr in den Urlaub gefahren? Was war in der Ehe von Karin los?

„Nein, ich habe kein Recht, mich da einzumischen", sagte Louise halblaut zu sich selbst, als sie aus dem Bad kam, sich aufs Bett setzte und ihre Brille und ein Buch vom Nachttisch nahm. Wenn Karin davon erzählen möchte, würde sie es schon noch tun.

Auch Karin war an diesem Abend früh zu Bett gegangen und machte sich ihre Gedanken. Ob Sina wohl gut nach Hamburg gekommen war? Es ist schon verrückt, dachte sie. Da kommt auf einmal eine junge Frau ins Haus, die der Freundin von Dieter zum Verwechseln ähnlich sieht. Und dann muss Karin feststellen, dass die arrogant wirkende Sina in Wahrheit ein feines Mädchen ist, das sie innerhalb von nur zwei Tagen ins Herz geschlossen hat. War dies vielleicht ein Wink des Schicksals, Dieters neuer Liebe ihren Segen zu geben? Nein, das konnte sie noch nicht.

Noch war der Schmerz, den ihr Mann ihr zugefügt hatte, zu groß. Schließlich hatte sie alles für ihn geopfert: ihren Beruf, ihre Unabhängigkeit und letztendlich auch ihre Würde, wenn sie ehrlich war. Jetzt galt es, erst einmal an sich zu denken und es sich gut gehen zu lassen. Louise, da war sie sicher, würde ihr bestimmt dabei helfen können, ihr Selbstbewusstsein wiederzugewinnen – so gelassen und souverän, wie die ältere Frau war. Sollten sie beide hier noch länger zusammen wohnen, wie es derzeit ja aussah, würden sich bestimmt noch mehrere Gelegenheiten ergeben, Louise von Dieters Affäre zu erzählen.

Sina hatte ihren Wecker diesmal auf sieben Uhr gestellt und sich mehrfach seiner Funktion vergewissert. Sie war gestern Nachmittag gut durchgekommen, hatte aber sicherheitshalber noch für 30 Euro getankt. Ihr Karmann Ghia war der reinste Schlucker, und glücklicherweise geriet sie vor Hamburg nicht in einen Stau. So hatte sie abends noch genügend Zeit, ihre Reisetasche auszupacken und zwei Maschinen Wäsche zu waschen, da diese seit langem liegen geblieben war. Danach aß sie die Brote, die Karin ihr geschmiert hatte und die ihr – obwohl sie sehr gesund aussahen mit dem Salatblatt und der Tomatenscheibe oben drauf – sehr gut schmeckten.

Um sich noch ein wenig abzulenken, schaltete Sina den Fernseher ein. Das Programm schien jedoch nur aus Action- oder Kriminalserien zu bestehen. Sie ging schon um kurz nach zehn schlafen, da sie von der vielen Seeluft hundemüde war und morgen ein anstrengender Tag auf sie wartete.

„Guten Morgen, Sina. Na, bist du wieder gesund?“ Bea hatte ihre Freundin schon von der Kaffeeküche aus auf dem Büroflur gesehen und kam ihr jetzt entgegen. Sina umarmte die

Kollegin herzlich. „Guten Morgen, Bea. Ja, mir geht es wieder ganz gut. Du, ich muss dir etwas sagen ..."

„Die Präsentation am Freitag ist übrigens klasse gelaufen", unterbrach Bea, bevor sie weiter sprechen konnte. „Herr Leonhard von ‚Pro Tags' hat dich natürlich vermisst. Aber wir haben ihm gesagt, dass du plötzlich krank geworden bist. Dafür hatte er vollstes Verständnis."

„Du, Beate ...?"

„Ja?"

„Ach nichts. Gibt es schon ein Protokoll?"

„Ja, das habe ich Freitagnachmittag noch ins Reine geschrieben. Es liegt auf deinem Schreibtisch."

„Du bist ein Schatz. Was wäre ich nur ohne dich in diesem Laden?" „Hoffnungslos aufgeschmissen, ich weiß. Na, dann gewöhn' dich mal wieder ein. Ein fehlender Tag in dieser verrückten Agentur und man hat das Gefühl, es habe sich die Welt verändert."

Was du nicht sagst, dachte Sina, während sie sich aus der Küche eine Tasse Kaffee holte und in ihr Büro ging. Sina sah flüchtig die Post vom Freitag durch und stellte fest, dass sie eines der Schreiben heute dringend beantworten musste. Dann schaltete sie ihren PC ein, um die inzwischen aufgelaufenen E-Mails zu checken. Wie sie feststellte, war nichts Dringendes dabei.

Deshalb beschloss Sina, erst einmal bei ihrer Bank anzurufen und sich zu erkundigen, ob es seit Freitag Abhebungen auf ihrem Konto gegeben hatte und wie sie am schnellsten eine neue EC- und Kreditkarte bekommen könnte. Außerdem wollte sie natürlich Louise so bald wie möglich das geliehene Geld überweisen. Dazu musste sie aber erst einmal wissen, ob es überhaupt noch ein Guthaben auf ihrem Konto gab. Da sie ihren Kundenberater recht gut kannte, sicherte der ihr zu, die neuen Karten gleich für sie zu beantragen. Außerdem erklärte er ihr, dass auf dem Computer keine Kontenbewegungen seit Freitag zu sehen waren. Da manche Buchungen – insbesondere solche bei durch Kreditkarten geleistete Zahlungen – erfahrungsgemäß etwas länger dauerten, gäbe es jedoch keine Garantie dafür, dass sich nicht doch jemand auf ihrem Konto bedient hatte. Trotz dieser Auskünfte war Sina erst einmal erleichtert und beschloss, in ihrer Mittagspause zur Bank zu gehen und, wie geplant die Überweisung auf Louises Konto vorzunehmen.

Da für elf Uhr ein Meeting angesetzt war, machte sich Sina an das wichtige Schreiben von ihrem Poststapel und erledigte noch ein paar Telefonate.

In den nächsten drei Tagen arbeitete Sina wie gewohnt viel und lange. Sie hoffte, sich damit von Alex abzulenken, der sich immer noch nicht bei ihr gemeldet hatte. Doch ständig schweiften ihre Gedanken ab – überraschenderweise nicht zu Alex, sondern zu Karin und Louise nach Heiligenhafen, wo es sich die beiden Frauen vermutlich gerade so richtig gut gehen ließen.

Das Wetter hatte sich dort inzwischen verschlechtert. Das hatte sie auf der Webcam im Internet gesehen. Doch es gab ja genügend andere Möglichkeiten, sich die Zeit zu vertreiben, etwa, indem man Yoga machte, ein gutes Buch las oder einfach nur bei einer Tasse Kaffee (natürlich Grüntee in Karins und Louises Fall) zusammensaß. Und außerdem: Die frische Luft an der See tat gut, auch oder gerade dann, wenn das Wetter ungemütlich war. Sina lächelte, während sie ihre Geschäftspost durchging. Sie hatte das Gefühl, sie würde schon bald wieder nach Heiligenhafen zurückkehren. Und wenn sie ehrlich war: Sie freute sich auch schon darauf.

Sechs

Eddie Fischer liebte den Wind und die Wellen. Das war auch einer der Gründe dafür, warum er vor rund zwölf Jahren von Gräfelfing bei München an die Küste nach Heiligenhafen gezogen war. Der Hauptgrund für seinen Umzug hieß jedoch Christa – eine waschechte Heiligenhafenerin und seine große Liebe, wie er damals dachte.

Leider hielt die Liebe nur sieben Jahre, da Christa auf einem Klassentreffen ihren Jugendfreund Henning wieder getroffen hatte und schon eine Woche später zu ihm nach Rostock gezogen war. Eddie hatte dies inzwischen mehr oder weniger gut verwunden. Da sich an seiner Liebe zu Heiligenhafen nichts geändert hatte, war der Physik- und Sportlehrer jedoch geblieben und verdiente sich sein Geld nun als Hausmeister für verschiedene Ferienobjekte und als Nordic Walking-Trainer.

Eddie hatte an diesem Abend Lust auf einen Spaziergang am Strand. Eigentlich verrückt, dachte er, während er den Kragen seiner Jacke etwas höher zog. Denn das Wetter war vor kurzem umgeschlagen, und es sah nach Regen aus. Daher beschloss Eddie, seinen Marsch im Sand etwas abzukürzen und lieber zurück zur Strandpromenade zu gehen.

Plötzlich stieß er mit seinem Fuß gegen einen kleinen dunklen Gegenstand. Eddie blieb stehen und stutzte. Im Sand lag trotz der regelmäßigen Reinigung durch die Kurverwaltung mitunter allerlei Müll herum. Er bückte sich, hob den Gegenstand auf, wischte den feuchten Sand ab und sah, dass es sich um ein Portemonnaie handelte. Er öffnete die Geldbörse. Bargeld war keines mehr drin, jedoch eine EC-Karte, eine Mastercard und die Kundenkarte einer Parfümerie. Außerdem steckte im obersten Kartenfach ein Foto, auf dem eine lächelnde junge Frau und ein dunkelhaariger, ebenfalls lächelnder, junger Mann zu sehen waren. Eddie zog die EC-Karte heraus und las den Namen, der auf der Vorderseite aufgedruckt war: Sina Bergheim. Das musste demzufolge die Besitzerin des Portemonnaies und die junge Frau auf dem Foto sein. Eddie beschloss, das Portemonnaie mitzunehmen und gleich morgen früh zur Polizei zu bringen. Vielleicht hatte es dort jemand als gestohlen gemeldet.

Am nächsten Morgen war Karin wie gewohnt in der Küche und wollte ihren Tee zubereiten. Sie stand an der Spüle und drehte den Hahn auf, um Wasser in den Wasserkocher zu füllen. Als sie den Hahn wieder zudrehte, bemerkte sie, dass Wasser heraustropfte. Karin drehte den Hahn noch einmal auf und fester wieder zu, aber es änderte nichts – im Gegenteil: Das Wasser schien jetzt regelrecht in die Spüle zu laufen.

„Louise, kommst du mal? Ich glaube, der Wasserhahn ist kaputt."

Louise, die sich gerade ihre Sporthose angezogen hatte, weil sie gleich mit Karin Yoga üben wollte, kam in die Küche. „Was ist denn?"

„Der Wasserhahn ist kaputt. Hier", Karin zeigte auf den rechten Hahn.

„Ich hatte gerade Wasser in den Kocher gefüllt und den Hahn wieder zugedreht, aber es kommt trotzdem noch Wasser heraus."

„Lass' mich mal sehen." Louise ging an die Spüle und drehte abwechselnd erst den Kaltwasser- und anschließend den Warmwasserhahn auf und wieder zu. „Du hast recht. Anscheinend ist jedoch nur der Kaltwasserhahn undicht. Aber so können wir das natürlich nicht lassen. Ich werde Herrn Petersen anrufen."

„Und?" fragte Karin ein paar Minuten später.

„Herr Petersen sagt, der Hausmeister wird in spätestens einer Stunde vorbeikommen und den Hahn reparieren."

„Gut, dann lass' uns die Zeit nutzen und ein bisschen Yoga machen."

Nach etwa 40 Minuten klingelte es an der Haustür. Karin, die noch ihre Yogaklamotten anhatte und von den Übungen leicht verschwitzt war, öffnete.

„Guten Morgen, mein Name ist Edmund Fischer. Ich bin der Hausmeister. Herr Petersen sagt, Sie haben ein Problem mit dem Wasserhahn in der Küche?"

Karin starrte auf den etwa ein Meter achtzig großen schlanken Mann, dessen dunkle Haare an den Schläfen und am Schnurrbart leicht grau zu werden begannen und dessen grüngraue Augen sie freundlich anblickten.

„Was? Guten Morgen. Mein Name ist Karin Winter. Ich bin eine der beiden Mieterinnen." Karin gab Eddie die Hand. „Kommen Sie doch bitte rein."

Eddie putzte sich die Schuhe auf der Fußmatte ab und folgte ihr in die Küche, wo Louise schon wartete. „Gut, dass Sie da sind. Der Kaltwasserhahn ist vermutlich undicht."

Edmund stellte seinen Werkzeugkoffer ab, öffnete den Schrank unter der Spüle und begann, Wasserhähne und Leitungen zu überprüfen. Nach einer Weile sagte er: „Sie haben recht. Die Dichtung ist defekt. Sicherheitshalber tausche ich das Ventil gleich mit aus. Dann müssten Sie erst einmal Ruhe haben."

Edmund bückte sich und wollte gerade die benötigten neuen Ersatzteile aus seinem Werkzeugkoffer holen, als ihm etwas aus seiner Hosentasche fiel.

„Ihnen ist gerade Ihr Portemonnaie runtergefallen." Louise bückte sich und wollte es Eddie wiedergeben.

„Das ist nicht mein Portemonnaie." Edmund wischte sich mit dem Ärmel über die Stirn. „Ich habe es gestern Abend am Strand gefunden. Ich wollte es gleich, nachdem ich bei Ihnen fertig bin, zur Polizei bringen. Es gehört einer ..."

Weiter kam Edmund nicht, da Louise schon das Portemonnaie aufgeklappt und das Foto im ersten Kartenfach entdeckt hatte. „Sina Bergheim. Karin, das ist das Portemonnaie von Sina! Wir müssen sie gleich anrufen!"

„Was, Sie kennen die junge Frau? Das ist aber ein glücklicher Zufall."

Ja, das ist es wirklich, dachte Karin, die ihre Augen nicht von dem smarten Edmund Fischer nehmen konnte, während Louise dabei war, Sinas Nummer zu wählen.

Normalerweise rief Sina ihren Anrufbeantworter nur selten von unterwegs ab. An diesem Donnerstag aber hatte sie irgendwie das Gefühl, dass zu Hause eine Nachricht auf sie wartete. Sina saß im Auto, um nach einem Kundentermin wieder in die Agentur zu fahren.

Leider war der Termin nicht sehr erfolgreich gewesen. Vielleicht lag es daran, dass Sina, seitdem sie aus Heiligenhafen zurückgekommen war, nicht mehr so richtig Spaß an ihrer Arbeit hatte. So aufregend ihr die Werbebranche anfangs noch erschienen war, so ermüdend empfand sie inzwischen den Kampf um knappe Budgets und die hohen Ansprüche der Kunden. Vor sechs Jahren, als sie ihr BWL- und Psychologie-Diplom gerade in der Tasche und bei Wieland eine Ausbildung als Trainee angefangen hatte, war das noch anders. Doch jetzt war die Luft raus – obwohl sie vor kurzem zum „Senior PR-Consultant“ aufgestiegen war. Das lag natürlich zu einem großen Teil an der hohen Arbeitsbelastung, der sie tagtäglich ausgesetzt war.

Aber da war noch etwas anderes: Irgendwie, dachte Sina, während sie den Code zum Abruf ihres Anrufbeantworters zu Hause in ihr Handy eingab, hatte sie das Gefühl, dass sie sich derzeit nur im Kreis drehte und in ihrem Leben eine neue Herausforderung brauchte. Sie wusste nur noch nicht, welche das war.

„Dies ist der Anschluss von Sina Bergheim. Leider ist momentan nur mein Anrufbeantworter erreichbar. Hinterlassen Sie doch bitte eine Nachricht. Piep.“

„Sina? Hier ist Louise Mertens. Du glaubst gar nicht, was passiert ist. Der Hausmeister ist gerade gekommen und wollte unseren Wasserhahn in der Küche reparieren – weißt du, den, der immer so schwer zuging. Ach, das ist ja jetzt völlig egal. Was ich dir sagen wollte: Dein Portemonnaie ist wieder da, mitsamt deinen Karten! Ist das nicht toll? Ruf‘ doch bitte so schnell wie möglich zurück. Unsere Telefonnummer hast du ja. Bis dann.“

War das möglich? Sina gab noch einmal den Code ein, um sicherzugehen, dass sie sich nicht verhört hatte. „Dein Portemonnaie ist wieder da, mitsamt deinen Karten!“, hatte Louise gesagt. Tatsächlich: Es war kein Irrtum. Ihr Portemonnaie war gefunden worden – von wem auch immer. Sina gab Gas, um schneller wieder in der Agentur zu sein, denn ihr kam plötzlich eine Idee.

Sina klopfte an die Tür ihres Chefs. „Ja?“

Vorsichtig steckte sie den Kopf durch die angelehnte Tür. „Bernd, kann ich dich mal kurz sprechen?“

„Komm‘ rein. Was hat denn meine beste PR-Beraterin auf dem Herzen?“

„Ach, Bernd, lass‘ die Scherze. Was ich dich fragen möchte, wird dir bestimmt nicht gefallen.“

„So?“ Bernd Wieland runzelte die Stirn.

„Bernd, du weißt doch, dass ich schon lange keinen Urlaub mehr gemacht habe.“

„Oh, ich glaube, die Unterhaltung wird mir tatsächlich nicht gefallen.“

Sina ließ sich nicht beirren. „Na ja, und du sagst doch immer, Kreativität braucht Raum und Zeit. Momentan fühle ich mich einfach ausgebrannt. Außerdem muss ich dringend einige private Dinge klären. Da wollte ich dich fragen, ob ich kurzfristig Urlaub haben kann?“

„Was heißt kurzfristig für dich?“

„Na ja, am liebsten sofort.“

„Sofort?“ Bernd ließ seinen Kugelschreiber fallen und starrte Sina an.

„Ja, wenn‘s geht?“

Bernd Wieland überlegte und rieb sich mit Zeige- und Mittelfinger über die Stirn.

„Okay, die Präsentation für die ‚Pro Tags GmbH‘ ist ja erst einmal über die Bühne. Die Entscheidung des Kunden wird sowieso frühestens in einer Woche fallen. Also, wenn du morgen die Übergabe an Bea machst, könnte ich dich notfalls für eine Woche entbehren.“

„Ich dachte eher an drei Wochen.“

„Drei Wochen? Ja Sina, spinnst du denn? Ich glaube nicht, dass sich das so kurzfristig ...“

„Bernd, bitte! Es ist unheimlich wichtig für mich. Bea kann mich bestimmt gut vertreten. Sie hat doch gerade die Brandnerkampagne abgeschlossen und hat jetzt wieder Kapazitäten frei. Lass' sie sich doch auch mal bewähren. Und wenn ich aus dem Urlaub zurück bin – das verspreche ich dir – werde ich mich unheimlich ins Zeug legen."

„Hmh, ich weiß nicht. Wenn ich das bei dir erst einmal durchgehen lasse, wollen womöglich alle meine Mitarbeiter plötzlich unangekündigt Urlaub haben."

„Sag' ihnen doch einfach, du hast vergessen, meinen Urlaubsantrag zu unterschreiben."

„Jetzt soll ich für dich auch noch mein Team anschwindeln? Na, also gut. Aber nur, weil du mein bestes Pferd im Stall bist. Du scheinst den Urlaub ja wirklich dringend zu brauchen. Wehe, wenn du hinterher nicht 120 Prozent Leistung bringst." Bernd Wieland hob drohend den Zeigefinger.

„Versprochen. Bernd, du bist ein Schatz!"

Sina sprang auf, ging um den Schreibtisch herum und küsste ihren Chef auf die Stirn, der sich ob der stürmischen Sympathiebezeugung seiner Mitarbeiterin irritiert seine Stirn rieb.

Sina ging mit schnellen Schritten zurück in ihr Büro und nahm den Telefonhörer in die Hand.

„Winter?"

„Karin? Hier ist Sina."

„Oh Sina, dein Portemonnaie ..."

„Ja, ich weiß, ich habe Louises Nachricht bekommen. Was haltet ihr davon, wenn ich morgen komme und das Portemonnaie persönlich in Empfang nehme – und drei Wochen bleibe?"

„Ja, kannst du denn so einfach aus Hamburg weg? Ich muss auch erst einmal mit Louise sprechen ..."

„Was musst du mit mir besprechen?", hörte Sina Louise aus dem Hintergrund fragen.

„Oh, Louise, ich habe dich gar nicht gehört. Sina ist am Telefon. Sie kommt ihr Portemonnaie persönlich abholen und möchte gerne drei Wochen in Heiligenhafen bleiben."

Louise nahm Karin den Telefonhörer aus der Hand. „Das ist ja toll, Sina. Ja, kannst du denn so einfach aus Hamburg weg? Ich meine, dein Job ..."

„Ich habe meinem Chef gesagt, dass ich dringend Urlaub brauche. Heute muss ich zu Hause noch ein paar Dinge erledigen und organisieren. Du weißt schon, meiner Nachbarin sagen, dass sie die Pflanzen gießt und den Briefkasten leert und so weiter. Aber wenn alles klappt, könnte ich morgen Nachmittag hier weg."

„Schön, wir erwarten dich dann. Und selbstverständlich kannst du wieder bei uns wohnen, nicht wahr, Karin?" Louise sah ihre Mitbewohnerin erwartungsvoll an, die sofort nickte.

„Das ist total nett von euch. Also, dann bis morgen."

„Bis morgen, Sina. Und fahr' vorsichtig."

„Mach' ich."

Sina war etwa eine halbe Stunde vor Heiligenhafen, als ihr Handy klingelte. Die Anzeige auf dem Display ihres Mobiltelefons in der Freisprecheinrichtung verriet ihr, dass es Alex war.

Sina, die eigentlich schon lange auf diesen Anruf gewartet hatte, zögerte ein paar Sekunden lang, drückte dann aber doch mit ihrem rechten Zeigefinger auf die grüne Sprechen-Taste. „Bergheim."

„Hier ist Alex. Sina, warum meldest du dich denn mit deinem Nachnamen? Du müsstest doch sehen, dass ich es bin."

„Was willst du, Alex?"

„Sina, wir müssen reden. Wo bist du gerade? Im Büro sagten sie mir, dass du dir drei Wochen frei genommen hast. Wieso machst du Urlaub ohne mich? Hältst du es nicht für nötig, mich darüber zu informieren? Können wir uns heute Abend sehen? Sagen wir bei Carlo um halb acht?"

„Ja, ich habe Urlaub", entgegnete Sina, um Beherrschung bemüht. „Aber ich glaube, darüber bin ich dir keine Rechenschaft schuldig. Nur so viel: Ich bin gar nicht in Hamburg. Außerdem wüsste ich nicht, was wir zu besprechen hätten, nachdem ich ja wohl nicht in deine Lebensplanung passe. Ich brauche jetzt Zeit ganz allein für mich, um mir über alles im Klaren zu werden."

„Das stimmt doch gar nicht, Schatz. Wir machen momentan einfach nur eine schwierige Zeit durch. Meine Eltern sagen auch, dass das bei jedem Paar einmal vorkommt - gerade kurz vor der Hochzeit."

„So, so, deine Eltern sagen das." Sina verstärkte mit beiden Händen den Griff um das Lenkrad, sodass das Weiß an ihren Knöcheln hervortrat. „Und was heißt überhaupt ‚kurz vor der Hochzeit'? Ich dachte, das Thema hätten wir erst einmal zu den Akten gelegt."

„Und ich dachte, du wärst inzwischen zur Vernunft gekommen. Aber das ist allem Anschein nach nicht der Fall."

„Ich bin noch nie so vernünftig gewesen wie jetzt, Alex. Wir sollten das Gespräch jetzt besser beenden."

„Wenn du meinst", murmelte Alex leise. „Bitte melde dich, wenn du es dir anders überlegt hast."

„Ja, das meine ich. Tschüss Alex, mach's gut." Sina drückte auf die Beenden-Taste und atmete ein paarmal tief durch. Da ihr vor Wut die Tränen über die Wangen liefen, klappte sie ihr Handschuhfach auf, um dort nach einer Packung Papiertaschentücher zu suchen.

„Wo hab' ich denn ..."

Sina blickte erschrocken auf, weil sich in ihrem Augenwinkel etwas zu bewegen schien. Tatsächlich: Vor ihr war gerade ein Traktor von rechts aus einem Feldweg in die Landstraße eingebogen.

„Auch das noch!"

Sina trat wie wild auf die Bremse und hatte das Gefühl, gleich das Bodenblech durchzutreten. Doch so sehr sie sich auch bemühte: Sie war einfach viel zu schnell und der Traktor vor ihr viel zu langsam. Sina sah mit vor Schreck geweiteten Pupillen, wie das Gefährt immer näher kam. In letzter Sekunde riss sie das Lenkrad herum. Dann wurde um sie herum alles still und dunkel.

Sieben

„Sieh' mal, Karin. Ich glaube, sie macht gerade ihre Augen auf." Louise beugte sich vorsichtig über Sina und lächelte sie erleichtert an. „Hallo Schätzchen, da bist du ja wieder. Du hast uns einen ganz schönen Schrecken eingejagt."

„Wo bin ich?" Sina wollte sich aufrichten, merkte aber, dass sie dazu zu schwach war. Außerdem fühlte sich ihr linker Fuß irgendwie schwer an.

„Du bist im Klinikum Neustadt."

„Was, was ist denn passiert?" Sina bemerkte jetzt Karin, die von der anderen Seite an das Bett herantrat.

„Du hattest eine unschöne Begegnung mit einem Traktor und dir dabei den Fuß gebrochen. Keine Angst", beschwichtigte Karin, „sonst ist nichts passiert. Der Fahrer ist glimpflich davongekommen. Er hat sich nur ein paar Rippenprellungen zugezogen."

Sina versuchte, sich erneut hochzuziehen. Die beiden Frauen kamen ihr dabei zu Hilfe. Die Bewegung führte allerdings dazu, dass sie einen stechenden Schmerz verspürte. „Aua!" Sina blickte auf ihren Fuß und sah, dass er in einem Gips steckte. Ihre Zehen guckten hervor. Sie waren geschwollen und sahen durch das Einpinseln mit Jod wie kleine Karotten aus. Sina wandte sich wieder Louise und Karin zu.

„Woher wisst ihr überhaupt Bescheid?"

„Nun, du hattest auf dem Beifahrersitz einen Zettel mit der Adresse in Heiligenhafen liegen. Nachdem die Polizei von deinen Eltern keine Adresse vorgefunden hat, haben sie uns schließlich angerufen."

Sina dämmerte es langsam. Logisch, Adressen für den Notfall hatte sie nie dabei. Außerdem trug ihre Mutter einen anderen Namen als sie, und ihr Vater war ja in Australien.

„Wir kümmern uns gerne um dich, bis du wieder ganz fit bist", versicherte Karin.

Sina schüttelte den Kopf.

„Aber nein, ich komm' schon klar."

„Du kannst und du wirst."

Louise schien keine Widerrede zu dulden. „Du musst dich jetzt sowieso erholen. Und wie kannst du das besser als am Meer."

Sina gab sich geschlagen. „Na, wenn ihr meint. Wann kann ich denn hier raus?"

„Die Ärztin meinte, wenn alles gut geht, in zwei bis drei Tagen."

„Aber ich habe mir doch nur den Fuß gebrochen." Sina gefiel die Vorstellung, im Krankenhaus zu bleiben, überhaupt nicht.

„Es ist nur zur Sicherheit, bis deine Werte wieder stabil sind."

„Meine Werte?", fragte Sina erstaunt. „Was hat das denn zu bedeuten?"

„Das wissen wir auch nicht so genau." Karin zuckte mit den Schultern. „Die Ärztin sagte nur, sie müsse diesbezüglich noch etwas mit dir besprechen."

„Hallo, wie geht es Ihnen, Frau Bergheim? Mein Name ist Hofmann. Ich bin die leitende Oberärztin dieser Station."

„Hallo."

Sina zwirbelte nervös eine Haarsträhne zwischen ihren Fingern. Nachdem Louise und Karin gegangen waren, hatte sie sofort nach der Schwester geklingelt und gesagt, dass sie umgehend mit dem zuständigen Arzt sprechen müsse. Diese hatte ihr versprochen, dass die Oberärztin so schnell wie möglich zu ihr kommt. In der Zwischenzeit hatte sie sich ausgemalt, was sie ihr wohl sagen würde. Hatte sie möglicherweise eine geheimnisvolle oder sogar unheilbare Krankheit? Oh Gott! Das hätte ihr zu allem Unglück noch gefehlt.

„Hinsichtlich Ihrer Fußfraktur sind keine weiteren Komplikationen zu erwarten, da es sich um einen glatten Bruch handelt. Sie müssen sechs Wochen einen Gips tragen und den Fuß mit Gehstützen entlasten."

„War es das, was Sie mir mitteilen wollten?", unterbrach Sina die Ärztin.

„Nun, das war es nicht alleine."

Dr. Hofmann machte eine bedeutungsvolle Pause. „Frau Bergheim, wussten Sie, dass Sie schwanger sind? Frau Bergheim?"

Sina starrte die Ärztin mit offenem Mund an. Was hatte sie da gerade gesagt? Schwanger, sie? Sie musste sich verhört haben.

„Oh, anscheinend ist es doch eine Neuigkeit für Sie. Nun, Sie müssen sich keine Sorgen machen. Mit Ihrem Baby ist alles in Ordnung. Laut den Kollegen aus der Gynäkologie sind Sie etwa in der sechsten oder siebten Woche. Allerdings sind ein paar Hormonwerte etwas hoch – vermutlich eine Stressreaktion auf den Unfall. Daher wollen wir Sie sicherheitshalber noch ein paar Tage hierbehalten. Ach", die Ärztin wandte sich schon zum Gehen, drehte sich aber noch einmal um. „Ich hätte es fast vergessen: Herzlichen Glückwunsch."

Nachdem Dr. Hofmann das Zimmer verlassen hatte, begannen bei Sina die Gedanken zu kreisen. Schwanger! Wie konnte das sein? Sie hatte doch die Pille immer genommen. Außerdem hatte sie vor zwei Wochen doch noch ganz normal ihre Periode bekommen. Und überhaupt: sechste oder siebte Woche. Kam das denn überhaupt hin? Soweit sie wusste, rechnen Mediziner eine Schwangerschaft immer vom Beginn der letzten Regelblutung an. Doch wann hatte sie mit Alex zuletzt geschlafen? Sina rechnete angestrengt nach.

Sie beugte sich vorsichtig zum Nachttisch und fand dort ihre Handtasche. Sie holte ihr Smartphone heraus und schaltete die Kalenderfunktion ein. Heute war der 12. Mai. Das hieße, etwa zwischen dem 10. und 15. April musste es passiert sein. Plötzlich fiel ihr es wie Schuppen von den Augen. Am 13. April waren Alex und sie auf der Geburtstagsfeier von Alex' bestem Freund Markus gewesen. Weil es schon spät war und Alex nicht mehr fahren konnte, hatte er anschließend bei ihr übernachtet. Am nächsten Morgen war es dann wohl passiert.

„Ach du sch ...", entfuhr es Sina. Seit diesem Zeitpunkt hatte sie mehrere Male Alkohol getrunken. Hoffentlich hatte das dem Baby nicht geschadet. Bei diesem Gedanken legte sie unwillkürlich ihre Hände auf den Bauch. Ein Baby! Sie würde tatsächlich Mutter werden! Doch wie sollte sie das Alex erklären – jetzt, wo sie quasi getrennt waren. Sollte sie ihm das überhaupt erzählen? Natürlich ist er der Vater. Aber in dieser Situation konnte und wollte sie an ein Familienleben gar nicht denken – nicht mit einem Mann, der sie nur für seine Zwecke missbrauchen wollte. Ihr würde schon etwas einfallen. Sie hatte ja jetzt genügend Zeit und war mit ihrem gebrochenen Fuß wohl oder übel zur Ruhe gezwungen. Diese Zeit würde sie nutzen, um sich über ihr weiteres Leben klarzuwerden.

„Willkommen zurück in Heiligenhafen" prangte in großen Lettern an der Eingangstür des Ferienhauses.

Karin und Louise hatten Sina, wie versprochen, aus dem Krankenhaus abgeholt.

„Ihr seid ja verrückt", entfuhr es Sina, als sie das Begrüßungsbanner sah. Sina stand, auf Krücken gestützt, vor der Eingangstür und schüttelte ihren Kopf.

„Wir freuen uns einfach, dass du wieder da bist." Louise drückte Sinas Arm. „Karin hat dir ihr Zimmer überlassen. Das ist größer als dein altes Zimmer. So hast du es bequemer."

„Wirklich?" Sina war kurz davor, ihre Fassung zu verlieren. Das mussten die Hormone sein.

„Karin, das ist total lieb von dir."

Als Sina abends im Bett lag, war sie froh, wieder im Ferienhaus zu sein. Hier konnte sie in Ruhe überlegen, wie es weitergehen sollte. Glücklicherweise war es mit den Ärzten abgestimmt, dass sie die Zeit ihrer Krankschreibung hier verbringen konnte. Die Kombination „schwanger" und „Beinbruch" schienen wohl besondere Umstände zu sein.

Nachdem man sie aus dem Krankenhaus entlassen hatte, konnte sie keinen klaren Gedanken fassen. Hier in Heiligenhafen, so hoffte sie, würde sie schon wissen, was aus ihr, Alex und dem Baby werden sollte. Dass sie es bekommen wollte, stand für Sina zweifelsfrei fest – so beängstigend die Vorstellung auch war, bereits in wenigen Monaten Mutter zu sein. Ob Alex dabei noch eine Rolle spielen würde – nun, das würde sich zeigen.

Karin starrte in den Spiegel. Irgendwie hatte sie das Gefühl, dass das, was sie da sah, gar nicht sie war: die faden braunen zerzausten Locken, das blasse Gesicht mit den dunklen

Augenringen und die Enttäuschung, die ihren herabhängenden Mundwinkeln regelrecht anzusehen war – das musste jemand anderes sein. Auch die überflüssigen Pfunde an Bauch, Hüften, Po und Oberschenkeln waren nicht wirklich attraktiv. Bislang hatte sie es nie gestört, eine „graue Maus“ zu sein. Doch jetzt fühlte sie sich, als ob sie die ganzen Jahre eine Art Maske mit sich herumgetragen hatte, die sie jetzt nicht mehr wollte. Wie gerne würde sie so selbstbewusst wie Louise und so schön wie Sina sein. Nicht, dass sie ihrer Jugend hinterher trauerte. Schließlich war Schönheit vergänglich. Doch mit 47 Jahren war das Leben noch nicht vorbei! Sie konnte doch nicht ewig unsichtbar herumlaufen.

Und das wollte sie auch gar nicht. Schließlich gab es seit kurzem wieder einen Grund, attraktiver zu wirken – auch wenn ihr nach Dieters Affäre mit einer 25-jährigen Studentin eigentlich nicht der Sinn nach Männern stand. Zudem war sie ja auch noch verheiratet, obwohl sie absolut nicht wusste, was aus ihrer Ehe werden sollte. Aber irgendwie hatte es ihr der smarte Hausmeister Eddie angetan mit seinem dunklen dichten Haar, dem Schnauzbart und dem lustigen Grübchen am Kinn. Und sein leichter bayrischer Akzent war charmant, obwohl er so gar nicht hierher in den Norden passte. Leider hatte er auf Karins Lächeln kein bisschen reagiert.

„Na ja, ich bin wohl einfach keine Frau, auf die Männer fliegen“, dachte sie laut. Dann drehte sich Karin um und erschrak, denn Sina stand in der offenen Tür. „Sina, ich habe dich gar nicht gehört.“

„Entschuldige bitte. Ich wollte dich nicht erschrecken, ich wollte klopfen, habe aber beim Abstellen der Krücken das Gleichgewicht verloren und musste mich an der Türklinke festhalten. Dabei habe ich sie aus Versehen gleich aufgemacht. Irgendwie komme ich mit den Dingern“, Sina streckte ihre Gehhilfen in die Höhe, „nicht richtig klar. Nicht auszudenken, wie das wird, wenn ich als Oma mal einen Stock brauchen sollte. Das wird das reinste Chaos, sag' ich dir."

„Ach Sina, kein Problem. Aber bevor du Oma wirst, solltest du erst einmal dein Kind gesund auf die Welt bringen. Geht es euch beiden gut?"

Sina hatte Karin und Louise gleich nach ihrer Ankunft die gute Nachricht überbracht, worauf die beiden Frauen regelrecht euphorisch reagierten.

„Alles bestens. Ich wollte dich nur fragen, ob du mir kurz helfen kannst, einen der Liegestühle von der Abstellkammer auf die Terrasse zu tragen. Louise ist doch noch im Ort und mit meinem Gipsfuß geht das so schlecht. Du weißt doch, die liebe Frau Doktor hat mir geraten, mich zwischendurch auszustrecken, weil das dem Fuß und dem Zwerg gut tut. Und da die Sonne gerade wieder rauskommt, wollte ich das ausnutzen."

„Ja, natürlich. Ich mach' das schon. Setz' du dich brav hin."

„Eye eye, Käpt'n Karin." Sina führte eine ihrer Gehstützen andeutungsweise zum Kopf. „Aber dann koch' ich uns einen Tee, und wir trinken eine Tasse zusammen."

Als Karin und Sina auf der Terrasse saßen, konnte Sina ihre Neugierde nicht länger zurückhalten. „Sag' mal, Karin, was hast du vorhin eigentlich gemeint mit dem Satz: ‚Mich guckt ja sowieso keiner an?"

Karin wurde rot und stellte abrupt ihre volle Teetasse ab, wobei etwas Tee über den Rand schwappte. „Oh, das war nur so dahingesagt."

„Dahingesagt?" Sina zog ihre sorgfältig gezupften Augenbrauen nach oben. „Das glaube ich nicht. Dich bedrückt doch etwas."

„Na ja, ich bin nun mal keine so schöne junge Frau wie du. Und so selbstbewusst wie Louise bin ich auch nicht."

Sina legte Karin die Hand auf den Arm. „Ach Karin, du bist doch nun bestimmt nicht hässlich. Nur ein bisschen Styling könnte dir ganz gut tun. Dein Öko-Schlabber-Look ist vielleicht nicht ganz so vorteilhaft."

„Öko-Schlabber-Look?" Karin guckte beleidigt an sich herunter. „Aber in dieser Kleidung habe ich mich bislang ganz wohl gefühlt. Ich bin doch kein Supermodel, das Miniröcke tragen kann."

„Das musst du doch auch gar nicht. Aber ein paar kleine Veränderungen bei deiner Kleidung, Frisur und Make-up könnten bestimmt eine ganze Menge bewirken. Vertrau' uns, Karin. Louise und ich kennen uns in Sachen Mode aus."

„Oh, ihr trinkt gerade Tee." Louise kam ums Haus herum und ließ sich erschöpft auf einen Stuhl sinken.

Sina war nun nicht mehr zu bremsen. „Louise, wir haben etwas Wichtiges zu tun. Wir werden Karin umstylen. Und wenn wir damit fertig sind, wird sie kaum wiederzuerkennen sein."

Louise war ganz in ihrem Element. Zielstrebig wanderten ihre Hände durch den Kleiderständer. Vollkommen konzentriert schüttelte sie zwischendurch mit dem Kopf und murmelte: „Nein, das auch nicht."

Auch Sina war völlig vertieft in ihre Aufgabe, Karin zu einem modischen Outfit zu verhelfen, und hielt lächelnd einen grün-blauen Seidenschal in die Höhe.

Worauf hatte sie sich da bloß eingelassen, dachte Karin, während sie halbnackt aus der Umkleidekabine guckte und auf das nächste Kleidungsstück wartete. Am liebsten hätte sie sich unsichtbar gemacht, als Louise plötzlich quer durch den

Laden rief. „Hier, Karin. Das ist es. Das solltest du unbedingt anprobieren."

Auch Sina schien sichtlich begeistert. „Oh, Karin, stimmt. Das ist klasse." Karin starrte auf das Kleidungsstück, als wenn die beiden ihr einen Tintenfisch anbieten würden. „Das ist doch nicht euer Ernst, oder?" Mit weit aufgerissenen Augen blickte sie zuerst Louise und dann Sina an. „Das soll ich ... Ihr seid verrückt! Das Ding zeigt ja mehr, als dass es verdeckt."

Louise lächelte zufrieden und zwinkerte Sina zu. „Das soll es ja auch. Schließlich willst du doch Eindruck auf den lieben Herrn Fischer machen. Probier' es einfach mal an. Wenn es dir partout nicht gefällt, brauchst du es ja nicht zu nehmen."

„Wow!" Sina pfiff anerkennend, als Karin den Vorhang beiseite schob, was sie umgehend rot werden ließ.

„Komm', lass' dich mal richtig ansehen." Louise ging um Karin herum und strich den Stoff auf Karins rechter Schulter glatt.

Karin musste zugeben: Das anthrazitfarbene Jerseykleid stand ihr hervorragend und schmeichelte ihrer Figur. Der fließende Stoff kaschierte geschickt ihre Pölsterchen an Bauch, Hüften und Po. Die leicht ausgestellten Glockenärmel waren ja auch modern (zumindest hatte ihr das Louise versichert). Und in Kombination mit dem von Sina ausgesuchten blau-grünen Seidenschal sah sie sogar richtig elegant aus. Wenn nur nicht der tiefe Ausschnitt gewesen wäre! Karin versuchte, den Stoff über den hervorblitzenden BH zu ziehen.

Sina bemerkte das sofort. „Ach Karin. Mach' dir keine Sorgen wegen des Ausschnitts. Das trägt man heute so. Du solltest nur nicht gerade einen solchen Oma-BH darunter anziehen. Nimm' lieber den hier." Sina hielt Karin einen schwarzen Spitzen-BH hin. „Damit kriegst du jeden Mann rum."

Karin wurde erneut rot.

„Ach Sina, dass du auch immer so direkt sein musst." Louise suchte in ihrer Handtasche nach einem Taschentuch, weil ihr vor Lachen die Tränen gekommen waren. Es dauerte nicht mehr lange, bis sich auch Sina und Karin nicht mehr halten konnten.

Für den anschließenden Besuch beim Friseur hatte sich Louise entschuldigen lassen. Sie wollte mit ihrem Kurarzt noch etwas besprechen, hatte sie den beiden Frauen erklärt. Am Nachmittag hatten sie sich im Eiscafé im Ferienpark verabredet.

Louise entdeckte Sina zuerst, die gerade aus dem Eingang des Cafés kam. „Hallo Sina. Wo ist denn Karin?"

Sina deutete auf einen der Tische im Außenbereich. „Na, da sitzt sie doch." Sina bemerkte Louises fassungslosen Blick. „Sie ist kaum wiederzukennen, nicht?"

Louise starrte Karin an, als ob sie gerade das siebte Weltwunder entdeckt hatte. „Karin, bist du das wirklich? Das gibt es doch gar nicht! Du siehst gut, na, was sag' ich, umwerfend aus!"

Karin strahlte über das ganze Gesicht. Von der grauen Maus war nichts mehr zu sehen. Die einst braune wirre Mähne war einer modernen schulterlangen Föhnfrisur gewichen. Ihre Haare durchzogen feine rotbraune Strähnchen, waren fransig geschnitten und schwungvoll nach innen und außen geföhnt. Auch ihr Gesicht hatte dank eines dezenten Make-ups an Ausdruckskraft gewonnen. Von den dunklen Augenringen war keine Spur mehr zu sehen. Der korallenrote Lippenstift harmonierte gut zu dem grünen Lidschatten und ließ ihre braunen Augen leuchten. Karin hatte ihren neuen Seidenschal lässig um eine weiße Leinenbluse geschlungen, die sie am Vormittag ebenfalls erstanden hatte (laut Sina wegen der Kombimöglichkeit ein unbedingtes „Muss").

„Wenn das nicht eine gelungene Verwandlung ist." Louise schien sichtlich beeindruckt. „Sina, toll gemacht."

Sina lächelte. „Na, du aber auch."

„Und ich? Mich fragt wohl keiner." Karin verzog ihre Mundwinkel gespielt nach unten.

„Ach, entschuldige, Karin. Wie fühlst du dich?"

Karin machte eine dramatische Geste. „Wie eine Filmdiva."

Gut gelaunt schlenderten die drei Frauen am späten Nachmittag – wegen Sinas Krücken natürlich besonders langsam – auf der Strandpromenade zum Ferienhaus zurück. Es war ein milder Abend. Die See war ruhig. Nur hin und wieder hörte man eine Möwe schreien.

Karin tänzelte, von ihrem neuen Äußeren noch ganz entzückt, auf die Eingangspforte des Hauses zu, als sie jäh stehen blieb. „Da." Karin deutete aufgeregt in Richtung Garten. „Da schleicht ein Mann um unser Haus. Bestimmt ein Einbrecher."

„Ein Einbrecher?" Louise schob sich vorsichtig an Karin vorbei, um besser sehen zu können. Tatsächlich: An der linken Seite des Hauses stand ein Mann und blickte durch das Fenster. Unvermittelt nahm Louise ihre Handtasche und ließ sie schwungvoll kreisen, wobei sie beinahe die neben ihr stehende Sina traf.

„Na, dem werd' ich's zeigen."

Sina wollte Louise noch zurückhalten, doch diese marschierte bereits schnurstracks auf die Gestalt zu. „Sie da! Was machen Sie da? Stehenbleiben!"

Der Mann drehte sich um. Ehe er sich versah, hatte ihm Louise ihre Tasche schon in den Magen gerammt.

„Aua!“ Sich die Hand auf den Bauch haltend, blickte er Louise erschrocken und verärgert zugleich an.

„Was zum Teufel fällt Ihnen ein? Ich wollte doch nur ... Sina, da bist du ja.“

„Du kennst ihn?“, fragte Karin verwundert.

„Ja, allerdings“, antwortete Sina und blickte Alex finster an. „Hallo Alex. Was machst du hier? Woher weißt du überhaupt, wo ich bin?“

„Nun, nachdem du nicht an dein Handy gehst, habe ich in der Werbeagentur angerufen. Bea hatte deinen ‚Gelben Schein‘ gelesen und dachte wohl, ich wüsste schon Bescheid über das Baby, den Beinbruch und den Unfall. Von da an war es ein Leichtes, deinen Aufenthaltsort herauszufinden. Mein Gott, Sina! Wir bekommen ein Kind, und du hältst es nicht für nötig, mir das zu erzählen? Meinst du nicht, dass mich das auch etwas angeht?“ Alex machte einen Schritt auf sie zu, woraufhin Sina unwillkürlich zurückwich.

Sie versuchte, ruhig zu bleiben. „Du hättest es schon noch früh genug erfahren. Doch unter diesen Umständen hielt ich es für besser ...“

„Was fällt dir ein?“, unterbrach Alex sie jäh und kam so nahe, dass sich Louise und Karin schützend vor die Schwangere stellten. „Da gibt es doch wohl nichts mehr zu überlegen. Wir bekommen ein Baby. Das sagt ja wohl alles. Ein Kind braucht beide Eltern. Ich für meinen Teil bin jedenfalls nicht bereit, die Trennung zu akzeptieren – erst recht nicht in dieser Situation. Ich hoffe, du kommst wieder zur Vernunft und fährst heute noch mit mir nach Hamburg zurück. Schließlich müssen wir jetzt Verantwortung tragen ...“

Jetzt war Sina es, die Alex unterbrach. „Genau. Und deswegen brauche ich noch etwas Zeit, um zu überlegen, was für unser Kind wirklich das Beste ist. Und zwar hier und ohne dich.“ Sina wurde plötzlich schwindelig. Karin bemerkte sofort, wie blass sie war. „Sina, Schatz, ist dir nicht gut? Komm‘, setz‘ dich kurz auf die Bank.“

„Und Sie“, sagte Louise und tippte dabei Alex gegen die Brust, „verschwinden jetzt besser von hier.“

Alex merkte, dass er derzeit nicht weiterkam. „Na gut. Ich sehe, die Amazonen halten zusammen. Aber du wirst schon sehen, was du davon hast.“

Nachdem Alex weg war, gingen Sina noch immer seine Worte durch den Kopf. In gewisser Weise hatte er ja recht. Sie würden ein gemeinsames Kind bekommen. Und dieses brauchte eine Mutter und einen Vater. Durfte sie es ihm vorenthalten? Und was wäre, wenn sich alles wieder einrenkte und ihre Sorgen vollkommen unbegründet waren? Wäre Alex vielleicht doch der richtige Mann für sie? Schließlich hatte ihre Beziehung in den letzten fünf Jahren doch gut funktioniert. Warum sollten sie es nicht auch in Zukunft zusammen schaffen? Und vielleicht wäre es ja einfach das Beste, wenn sie einfach heiraten würden, um ihrem Kind eine richtige Familie bieten zu können.

Die Tatsache, dass sie ein Scheidungskind war, musste ja nicht bedeuten, dass sie und Alex es auch vermasseln würden. Und nicht zuletzt war Alex als angehender Geschäftsführer einer Maschinenbaufirma ja auch eine gute Partie. Sina beschloss, Alex in ein paar Tagen anzurufen und noch einmal in Ruhe mit ihm zu reden. Schließlich musste sie ja sowieso demnächst nach Hamburg, um die ersten Vorsorgeuntersuchungen bei ihrer Gynäkologin machen zu lassen.

Das war wirklich ein aufregender Tag, dachte Karin. Da tauchte Alex einfach so hier in Heiligenhafen auf und brachte Sina völlig durcheinander. Und das in ihrem Zustand.

Karin erinnerte sich an den Zeitpunkt, als sie mit Sophie schwanger gewesen war. Dieter war ganz aufgeregt und sorgte stets dafür, dass Karin genügend Ruhe bekam. Körperlich anstrengende Arbeiten im Haushalt erledigte er ohne Murren. Schließlich sollte sie sich schonen.

Ganz anders, als Sophie schließlich auf der Welt war. Da schienen Haushalt und Kindererziehung wie selbstverständlich ihre Aufgaben zu sein. Nicht, dass Karin sich darüber beklagt hätte. Schließlich hatte sie sich ganz bewusst für die traditionelle Rollenverteilung entschieden. Nur, dass sie sich dabei mit den Jahren selbst aufgegeben hatte.

Immer standen Dieter und Sophie an erster Stelle. Sie selbst gönnte sich nur selten etwas. Und wenn, dann war es garantiert ein heruntergesetztes Kleidungsstück aus dem Schlussverkauf. Und so hatte sich Karin auch jahrelang gefühlt. Wie ein Ladenhüter, den man nur zum Sonderpreis verkauft bekam. Doch davon hatte sie jetzt genug. Sie wusste derzeit nicht, was aus ihrer Ehe werden würde. Wie ihr Sophie am Telefon erzählte, hatte Dieter gefragt, ob es ihrer Mutter gut ginge. Doch Sophie hatte ihrem Vater deutlich zu verstehen gegeben, dass diese Frage wohl nicht sein Ernst sein könne. Schließlich hätten er und seine Midlife Crisis dafür gesorgt, dass ihre Mutter nun unglücklich war.

Und das war tatsächlich nicht gelogen. Am Anfang hatte Karin sich tatsächlich die Augen wegen Dieter ausgeheult. Aber der Schmerz ließ allmählich nach – auch deshalb, weil sie jetzt ganz neue Seiten an sich entdeckte.

So wäre sie früher nie auf die Idee gekommen, mal Sport zu treiben. Wann denn auch? Schließlich war sie ja immer für Dieter und Sophie da gewesen. Aber vor ein paar Tagen hatte sie an der Strandpromenade einen Aushang für einen neuen Nordic Walking-Kurs entdeckt. Nachdem sie mit Sinas und

Louises Hilfe ihr Äußeres verbessert hatte, wäre es doch jetzt an der Zeit, auch ihren Körper etwas mehr in Form zu bringen. Und walken soll ja sehr gesund sein. Das hatte sie zumindest gehört. Vielleicht konnte sie auf diese Art und Weise auch ein paar der ungeliebten Pölsterchen an Bauch und Hüften loswerden. Sie würde sich gleich morgen früh zum Kurs anmelden. Allerdings brauchte sie noch Sportschuhe und diese komischen Wanderstöcke dazu. Aber Sina und Louise, die ja beide sportlich waren, würden sie bestimmt auch in dieser Angelegenheit gut beraten.

„Oh Gott, damit werde ich bestimmt stolpern." Karin ging ein paar Schritte im Garten auf und ab, um ihre neuen Nordic Walking-Stöcke auszuprobieren. Sie versuchte, sich an die Dinger, die an ihren Handgelenken baumelten, zu gewöhnen.

„Halt", rief Sina, die neben Karin stand und versuchte, die Bewegungen mit ihren Gehhilfen nachzuahmen. „Du musst die Stöcke diagonal und nicht parallel zu deinen Schritten führen. Linkes Bein nach vorne, rechter Arm nach vorne. Und schön gleichmäßig wechseln und nach hinten durchziehen".

„Ach Sina, das schaffe ich doch nie."

„Natürlich kannst du das. Dafür gehst du doch in einen Anfängerkurs. Denkst du, die anderen können das auf Anhieb?"

„Aber die sind doch bestimmt alle viel sportlicher als ich. Wie soll ich denn da mithalten?"

„Ach, die Kondition kommt mit dem Training."

„Na, hoffentlich."

Karin hatte schlecht geschlafen. Sie wachte zwischendurch immer wieder auf. Und als sie dann endlich eingeschlafen war, hatte sie einen regelrechten Albtraum: Sie sollten ein Rennen laufen, bei dem sie Sina und Louise von der Seitenlinie aus anfeuerten. Nur kam sie keinen Schritt voran, weil Dieter von hinten ihre Nordic Walking-Stöcke festhielt. Irgendwann war es ihr dann doch gelungen loszulaufen, weil Sophie ihrem Vater eins mit der Bratpfanne über den Kopf gehauen hatte. Schließlich war sie völlig erschöpft, aber glücklich, als Letzte ins Ziel gekommen.

Wie sollte das bloß heute werden, wenn schon das Träumen sie völlig erschöpft hatte, dachte Karin, als sie pünktlich um 9.30 Uhr am vereinbarten Treffpunkt, dem Strandaufgang 5, ankam. Wie sie zu ihrer Erleichterung sah, war Karin nicht die älteste unter den Kursteilnehmern. Es waren sogar ein paar Senioren dabei. Zwei jüngere Frauen in Sinas Alter kicherten nervös, als Karin ihnen zum Gruß zunickte.

„Guten Morgen, meine Damen und Herren."

Karin war sich sicher, diese Stimme schon einmal gehört zu haben. Sie wandte sich abrupt um und sah direkt in Edmund Fischers Augen. Das konnte doch nicht sein! Ihr smarter Hausmeister würde auch an dem Nordic Walking-Kurs teilnehmen. Wenn das kein Zufall war. Na, vielleicht stellt er sich ja genauso blöd an wie ich, dachte Karin und sah Eddie an, der kurz zurücklächelte, dann aber seinen Blick von einem zum anderen Teilnehmer schweifen ließ.

„Ich habe gerade neun Leute gezählt. Damit dürften alle da sein. Mein Name ist Edmund Fischer, genannt Eddie. Ich habe das Vergnügen, Sie durch unseren Nordic Walking-Anfängerkurs zu führen. Ich muss nur kurz die Anwesenheitsliste durchgehen. „Braun, Elisa."

„Ja, hier."

„Hartmann, Friedrich und Anne."

„Hier."

„Gottschalk, Cornelia."

„Ja."

Edmund Fischer machte einen Haken hinter dem jeweiligen Namen, ohne aufzublicken. „Und schließlich Winter, Karin. Winter? Sind Sie da?"

„Das sind doch Sie, oder?" Die neben ihr stehende Frau tippte Karin mit einem ihrer Stöcke vorsichtig an. Karin, die vollkommen in Gedanken versunken war, erschrak. „Was? Ja, Winter, Karin. Das bin ich."

Edmund Fischer blickte auf und runzelte die Stirn. „Na, dann ist ja gut. Ich dachte schon, der Winter wäre uns gerade verloren gegangen."

Die anderen Teilnehmer lachten. Karin wurde rot.

„Nun, da wir vollzählig sind, würde ich vorschlagen, wir machen zunächst ein paar Aufwärmübungen am Strand. Dann werde ich Ihnen ein paar wichtige Tipps zur richtigen Technik geben. Auf geht's, Leut'."

Karin trottete langsam hinter dem Tross her. Das konnte doch wohl nicht wahr sein! Edmund Fischer war ihr Nordic Walking-Lehrer. Sie dachte immer, er wäre nur ihr Hausmeister. Dabei arbeitete er anscheinend auch als Sportlehrer. Na, peinlicher ging's wohl kaum! Karin war kurz davor, sich umzudrehen und zum Ferienhaus zurückzugehen. Doch dann gesellte sie sich zu den Kursteilnehmern, die bereits einen Kreis gebildet hatten.

„So, nun nehmt als erstes beide Stöcke in die Hände. Der Abstand der Hände ist schulterbreit. Nun die Arme gerade nach vorne strecken. Gut so. Jetzt führt abwechselnd die Arme langsam nach links und rechts. Damit dehnen wir die Oberarm- und Rumpfmuskulatur. Passt bitte auf, dass Ihr genügend Abstand zum Nebenmann habt, ja?"

Karin versuchte, es den anderen nachzumachen, was nicht so einfach war, weil ihr der Wind ständig die Haare von hinten ins Gesicht wehte. Schließlich hatte sie ihre Haare mit einem Haargummi gebändigt. Um mit den anderen mithalten zu können, machte sie eine schnelle Bewegung nach rechts. Leider zu schwungvoll. Denn ihre Stöcke flogen ihr dabei aus der Hand und ihrem Nebenmann direkt vor die Füße.

„Karin, ein bisschen vorsichtiger", ermahnte sie Eddie. Sie wollen doch Ihren Nachbarn nicht umbringen, oder?" Ein erneutes Lachen ging durch die Runde.

Einmal mehr wurde Karin rot und hielt sich vor Verlegenheit eine Hand vor den Mund. „Entschuldigung, die sind mir einfach so weggerutscht. Das kommt nicht wieder vor."

Nach den Dehnübungen begab sich die Truppe wieder auf die gepflasterte Strandpromenade. Eddie erklärte den Teilnehmern gerade, wie man die Hand beim Zurückführen des entsprechenden Arms öffnet, als Karin suchend nach unten blickte. Da auch einige der umstehenden Teilnehmer mitzusuchen schienen, wurde Eddie stutzig und unterbrach seine Erklärungen. „Karin, was suchen Sie denn da?"

„Mein Füßchen. Eines meiner Aufsteck-Füßchen ist verschwunden. Das brauchen wir doch für harten Untergrund, oder? Oh Gott, jetzt kann ich nicht mitlaufen, weil ich nur ein Füßchen habe."

„Keine Sorge." Eddie griff in seine Jackentasche. „Ich habe immer ein paar Ersatzfüße dabei. Hier, nehmen Sie dieses." Eddie hielt Karin das Aufsteckteil hin.

„Danke, Herr Fischer, ich meine Eddie. Das ist wirklich nett von Ihnen."

„Na, dann sollten wir keine Zeit mehr verlieren."

Karin stülpte das Füßchen über das Stockende. Schritt für Schritt setzte sich die Gruppe in Bewegung. Karin war die Letzte in der Gruppe. Aber das schien jetzt niemanden mehr zu stören. Alle waren viel zu sehr damit beschäftigt, einen rhythmischen Bewegungsablauf einzuhalten. Karin gelang es mit der Zeit immer besser, auch wenn ihre Stöcke immer mal wieder die der vor ihr gehenden älteren Frau berührten. Zwischendurch drehte sich Eddie um, um zu kontrollieren, ob die Teilnehmer sich an seine Tipps hielten. Dabei ließ er immer mal ein „gut so" oder „mehr den Arm einsetzen" hören.

Karin fand es faszinierend, wie gut Eddie mit den Leuten umgehen konnte. Alle Teilnehmer schienen sich unter seiner professionellen Anleitung wohl zu fühlen. Und wie sportlich er in seinem roten Trainingsanzug aussah. Sein Gesicht war, vermutlich von dem vielen Sport im Freien, schon braun gebrannt. Seine dunklen vollen Haare bewegten sich sacht im Wind. Wie es sich wohl anfühlen würde, mit der Hand durch sein Haar zu fahren, dachte Karin. Kaum hatte sie zu tagträumen angefangen, stoppte die Gruppe plötzlich. Karin schaffte es nicht mehr, rechtzeitig anzuhalten, und kollidierte mit ihrem Vordermann, der sie daraufhin verärgert anblickte.

„So, das wär's für heute. Wir sehen uns dann morgen um die gleiche Zeit. Ich wünsche euch noch einen schönen Tag."

Eddie winkte allen Teilnehmern noch einmal kurz zu. Ehe sich Karin versah, hatte sich die Gruppe schon aufgelöst.

Wieder im Ferienhaus angekommen, empfingen sie die beiden Freundinnen ungeduldig.

„Na, wie war's?", fragte Sina.

Und auch Louise wollte sofort wissen, ob ihr das Walken Spaß gemacht hätte. Karin berichtete alles ganz genau und ließ dabei auch die peinlichen Szenen nicht aus.

„Aber es ist doch schön, dass du unseren Eddie dort wiedergetroffen hast", meinte Louise.

„Und hast du mit ihm geflirtet?"

Sina sah vor ihrem geistigen Auge schon, wie sich eine Romanze anbahnte.

Karin zuckte mit den Schultern. „Er ist sehr nett zu allen. Aber er beachtet mich nicht wirklich – im Gegenteil: Er hat sich sogar vor der Gruppe über mich lustig gemacht."

„Ach, das wird schon. Und notfalls müssen wir einfach ein klein wenig nachhelfen."

„Sina, untersteh' dich", flehte Karin sie an.

Louise lächelte.

„Karin, du kennst Sina. Glaubst du wirklich, dass sie sich da raushält?"

Acht

Die drei Frauen genossen die wärmeren Tage und nutzten diese, um abends bei einem Glas Rotwein (Louise) und Traubensaft (Karin und Sina) noch auf der Terrasse zu sitzen und der nahen Meeresbrandung und dem Möwengeschrei zu lauschen. Insgesamt verbrachten sie viel Zeit miteinander und lernten sich so immer besser kennen. Trotz ihres Altersunterschiedes entstand mit der Zeit eine echte Freundschaft zwischen ihnen. Dementsprechend nahmen sie auch Anteil am Leben der anderen.

Eines Abends verkündete Louise, dass sie in zwei Tagen nach Kiel fahren müsse, um dort etwas Persönliches zu erledigen.

Sina, die gerade dabei war, ihre Fingernägel lila zu lackieren und mit winzigen Schmucksteinchen zu verzieren, packte die Gelegenheit sofort beim Schopfe. „Oh, können Karin und ich da nicht mitfahren? Ich brauche unbedingt noch ein paar Sommerklamotten. Und Karin bestimmt auch. Du kannst ja in der Zeit deinen Termin erledigen und wir treffen uns hinterher in einem Café. Etwas Abwechslung würde uns – glaube ich – gut tun. Und mit meinem Gipsfuß kann ich ja inzwischen auch fast schon einen Marathon laufen."

Louise stellte ihr Rotweinglas auf den Tisch. „Im Prinzip sehr gerne. Aber in diesem Fall ist es wirklich sehr persönlich. Daher würde ich doch lieber allein fahren."

Sina konnte ihre Enttäuschung nicht ganz verbergen und blickte fragend zu Karin, die ebenso irritiert schien und mit den Schultern zuckte. „Gut, wenn du meinst. Dann bleiben wir eben hier."

„Nicht böse sein, ja? Ich erklär's euch später – versprochen." Louise stand auf und gähnte. „Entschuldigt mich bitte. Ich bin hundemüde und gehe jetzt lieber schlafen." Als Louise schon fast im Haus war, drehte sie sich noch einmal um. „Ähm ..."

Sina und Karin blickten Louise erwartungsvoll an. „Ja?"

„Ach nichts. Gute Nacht, Ihr beiden."

„Sag' mal, was sollte das denn eben? Etwas Persönliches erledigen. Warum tut Louise denn auf einmal so geheimnisvoll?"

Karin blickte in den violetten Abendhimmel, als ob sie dort die Antwort finden würde. „Ich weiß es auch nicht genau. Aber ich glaube, da steckt mehr dahinter."

„Wie, mehr dahinter? Glaubst du, dass Louise ernsthafte Probleme hat? Sie ist doch immer so souverän und gut drauf."

„Ich glaube, das ist auch ein bisschen Fassade." Karin rückte mit ihrem Stuhl näher an Sina heran und senkte die Stimme, so als ob sie befürchtete, dass Louise sie hören könnte. „Hast du sie mal genauer angesehen? Immer wenn sie sich unbeobachtet fühlt, verändert sich ihr Gesichtsausdruck. Sie wirkt dann regelrecht nachdenklich. Vorgestern Nachmittag zum Beispiel bin ich in den Garten gegangen, um sie zu fragen, ob wir noch etwas einkaufen müssen, und da hatte sie Tränen in den Augen. Sie hat sie sich schnell abgewischt und gesagt, dass sie sonnen- und windempfindliche Augen hätte und wohl besser ihre Sonnenbrille holt. Aber ich sage dir: Sie hat geweint, weil sie etwas bedrückt. Ich habe mich bislang nur nicht getraut, sie zu fragen."

Sina war nun regelrecht schockiert.

„Warum hast du mir das denn nicht schon früher gesagt? Ich hatte bislang immer das Gefühl, dass Louise die Stärkste von uns ist und uns bei unseren Problemen hilft. Aber jetzt, wo du es erwähnst ... Ein bisschen merkwürdig verhält sie sich manchmal schon. Ich hatte doch vor kurzem eine Todesanzeige aus dem Hamburger Abendblatt vorgelesen, wonach beide Ehepartner gleichzeitig gestorben waren. Da hat Louise gesagt: ‚schön für die beiden'. Die Reaktion fand ich doch recht heftig. Glaubst du, es hat etwas mit ihrem verstorbenen Mann Carl zu tun? Der ist doch inzwischen seit zwei Jahren tot. Glaubst du, sie trauert immer noch um ihn?"

„Bestimmt, anscheinend haben sich die beiden sehr geliebt, so wie sie von ihm spricht. Ich glaube jedoch, dass es noch einen anderen Grund für ihre Trauer gibt. Und wir sollten herausfinden, was es ist, und sie fragen. Schließlich wollen wir ihr doch helfen, oder?"

„Ja, natürlich. Vorausgesetzt, sie gibt uns eine ehrliche Antwort." „Das wird sich zeigen."

Als die drei am nächsten Morgen am Frühstückstisch bei frischen Brötchen, Müsli, Orangensaft, Tee und Kaffee saßen, war es die bislang so zurückhaltende Karin, die vorpreschte, weil ihr das Gespräch vom Vorabend keine Ruhe ließ.

„Du, Louise? Ich weiß nicht, wie ich es sagen soll, aber Sina und ich haben das Gefühl, dass dich irgendetwas bedrückt. Möchtest du uns nicht sagen, was es ist?"

Louise ließ verwundert ihr Marmeladenbrötchen sinken.

„Was meint ihr damit?"

Jetzt schaltete sich auch Sina in das Gespräch ein.

„Na ja, du wirkst in den letzten Tagen so in dich gekehrt und nachdenklich. So kennen wir dich gar nicht."

„Ach, das bildet ihr euch nur ein", wiegelte Louise ab. „Macht euch keine Sorgen. Es ist nichts – wirklich. Ich hatte nur ein wenig Kopfweh. Bestimmt war es das."

„Aber ich hab' dich vor ein paar Tagen im Garten weinen sehen", ließ Karin nicht locker. „Das hatte bestimmt nichts mit deinen Kopfschmerzen zu tun. Bitte sag' uns doch, was dich bedrückt. Vielleicht können wir dir helfen."

„Ich habe euch doch gerade gesagt: Es ist nichts", entgegnete Louise nun in barschem Ton. „Mir geht es blendend - wirklich. Und nun lasst uns in Ruhe zu Ende frühstücken."

Für den Rest des Tages herrschte eine gedrückte Stimmung. Louise ging Karin und Sina aus dem Weg – für die beiden Frauen ein deutliches Zeichen, dass sie tatsächlich etwas vor ihnen verbarg. Sie wussten aber, dass es keinen Zweck hatte, Louise noch einmal darauf anzusprechen. Sie würde ihnen vermutlich dieselbe Antwort geben wie am Morgen – dass alles in Ordnung wäre und sie sich keine Sorgen zu machen brauchten.

Doch genau das taten Sina und Karin. Und so verwunderte es Karin auch nicht, dass Sina beim abendlichen Abwaschen (Louise telefonierte gerade in ihrem Zimmer) noch einmal auf das Thema zu sprechen kam. „Du Karin, ich habe mir etwas wegen Louise überlegt."

Karin übergab Sina einen Teller, damit sie diesen abtrocknen konnte. „Wirklich? Lass' mal hören."

„Wir fahren ihr einfach hinterher."

Karin ließ abrupt die Tassenbürste und einen Teller ins Spülbecken fallen, wodurch ein Teil des Wassers über den Rand schwappte und Karin nasse Zehen bescherte. „Was sagst du da? Wie stellst du dir das denn vor? Wir wissen doch gar nicht genau, wo sie hin muss. Und außerdem: Sie wird uns doch bestimmt erkennen, wenn wir direkt hinter ihr herfahren."

„Nun, daran habe ich schon gedacht. Ich habe uns telefonisch für morgen früh einen Leihwagen gemietet – einen Golf mit Münchner Kennzeichen. Und damit sie uns nicht erkennt, werden wir uns eben etwas verkleiden. Wir müssen nur sehen, dass wir immer schön hinter ihr bleiben und sie nicht verlieren. Du musst natürlich fahren. Ich kann mit meinem Gipsfuß ja nicht."

„Sina. Ich weiß nicht." Karin schüttelte den Kopf.

„Überleg' doch mal: Das ist unsere einzige Chance, um herauszufinden, was wirklich mit Louise los ist. Hör zu: Wir machen das so ..."

Sina erklärte Karin ihren Plan: Sie würden den Wagen gegen 8.30 Uhr an der Vermietstation abholen und in der Nähe des Ferienhauses parken und warten, bis Louise gegen 9 Uhr losfuhr (ihre Abfahrtszeit hatte sie ihnen zumindest verraten). Dann würden sie sich an ihre Fährte heften. Da Louise ja selbst nicht Auto fuhr und sich ein Taxi nehmen wollte, wäre auch die Gefahr gering, dass sie sie im Rückspiegel entdeckte. Und für den Fall der Fälle hatte Sina bereits einen Strohhut für Karin und einen Seidenschal als Kopftuch für sich herausgesucht, um unerkannt zu bleiben. Glücklicherweise hatte sie beides vor Louise noch nicht benutzt. „Nun, was hältst du davon?" Sina schien mit ihrem Plan sichtlich zufrieden zu sein.

„Du bist völlig verrückt, Sina. Aber ich mache mit."

Am nächsten Morgen waren Karin und Sina wie verabredet um 8.20 Uhr mit Karins Wagen zur Vermietstation gefahren. Louise, die gerade erst zum Frühstücken heruntergekommen war, erzählten sie, sie hätten im Ferienpark kurzfristig einen Termin zur Kosmetikbehandlung bekommen und wollten danach noch zusammen shoppen gehen. Louise hatte sich etwas über die frühen Aktivitäten der Freundinnen gewundert, weil Sina als Langschläferin normalerweise Termine vor 10 Uhr morgens konsequent mied. Sie hatte aber nicht weiter nachgefragt – auch deshalb, weil sie an diesem Morgen viel zu sehr mit sich selbst beschäftigt war.

Nun saßen Karin und Sina in ihrem gemieteten Golf und warteten darauf, dass Louise das Haus verlassen würde. Beide hatten inzwischen ihre Kopfbedeckung und Sonnenbrillen aufgesetzt und sahen aus wie die beiden abenteuerlustigen Frauen „Thelma und Louise" aus dem gleichnamigen Film.

„Da kommt das Taxi." Karin deutete mit der rechten Hand auf das andere Ende der Straße, von wo aus sich langsam ein Taxi näherte. Schließlich hielt es genau vor dem Ferienhaus. Der Fahrer stieg aus, ging zur Tür, aus der Louise just in dem Moment heraustrat.

Karin wollte schon den Motor starten, als Sina sie am Arm berührte. „Warte noch, bis sie losgefahren sind. Einen kleinen Vorsprung sollten wir ihnen geben. So, jetzt los. Und sieh zu, dass du etwas Abstand hältst, sie aber trotzdem nicht aus den Augen verlierst."

Karin versuchte zu tun, was Sina gesagt hatte. Doch noch im Ort hatten sie das Taxi verloren, weil Karin wegen einer roten Ampel halten musste und beim Abbiegen auf die Hauptstraße den Motor abgewürgt hatte. Sina hatte nur mit den Augen gerollt, woraufhin Karin entschuldigend geantwortet hatte, sie sei Schaltwagen einfach nicht mehr gewöhnt. Ihr Volvo hätte schließlich ein Automatikgetriebe. Glücklicherweise wussten Sina und Karin ja, dass das Taxi in Richtung A 1 fahren würde. Und so hatte Karin – zu Sinas Überraschung – noch vor der Autobahnauffahrt das Taxi eingeholt.

„Mann, du kannst ja richtig Gas geben", entgegnete Sina anerkennend.

„Normalerweise halte ich mich auch an die Geschwindigkeitsbegrenzungen. Aber es ist ja jetzt für einen guten Zweck, oder?" Karin zwinkerte Sina verschwörerisch zu.

Und tatsächlich: Auch auf der B 202 in Richtung Kiel konnten sie mit dem Taxi mithalten. Als sie jedoch kurz vor Kiel waren, hatten sie plötzlich einen LKW zwischen sich und dem Taxi.

„Mist, ich kann überhaupt nichts richtig sehen. Ich überhol' jetzt einfach." Mit einem auch für Sinas Verständnis gewagten Manöver gab Karin Gas und zog – gerade noch rechtzeitig vor dem hupenden Gegenverkehr – wieder auf die rechte Spur, sodass sie wieder direkt hinter Louise waren.

„Mann, das war knapp", sagte Karin mit inzwischen hochrotem Kopf.

„Ja, allerdings." Sina konnte sehen, wie auch der Taxifahrer vor ihnen den Kopf schüttelte. Louise schien sich im Fond kurz umdrehen zu wollen (vermutlich, weil der Taxichauffeur sie auf eine verrückte Fahrerin mit Hut hinter ihnen aufmerksam gemacht hatte), blickte aber dann doch wieder nach vorne. Gott sei Dank!, dachte Sina. Das hätte noch gefehlt, dass sie jetzt aufgeflogen wären.

In Kiel angekommen, wurde der Verkehr dichter. Karin hatte sichtlich Mühe, nicht den Anschluss auf das vor ihr fahrende Taxi zu verlieren. Aufgrund ihrer Erfahrung mit dem Überholmanöver vorher war sie jetzt jedoch vorsichtiger und überholte nur dann, wenn es auch gefahrlos möglich war. Kurz vor dem Hauptbahnhof war es dann doch passiert: Eine Gruppe von Schülern lief direkt vor ihnen über die Straße, sodass Karin bremsen musste. Bis alle Kinder die Straße sicher passiert hatten, war von dem Taxi nichts mehr zu sehen.

„Sie sind weg. Und was jetzt?“, blickte Karin Sina hilfesuchend an.

„Fahr‘ einfach weiter geradeaus. Ich glaube, ich habe da so eine Ahnung, wohin sie gefahren sind.“ Karin folgte dem Straßenverlauf, bis Sina sie plötzlich bat, links abzubiegen.

„Aber hier geht es doch zum Universitätsklinikum.“

„Ja genau, und da wollen wir auch hin.“

„Du glaubst, Louise ist in die Klinik gefahren?“ Karin blickte Sina erschrocken an und hatte Mühe, sich auf die Straße zu konzentrieren. „Meinst du, dass sie ernsthaft krank ist?“

Sina schüttelte den Kopf. „Das weiß ich nicht, aber wir werden es gleich herausfinden. Da vorne sind sie ja.“ Vor einem der Eingänge stieg Louise gerade aus dem Taxi.

„Karin, lass‘ mich aussteigen. Ich gehe ihr nach, während du einen Parkplatz suchst. Wir treffen uns dann später am Eingang.

„Aber, du mit deinem Gipsfuß ...“

Sina winkte ab. „Ach, Quatsch. Ich hab‘ doch gesagt: Wenn es sein muss, laufe ich einen Marathon. Bis gleich.“

Karin hatte recht: Es war tatsächlich nicht einfach, schnell mit dem Gips zu gehen. So sehr sie sich auch bemühte: Sina kam sich vor wie eine flügellahme Ente. Und so war Louise bereits im Gebäude verschwunden, als Sina die Eingangstür passierte. Mist, dachte Sina. Doch plötzlich kam ihr eine Idee. Sie zog ein Röhrchen Tabletten aus ihrer Jackentasche und ging damit zur Information.

„Hallo, guten Tag“. Hinter dem Tresen blickte eine Dame mittleren Alters über den Rand ihrer randlosen Lesebrille auf. „Was kann ich für Sie tun?“

„Meine Mutter Louise Mertens ist gerade hier reingekommen. Sie hat hier heute einen Termin. Sie hat ihre Herzmedikamente zu Hause vergessen.“ Sina hielt das Röhrchen kurz in die Höhe. „Die sollte sie unbedingt zum Gespräch mit dem Arzt mitbringen. Leider weiß ich den Namen des Arztes nicht mehr."

„Mertens, Mertens, Louise." Die Empfangsdame blickte suchend auf den Computerbildschirm vor ihr. „Ja, hier steht es ja. Sie hat um elf Uhr einen Termin mit Herrn Dr. Otterstein. Es ist ja erst kurz nach halb elf. Sie ist bestimmt noch im Wartebereich. Bitte gehen Sie den Gang ganz durch. Hinten rechts ist der Warteraum."

„Danke, Sie sind ein Schatz". Sina lächelte die Frau strahlend an und wollte sich schon auf den Weg machen, als Karin durch die Tür kam. „Ach, Karin, da bist du ja schon. Wie hast du denn so schnell einen Parkplatz gefunden? Na, egal. Komm', Louise ist in der Gynäkologie."

„In der Gynäkologie?", fragte Karin noch ganz außer Atem. „Woher weißt du das denn?"

Sina nahm Karin am Arm und führte sie etwas vom Empfangstresen weg, sodass die Dame dort sie nicht hören konnte. „Ich habe einfach gesagt, Louise sei meine Mutter und hätte ihre Herzmedikamente vergessen. Dann habe ich ihr das da gezeigt." Sina nahm die Tablettendose wieder aus ihrer Jackentasche und zeigte sie Karin.

„Du nimmst Herztabletten ein? Sina!"

„Ach, so'n Blödsinn. Das ist ein Vitaminpräparat, das man mir für die Schwangerschaft empfohlen hat. Aber das muss ja nicht jeder wissen." Sina kicherte. „Aber jetzt komm'. Wir müssen Louise finden."

„Sina, Karin! Wie kommt ihr denn hierher?" Louise blickte die beiden an, als ob sie gerade das siebte Weltwunder gesehen hätte. „Dann wart ihr das in dem Auto hinter uns also doch. Der Taxifahrer meinte, hinter uns würden zwei völlig abgedrehte Frauen herfahren. Da hatte ich kurz an euch gedacht, konnte mir aber nicht wirklich vorstellen, dass ihr mir folgen würdet. Anscheinend habt ihr das aber doch getan." Louise blickte fragend von einer Frau zu anderen.

Karin setzte sich neben Louise und legte ihr eine Hand auf die Schulter. „Sei bitte nicht böse, ja? Aber wir haben uns solche Sorgen um dich gemacht. Und du wolltest uns ja partout nicht sagen, was los ist. Deshalb haben wir keine andere Möglichkeit gesehen, als dir hinterher zu fahren."

„Ja genau", schaltete sich Sina in das Gespräch ein und setzte sich – mit pochendem Gipsfuß – an Louises andere Seite. „Und jetzt sag' uns bitte, was du hast. Du bist doch nicht krank, oder?"

Louise holte tief Luft und atmete hörbar wieder aus. „Leider doch."

Karin rückte näher. „Um Gottes Willen, Louise. Was hast du denn? Musst du operiert werden?"

Auch Sina konnte die Spannung nicht länger ertragen. „Los, nun sag' schon."

Louise sprach ganz langsam, so als ob sie sich der Tragweite ihre Worte bewusst war. „Vor zwei Jahren ist bei mir Krebs in der linken Brust diagnostiziert worden – ziemlich genau sechs Monate, nachdem mein Mann gestorben war. Damals hat man mich brusterhaltend operiert, weil der Tumor glücklicherweise nicht sehr aggressiv war und noch nicht gestreut hatte. Und jetzt ..." Louise musste ein paarmal schlucken, womit sie die Spannung ungewollt noch mehr steigerte. „Jetzt ist der Krebs wieder gekommen."

„Oh nein!", entfuhr es Sina und Karin wie aus einem Munde. Die drei Frauen schwiegen einen Moment lang, bis Sina ihre Sprache zuerst wiederfand. „Kann man denn nicht operieren?"

„Doch, man kann. Doch in der Klinik in Lübeck sagte man mir, dass man mir diesmal die ganze Brust abnehmen müsste. Das wollte ich nicht so akzeptieren und mir daher hier in Kiel eine zweite Meinung einholen. Meine Nachbarin hat mir Dr. Otterstein empfohlen, weil er für seine sanfte Herangehensweise bei der Krebsbehandlung bekannt ist."

„Aber dann hast du das ja schon die ganze Zeit mit dir herumgetragen. Warum hast du uns denn nicht schon früher davon erzählt?", fragte Karin.

„Ich wollte euch einfach nicht mit meinen Dingen belasten. Ihr habt doch beide auch so schon genug zu bewältigen. Du, Sina, mit deiner Schwangerschaft, deinem gebrochenen Bein und die ganze Sache mit Alexander. Und du, Karin, mit deiner Ehe und deinen persönlichen Veränderungen."

„Aber dafür sind Freundinnen doch da. Zusammen schaffen wir das schon."

Sina und Karin hielten Louise an den Händen.

„Ich danke euch und freue mich wirklich, dass ihr hier seid. Entschuldigt, dass ich vorher zu stolz war, es euch zu erzählen."

Karin reichte Louise ein Taschentuch, damit diese sich ein paar Tränen aus den Augen wischen konnte.

Plötzlich öffnete sich die Tür des Sprechzimmers. Ein groß gewachsener Arzt um die 50 kam heraus.

„Frau Mertens? Ich grüße Sie. Ich bin Dr. Otterstein. Kommen Sie doch rein."

Dr. Otterstein hatte ein gewinnendes Lächeln und wirkte sehr sympathisch. Dennoch hatte Louise einen dicken Kloß im Hals, als sie ihm ins Sprechzimmer folgte. Nervös blickte sie Karin und Sina an.

„Wir warten hier auf dich", nickte Karin.

Sina hielt beide Daumen hoch. „Toi, toi, toi."

Diesen Moment hatte Louise gefürchtet. Sie musste an das beunruhigende und mulmige Gefühl denken, das sie vor zwei Jahren schon einmal verspürt hatte. Ihre Frauenärztin hatte ihr am Telefon gesagt, dass sie das Ergebnis der Mammographie gerne mit ihr persönlich besprechen würde. Louise hatte sofort gewusst, dass es sich nicht um eine harmlose Verkalkung auf dem Röntgenbild handelte, wie es ihre Gynäkologin für möglich hielt, sondern um einen bösartigen Tumor. Und die Biopsie hatte es schließlich bestätigt.

Danach ging alles rasend schnell: Sie wurde umgehend in die Lübecker Frauenklinik eingewiesen, wo sie schon einen Tag später auf dem OP-Tisch lag. Glücklicherweise hatte man ihr nicht die gesamte linke Brust abgenommen, sondern nur einen Teil davon. Die Wochen danach hatte sie wie in Trance erlebt: Operation, Chemo- und Strahlentherapie, Familienangehörige und Freunde informieren, mit der ständigen Übelkeit, Schwäche und Müdigkeit fertigwerden, zusehen, wie ihr die Haare nach und nach ausfielen. Das Wechselbad der Gefühle zwischen Hoffen und Bangen, dass die Therapie anschlug, was sie glücklicherweise dann auch tat.

Was diesmal folgen würde – nun, das wusste sie nicht. In Lübeck hatte ihr die behandelnde Gynäkologin Dr. Freitag gesagt, dass man diesmal wohl nicht umhinkommen würde, ihr die ganze Brust abzunehmen und sie sich schnell für die OP entscheiden solle. Doch das wollte und konnte Louise nicht akzeptieren. Sie wollte wenigstens eine zweite ärztliche Meinung einholen. Soviel Zeit musste sein. Danach konnte sie immer noch der Operation zustimmen.

Deshalb hatte sie sich auf Empfehlung einen Termin bei Dr. Otterstein geben lassen. Es hatte ein paar Wochen gedauert, bis ein Termin frei war. Doch es traf sich gut, da sie ohnehin vorhatte, nach Heiligenhafen zu fahren und Kiel nur etwa 70 Kilometer entfernt liegt. Die Wartezeit hatte sie in Heiligenhafen dazu nutzen wollen, um sich endgültig darüber im Klaren zu werden, welche Konsequenzen das erneute Auftreten des Tumors haben könnte. Unter diesen Umständen hatte sie sich nicht wirklich erholt und entspannt, auch wenn Karin und Sina tagsüber für die dringend benötigte Ablenkung sorgten. Doch abends konnte sie nur schwer einschlafen und wachte mehrmals in der Nacht auf, weil ihr so viele Dinge durch den Kopf gingen. Was, wenn sie es diesmal nicht schaffen würde? Wann war der richtige Zeitpunkt, um ihrem Sohn Mark endlich davon zu erzählen? Was, wenn sie pflegebedürftig werden würde? Konnte sie Karin und Sina mit ihren Problemen belasten?

Obwohl: Jetzt hatten die beiden Frauen es doch herausgefunden. Und die Anteilnahme ihrer Freundinnen tat – das musste sie zugeben – einfach nur gut.

Dr. Otterstein holte Louise jäh in die Realität zurück. „Nun, Frau Mertens. Ich habe mir den Mammographiebefund der Kollegin aus Lübeck einmal genauer angesehen. Ich will nichts beschönigen: Wie sie Ihnen bestimmt schon gesagt hat, stehen die Chancen eher schlecht, bei einem Lokalrezidiv noch einmal brusterhaltend operieren zu können. Dazu kommt, dass der Tumor innerhalb eines sehr kurzen Zeitraums von zwei Jahren wiedergekommen ist. Zudem ist in diesem Fall das Risiko größer, dass der Krebs ein zweites Mal wiederkommt oder dass sich Metastasen bilden."

Louise hielt bei diesen Worten ihre Hände fest um ihre Handtasche geklammert. Ähnliches hatte sie vor ein paar Wochen schon einmal gehört. „Heißt das, Herr Dr. Otterstein, dass auch Sie keine Chancen für eine brusterhaltende Behandlung sehen?"

Der Arzt ließ seinen Kugelschreiber sinken und lehnte sich auf seinem Stuhl zurück.

„Ich verstehe Ihre Sorge, Frau Mertens. Aber ich möchte Ihnen nicht einfach etwas versprechen, was ich möglicherweise nicht halten kann. Ob man die ganze Brust entfernen muss, sieht man oft erst während des Eingriffs. Sollten Sie sich für unsere Klinik entscheiden, will ich alles dafür tun, dass Ihnen die Brust erhalten bleibt. Meine Schwester hatte ebenfalls Brustkrebs. Von ihr und den vielen Patientinnen weiß ich, wie wichtig die Brust für Frauen ist, um sich weiblich zu fühlen. Aber falls noch ein Restrisiko bestehen sollte, dass der Tumor gestreut hat, müssen wir ganz sicher gehen."

Louise wurde immer blasser.

„Das heißt, es könnte sein, dass ich aufwache und meine Brust nicht mehr da ist?"

„Nein, nein", versuchte Dr. Otterstein Louise zu beruhigen. „Es ist heute nicht mehr so, dass man aufwacht und plötzlich ist die Brust entfernt worden, ohne dass man dies vorher mit der Patientin genau besprochen hat. Wir sichern die Diagnose durch eine Stanze in den Tumor, die wir vorher ambulant durchführen. Der Pathologe sagt uns dann genau, was für ein Tumor vorliegt. Und durch die Bildgebung – Ultraschall, Mammographie und gegebenenfalls Kernspintomographie – wissen wir um die Ausdehnung des Tumors. Sollte sich während der OP doch noch eine Überraschung ergeben, hören wir auf und besprechen mit Ihnen noch einmal neu, wie operiert werden soll. Holen Sie sich erst einmal einen Termin für die Biopsie. Und dann sehen wir weiter."

„Nun sag' schon: Was hat er gesagt?"

Sina sprang Louise mit ihren Gehhilfen regelrecht entgegen, als diese aus dem Sprechzimmer kam. Auch Karin war die Spannung deutlich anzusehen.

Louise seufzte. „Lasst uns in ein Café gehen. Ich erzähl' euch alles dort. Ich muss allerdings erst noch einen Termin für eine Gewebeentnahme vereinbaren. Aber dann möchte ich raus aus dem Krankenhaus, solange ich noch kann und zurück nach Heiligenhafen. Ihr nehmt mich doch mit, oder?"

„Und ob." Karin nahm Louise am Arm. „Komm', lass' uns gehen."

In den folgenden Tagen erlebte Louise ein Wechselbad der Gefühle. Einerseits war da die Hoffnung, dass alles doch gar nicht so schlimm war und sie möglicherweise nach Vorliegen des Biopsieergebnisses brusterhaltend würde operiert werden können. Andererseits war da die Angst, dass der Krebs aggressiv sein könnte und eine radikale Operation erforderte.

Glücklicherweise war Louise in dieser Zeit nicht alleine. Die beiden anderen Frauen waren sehr bemüht, dass es Louise gut ging und heiterten sie – so gut es möglich war – auf. Nur eine Entscheidung konnten sie ihr nicht abnehmen: Wann sie es Mark sagen sollte.

Wie der Zufall es wollte, hatte sie von ihrem Sohn vor ein paar Tagen eine Postkarte erhalten. Da Mark nicht wusste, dass sich Louise derzeit in Heiligenhafen aufhielt, hatte er die Karte zu ihr nach Hause in Lübeck geschickt. Ihre Nachbarin, die sich um ihre Post und Blumen kümmerte, hatte ihr von der Karte erzählt und diese mit anderen wichtig aussehenden Postsendungen nach Heiligenhafen weitergeschickt.

Jetzt hielt Louise die Karte in den Händen. Das Bild zeigte die Skyline von Buenos Aires, wo Mark in einem deutschen Ingenieurbüro arbeitete. Mark informierte sie darüber, dass das Brückenbauprojekt, bei dem er mitarbeitete, kurz vor dem Abschluss stand. Er überlegte, für ein Jahr nach New York zu gehen, wo ein ehemaliger Studienkollege von ihm gute Verbindungen zu einem aufstrebenden jungen Ingenieurbüro hätte. Wenn er Genaueres wüsste, würde er sich bei ihr melden. Am Schluss folgte ein kurzer Gruß.

Typisch Mark: Er verlor kein Wort darüber, wie es ihm ging. Ihr Sohn hatte noch nie große Worte über sein Gefühlsleben gemacht. Doch seit er nach dem Tod seines Vaters wieder nach Südamerika gegangen war, informierte er sie nur noch über das Nötigste. Er schien ihr einfach nicht verzeihen zu wollen, dass sie damals auf eigene Faust entschieden hatte, seinen schwer krebskranken Vater nicht noch einmal ins Krankenhaus zu bringen.

Dabei war es Carls Entscheidung, die sie respektiert hatte. Und Hoffnung auf Heilung hatte ohnehin nicht mehr bestanden.

Doch das wollte oder konnte Mark aus irgendeinem Grund nicht einsehen. Und das ließ er sie bei jedem Kontakt erneut spüren. Er hatte sie nach ihrer ersten Brustkrebserkrankung ein paarmal besucht. Doch selbst, als es ihr wieder deutlich besser ging, hatte er sie nicht zu sich nach Argentinien eingeladen, obwohl Louise zu gerne einmal gesehen hätte, wie ihr Sohn jetzt lebte. Aber letztendlich war auch sie zu stolz gewesen, Mark danach zu fragen.

Sie wusste, dass sie ihn anrufen musste. Je eher, desto besser. Schließlich hatte er ein Recht darauf zu erfahren, dass seine Mutter einen neuen Tumor hatte. Außerdem würde er es ohnehin irgendwann wissen. Und würde sie es ihm verschweigen, wäre womöglich der Vertrauensbruch komplett.

Louise seufzte und legte die Karte wieder zu dem Stapel mit der anderen Post. Sie beschloss, noch zu warten, bis das Ergebnis der Biopsie vorlag. Wenn schon, dann sollte er auch die ganze Wahrheit erfahren.

Neun

Heute Morgen war der Gips abgekommen. Wie hatte Sina diesen Augenblick herbeigesehnt! Endlich wieder ausgiebig duschen können, ohne den linken Fuß wasserdicht in eine Plastiktüte verpacken zu müssen. Weil ihr das irgendwann zu doof geworden war, hatte sie das linke Bein später beim Abbrausen einfach aus der Dusche gehalten und wäre bei diesem Versuch das eine oder andere Mal fast ausgerutscht. Und wie hatte es zuletzt unter diesem ekligen Gips gejuckt!

Louise und Karin hatten ihr versichert, dass dies zum Heilungsprozess dazugehöre, doch das war wenig tröstlich gewesen. Einmal konnte sie es vor Juckreiz kaum aushalten, sodass sie sich eine von Karins Stricknadeln gemopst und damit unter dem Gips gekratzt hatte (Karin hatte das glücklicherweise nie erfahren).

Jetzt gehörten diese Schwierigkeiten der Vergangenheit an. Obwohl: Das linke Bein fühlte sich jetzt zu leicht an. Daran musste sie sich erst noch gewöhnen. Genauso wie an die Tatsache, dass sie noch zwei Wochen weiterhin ihre Gehhilfen benutzen sollte. Dr. Becker, der ihr den Gips abgenommen hatte, meinte, der Knochenbruch wäre völlig komplikationslos verheilt. Trotzdem dürfe sie ihr Bein zunächst nur mit maximal 20 Kilogramm belasten (als ob sich an ihrem Fuß eine Waage befände!). Na, das würde sie schon hinbekommen.

Bis Ende der Woche war sie noch krankgeschrieben. Das hieß aber auch: In drei Tagen musste sie mal wieder Abschied nehmen von Heiligenhafen. Ob sie nun wollte oder nicht: Sie musste zurück nach Hamburg. Schließlich hatte sie noch einen Job. Und so verständnisvoll ihr Chef auch war: Total begeistert war er über ihren langen Ausfall bestimmt nicht. Und es standen ja nun auch regelmäßige Untersuchungen zur Schwangerschaftsvorsorge an. Den Mutterpass hatte sie sich schon hier ausstellen lassen, für die weiteren Untersuchungen wollte sie dann doch lieber zu ihrer Frauenärztin gehen, die sie schon lange kannte.

Außerdem hatte sie sich vorgenommen, endlich bei Alex anzurufen. Inzwischen hatte er bestimmt schon zehnmal versucht, sie auf dem Handy zu erreichen. Sina hatte ihn jedes Mal weggedrückt. Auch auf seine SMS hatte sie nicht geantwortet. Doch jetzt kam sie einfach nicht mehr umhin, mit dem Vater ihres noch ungeborenen Kindes zu reden.

In den letzten Tagen hatte sie viel darüber nachgedacht, wie es mit ihr und Alex weitergehen sollte. Und obwohl Sina ernsthaft daran zweifelte, eine gute Mutter zu sein, wollte – nein, konnte – sie ihrem Kind den Vater nicht vorenthalten. Schließlich hatte sie als Scheidungskind selbst schmerzhaft erleben müssen, wie es war, ohne Vater aufzuwachsen (auch wenn sich ihre Eltern erst getrennt hatten, als Sina knapp elf war). Das wollte und konnte sie ihrem Kind nicht zumuten. Um ihres Kindes willen würde sie sich zusammenreißen und bereit sein, mit Alex einen Neuanfang zu wagen. Und sie war sich sicher: Alex wollte das auch. Das hatte er ihr ja schließlich deutlich zu verstehen gegeben. Was sollte da noch schiefgehen?

Bei all dem machte ihr noch etwas Sorgen: Louise. Konnte sie sie in dieser schwierigen Zeit einfach alleine lassen? Auch wenn Karin ihr versprochen hatte, sich gut um Louise zu kümmern (sie hatte kurzerhand ihren Urlaub um weitere drei Wochen verlängert, was möglicherweise nicht zuletzt auch an Eddie lag), plagte Sina dennoch das schlechte Gewissen. Schließlich hatte Louise nächste Woche ihren Biopsietermin. Und dann würde sich herausstellen, wie ernst es wirklich um sie stand.

Sina hatte sich fest vorgenommen, regelmäßig an den Wochenenden nach Heiligenhafen zu kommen. Allerdings war es etwas anderes, hier vor Ort zu sein, als nur miteinander telefonieren zu können. Noch vor ein paar Wochen hätte sie sich nicht vorstellen können, dass sie die 13 Jahre ältere Karin und die 29 Jahre ältere Louise einmal zu ihren besten Freundinnen zählen würde. Aber inzwischen war es tatsächlich so.

Bisher hatte sie sich von keiner anderen Freundin so gut verstanden gefühlt wie von Karin und Louise. Anscheinend gab es tatsächlich so etwas wie Seelenverwandtschaft. Und die hatte wohl nichts mit dem Alter zu tun.

Sina lächelte, als sie von ihrem Zimmer aus in den Garten blickte. Dort stand Louise in Shorts, kurzärmeliger Bluse und einem rot-weiß karierten Kopftuch über den kurzen graublonden Haaren und schnitt Verblühtes aus den Beeten.

Aus der Entfernung sah Louise aus, als fehlte ihr nichts. Mit Hingabe kümmerte sie sich um den Garten. Mittlerweile war es fast Ende Juni und es blühten bereits ihre Lieblingsblumen, die Hortensien, in leuchtendem Blau. Da es inzwischen tagsüber mit 25 Grad recht warm war, konnten sie das Blütenmeer abends auf der Terrasse genießen.

Da Karin mal wieder bei ihrem Nordic Walking-Kurs war (inzwischen machte sie wirklich Fortschritte, was Sina eindeutig auf Eddies Qualitäten als Trainer und Mann zurückführte), nutzte Sina die Gelegenheit, um hinaus zu Louise zu gehen und einmal mit ihr unter vier Augen zu sprechen.

„Hallo Louise." Louise kniete vor einem der Beete und gab gerade etwas Hornspäne als Dünger zwischen die Pflanzen.

„Ah, Sina. Wie läuft es sich so ohne den lästigen Gips?" Louise erhob sich, zog ihre Gartenschuhe aus und wandte sich zu Sina um.

Sina blickte Louise an und sah, dass diese inzwischen deutlich schmaler im Gesicht geworden war als zu dem Zeitpunkt, als sie sie kennengelernt hatte. Zudem hatte sie dunkle Schatten um die Augen, worüber auch die leichte Sonnenbräune nicht hinwegtäuschen konnte. „Gut, wenn auch noch etwas wackelig und ungewohnt. Du weißt, ich muss noch Muskelaufbauübungen machen und so."

Louise machte ihre typisch lässige wegwerfende Handbewegung. „Ach, das kommt schon wieder."

Sina schwieg einen Moment lang, bevor sie sich ein Herz fasste. „Du, Louise? Wie geht es dir eigentlich wirklich? Ich meine, vor Karin und mir tust du immer so, als ob dich das mit dem Brustkrebs nicht ernsthaft belasten würde. Das kann ich mir aber gar nicht vorstellen. Ich meine, wenn ich Brustkrebs hätte, ich würde ausflippen. Hast du denn gar keine Angst?"

Louise blickte kurz zum Himmel und dann Sina fest in die Augen. „Doch, Sina-Schatz. Ich habe Angst. Sehr große sogar, glaub' mir. Doch was soll ich denn tun? Es nützt doch nichts, wenn ich jetzt panisch werde."

„Und wenn sie dir doch die gesamte Brust abnehmen müssen?"

Louise schluckte kurz, hatte sich dann aber doch wieder schnell im Griff. „Das wird sich nächste Woche herausstellen. Genauso wie alles andere."

Sina runzelte die Stirn. „Was meinst du damit?"

Louise antwortete betont langsam. „Ich meine damit, wenn der liebe Gott glaubt, dass meine Zeit hier auf der Erde abgelaufen ist, dann muss ich das hinnehmen."

„Oh Louise, das darfst du nicht mal denken." Sina legte ihre Hand auf Louises.

„Doch Sina, daran sollte man auch mal denken. Wir Menschen sind nun mal nicht unsterblich."

„Aber du doch."

Louise musste lachen. „Auch ich nicht, Süße."

„Nein", Sina schüttelte ihre blonden Haare. „Jetzt kann ich dich erst recht nicht hier allein lassen. Ich rufe in der Agentur an und sag', ich kann derzeit unmöglich kommen."

„Und ob du kannst. Du musst wieder zurück in deinen Job und dich um dein Baby und die Mutterschaftsvorsorge kümmern, Sina. Und mit Alex wolltest du doch auch reden, oder? Sobald es hier etwas Neues gibt, erfährst du es als Erste."

Sina seufzte. „Ehrlich?"

„Ehrlich."

Die drei noch verbliebenen Tage waren – so erschien es Sina – wie im Fluge vergangen. Da das Wetter weiterhin schön war, hatten die drei Frauen beschlossen, an den Strand zu gehen. Sina war sogar, von Louise wegen des noch zu schonenden Fußes leicht gestützt, ins Wasser gegangen.

Karin hatte auch einen Zeh hineingehalten, die 18 Grad Wassertemperatur waren ihr allerdings entschieden zu wenig. Außerdem hatte sie in ihren Augen – trotz des regelmäßigen Sportprogramms – noch nicht die perfekte Bikinifigur. Daher begnügte sie sich damit, mit einem Pareo-Tuch um die Hüfte geschlungen, am Ufer nach schönen Muscheln zu suchen. Sie war gerade dabei, ein besonders schönes Exemplar mit ihren Fingern aus dem feuchten Sand zu pulen, als sie direkt vor sich einen Schatten wahrnahm. Sie blickte nach oben und sah ... direkt in Eddies braune Augen.

„Hallo Karin. Schön, Sie hier zu treffen." Eddie zeigte auf den kleinen Beutel an Karins Handgelenk. „Sie sammeln Muscheln?"

Karin versuchte, sich elegant aus der Hocke aufzurichten, was ihr aber einige Schwierigkeiten bereitete. Eddie reichte ihr die Hand und half ihr auf. „Oh, danke. Ja, ich kann an keiner schönen Muschel vorbeigehen."

Eddie schenkte ihr ein charmantes Lächeln. „Das kenne ich. Ich lebe ja nun schon acht Jahre hier und kann das Sammeln immer noch nicht lassen. Mir haben es aber mehr Handschmeichler angetan."

„Handschmeichler? Was ist das denn?" Kaum hatte Karin dies ausgesprochen, kam sie sich irgendwie dumm vor.

Eddie schien das jedoch nicht zu stören. „Das sind abgerundete Steine, die besonders angenehm in der Hand liegen."

Karin nickte. „Ach so, ich verstehe."

„Was ich Sie fragen wollte: Da wir ja bald unseren letzten Kurstag haben, wollte ich ein kleines Abschlussessen bei mir veranstalten. Normalerweise mache ich so etwas nicht. Da sich die Teilnehmer jedoch so ausgesprochen gut verstanden haben und zum Teil sogar Freundschaften entstanden sind, wollte ich mal eine Ausnahme machen. Was halten Sie davon?"

Karin wurde plötzlich ganz warm, wusste aber nicht, ob das an der Sonne, den Wechseljahren oder an der Aussicht auf ein Essen mit Eddie lag. Hoffentlich standen ihr keine Schweißperlen auf der Stirn.

„Ein Abschlussessen? Das ist eine gute Idee. Wann soll es denn stattfinden?"

Eddie schob die Hände in die Taschen seiner Bermudashorts, was ihn wie einen unschuldigen Schuljungen aussehen ließ. „Ach, ich dachte, am nächsten Freitagabend, so um 19 Uhr. Passt Ihnen das?“

Karin nickte eifrig. „Ja, ja, das passt mir gut. Soll ich etwas mitbringen?“

Eddie lächelte. „Nur gute Laune. Für den Rest sorge ich schon. Gut, ich freue mich. Bis dann.“ Eddie wollte schon gehen, als er sich noch einmal umdrehte. „Die genaue Adresse gebe ich Ihnen dann Dienstag, am letzten Kurstag.“

„Die kenne ich schon“, rief Karin etwas zu laut.

„So?“

Einmal mehr wurde Karin rot. „Die klebt an unserem Kühlschrank. Sie sind doch auch unser Hausmeister.“

„Stimmt, wie konnte ich das vergessen“, lachte Eddie.

„Sag mal, war das Eddie?“ Triefnass tauchten Sina und Louise plötzlich hinter Karin auf, die immer noch Eddie hinterherblickte. Karin drehte sich zu den beiden Frauen um. „Habt ihr mich etwa die ganze Zeit beobachtet?“

Louise rubbelte sich mit einem Handtuch die Haare trocken. „Nun erzähl schon. Was hat er gesagt?“

„Als ob euch das etwas angehen würde.“

„Karin!“ Sina schlang sich ungeduldig ein Handtuch um.

„Also gut, ihr beiden neugierigen Tanten: Eddie hat mich zum Essen eingeladen.“

„Er hat was?“ Sina kriegte vor Staunen den Mund nicht mehr zu.

„Na, um ehrlich zu sein: Er will für den gesamten Kurs ein Abschlussessen bei sich zu Hause veranstalten.“

„Aber Karin, das ist doch toll. Dann könnt ihr euch mal ganz privat unterhalten und euch näher kennenlernen.“

„Und was, wenn er mich langweilig findet?"
„Das findet er garantiert nicht."
„Wieso bist du dir da so sicher?", fragte Karin erstaunt.
„Weil ich gesehen habe, wie er dich anblickt."
„Das konntest du vom Wasser aus so genau sehen?"
„Karin, das hätte wohl ein Blinder gesehen."

Am Sonntagmorgen nach einem gemütlichen Frühstück mit ihren Freundinnen packte Sina ihre Sachen. Karin hatte Sina angeboten, sie nach Hamburg zu bringen, damit sie ihren Fuß noch schonen konnte. Doch nach Absprache mit dem Arzt hatte Sina beschlossen, selber zu fahren. Da es nach Hamburg nicht weit war und es sich „nur" um den Kupplungsfuß handelte, war sie sich sicher, es alleine nach Hause zu schaffen – auch wenn Karin meinte, als Schwangere solle sie nichts riskieren.

Aber bei Karins Fahrweise fühlte sich Sina sicherer, wenn sie selbst fuhr. Außerdem hatte sie so noch etwas Zeit, sich auf das Gespräch mit Alex vorzubereiten. Tatsächlich hatte sich Sina ein Herz gefasst und Alex gestern Abend angerufen. Noch heute Nachmittag würden sie sich treffen. Seiner Stimme nach zu urteilen, freute er sich riesig, sie wiederzusehen. Ihren Streit schien er endgültig vergessen zu haben. Und auch Sina war froh, dass sie ihren Stolz überwunden hatte und nun einem Neuanfang zwischen ihr und Alex nichts mehr im Wege stand.

„So, macht's gut, ihr beiden." Sina umarmte zuerst Karin und dann Louise. „Ich mag gar nicht wegfahren. Ruf' mich sofort an, sobald du das Biopsieergebnis hast, ja?"

Louise lächelte tapfer. „Mach ich. Und du pass' gut auf dich und das Baby auf."

„Ja, genau. Sei schön vorsichtig. Und komm' ja nicht auf die Idee, in deinem Zustand Stöckelschuhe zu tragen, nur weil du den Gips jetzt wieder los bist."

Sina verdrehte entnervt die Augen. „Ja, Mama Karin, ich werde bis zum Ende der Schwangerschaft nur noch Gesundheitssandalen tragen, auch wenn es absolut sch… aussieht. Sag' bloß, du hast mir auch diesmal wieder ein Lunchpaket gemacht."

Karin hielt Sina eine Papiertüte hin. „Heute ist doch Sonntag. Und du hast bestimmt nichts Essbares mehr in deinem Kühlschrank."

„Danke, daran hatte ich tatsächlich nicht gedacht. Also dann …"

Sina Bergheim. Alex stand wie so oft vor Sinas Altbauwohnung und drückte auf die Klingel mit dem vertrauten Namen. Er lächelte. Wie erwartet war Sina zur Vernunft gekommen. Eigentlich hatte er ihren Anruf schon viel eher erwartet. Dass es nun doch ein paar Wochen gedauert hatte – nun gut. Manche Dinge brauchten eben Zeit.

Solange sich Sina für ihn entschied, sollte es ihm recht sein. Zumal sie ein Kind von ihm erwartete. Und das brauchte schließlich seinen Vater. Seinen Eltern hatte er es natürlich gleich erzählt. Sie waren es auch, die ihn darin bestärkt hatten, um Sina und sein Kind zu kämpfen. Sina hatte ihn seinerzeit, als sie seinen Heiratsantrag abgelehnt hatte, ganz schön verletzt. Aber das war Schnee von gestern. Schließlich standen die Dinge jetzt, wo sie bald Eltern werden würden, ganz anders. Alex hatte es jedoch, entgegen dem Rat seiner Eltern, für besser gehalten, erst einmal Ruhe zu bewahren. Er wusste, dass Sina sich irgendwann bei ihm melden würde. Schließlich war sie schon immer harmoniebedürftig gewesen und konnte einem Streit nie lange standhalten. Und dass sie ihn noch liebte, das stand ja wohl außer Frage.

„Ja, bitte?"

„Hier ist Alex." Alex zupfte noch einmal seinen Hemdkragen zurecht, fuhr sich mit einer Hand durch die gegelten kurzen braunen Haare und prüfte, ob mit den Blumen – einem riesigen Strauß langstieliger roter Rosen – alles in Ordnung war, bevor er durch die geöffnete Tür das Treppenhaus betrat.

„Oh, Alex, wie schön. Sind die etwa für mich?" Sina schien von den Blumen wirklich beeindruckt zu sein.

„Ja, natürlich, was denkst du denn?" Kaum war Alex durch die Tür getreten, küsste er Sina schon auf den Mund und nahm sie in die Arme. „Wie bin ich froh, dich zu sehen. Geht es dem Baby auch gut?" Alex schob Sina ein Stück von sich, um ihren Bauch zu betrachten.

„Ach, Alex, ich freue mich ja auch. Ja, soweit ich weiß, geht es dem Baby gut. Ich werde in den nächsten Tagen einen Termin bei Dr. Friedmann vereinbaren. Dann wird vielleicht auch schon das erste Ultraschallbild gemacht. Willst du nicht mitgehen? Aber komm doch erst einmal rein. Wir haben so viel zu besprechen." Sina nahm Alex die Jacke ab und führte ihn in das Wohnzimmer.

Sina hatte mit allem gerechnet. Vor allem damit, dass Alex ihr schwere Vorwürfe machen würde. Doch davon war nichts zu merken – im Gegenteil: Er schien richtig glücklich und aufgeregt zu sein. So hatte sie Alex bisher noch nie erlebt. Vielleicht war es sogar ganz gut gewesen, dass sie sich eine kleine Auszeit genommen hatten.

Sina und Alex redeten stundenlang. Was sie in der Zwischenzeit alles erlebt hatten. Wie schwierig es war, nicht zu wissen, wie es um ihre Beziehung wirklich stand. Und wie es jetzt mit ihnen weitergehen sollte. Alex hatte, für Sina wenig überraschend, schon Pläne geschmiedet. Dass sie unbedingt zusammenziehen sollten – am besten in ein Haus mit Garten, das genügend Platz für eine Familie bot. Sina fand die Vorstellung, ihre Wohnung aufgeben zu müssen, beängstigend. Aber es machte natürlich Sinn. Ihre 50 Quadratmeter große Zweizimmerwohnung war alles andere als familientauglich. Und Alex' Penthouse-Wohnung war mit rund 90 Quadratmetern um einiges größer, aber ebenfalls nicht wirklich geeignet für ein Kind. Zudem befand sie sich mitten in der Stadt ohne Grün und Spielplatz in der Nähe.

Da es inzwischen Abend geworden war und Sina natürlich nicht viel zu essen im Haus hatte, holte Alex für sie etwas vom Chinesen um die Ecke. Als sie gemeinsam an Sinas Küchentisch saßen und genüsslich die kross gebratene Ente aßen, war es fast wie früher. Nur eines war anders: Sina und Alex waren jetzt nicht mehr nur ein Paar. Sie würden bald eine kleine Familie sein, die zusammen wohnte. Wie schnell sich die Dinge doch ändern konnten, dachte Sina, als sie die Teller abräumte.

Sina bemerkte nicht, wie Alex aufstand, dicht hinter sie trat und begann, ihren Nacken zu küssen. „Sina, meine Süße, meinst du, wir könnten, trotz des Babys ...?"

Sina wandte sich irritiert um. „Miteinander schlafen? Ich denke, im Prinzip schon. Aber, um ehrlich zu sein: Es war heute irgendwie doch ein bisschen viel für mich. Und morgen früh muss ich wieder zur Arbeit. Du weißt doch, ich habe mit Bernd noch einiges zu bereden. Dafür muss ich mir noch die richtigen Worte zurechtlegen."

Alex schien mehr erwartet zu haben, denn er machte ein enttäuschtes Gesicht. „Na gut, dann eben ein anderes Mal."

„Du bist nicht sauer, oder?" Sina fuhr Alex mit der Hand über das Gesicht.

„Nein, schon gut. Ich verstehe das ja."
„Ich liebe dich."
„Ich dich auch. Dann werde ich mal besser gehen."

Obwohl das Treffen mit Alex so gut gelaufen war, schlief Sina in der folgenden Nacht schlecht. Zu viele Dinge gingen ihr durch den Kopf. Was würde Bernd, ihr Chef, morgen sagen? War mit ihrem Baby auch wirklich alles in Ordnung? Wie würde ihr zukünftiges Leben aussehen? Und: Wie ging es Louise und Karin? Fragen über Fragen, auf die sie momentan keine Antwort hatte. Irgendwann war Sina dann doch in einen unruhigen Schlaf gefallen.

Als der Wecker um sieben Uhr klingelte, wusste Sina zuerst gar nicht, wo sie war. Noch schlaftrunken richtete sie sich auf und ließ sich dann gleich wieder zurück ins Bett fallen. Ihr war schlecht – und wie! Ihr Magen schien Achterbahn zu fahren. Schließlich bekam Sina das Würgen. Hastig stieg sie aus dem Bett und sprintete – soweit es der noch etwas schwache linke Fuß zuließ – ins Bad, wo sie sich übergab. Oh nein, jetzt geht das mit der Morgenübelkeit los, dachte Sina, während sie sich den Mund mit klarem Wasser ausspülte. Wie praktisch, so gleich am ersten Arbeitstag nach ihrer Krankschreibung. Na, da musste sie jetzt wohl durch.

Noch etwas blass im Gesicht, betrat Sina das Büro der Werbeagentur Wieland. Hinter dem Tresen am Empfang saß Beate und notierte gerade einen Anruf.

„Hallo Bea, ich bin wieder da."

„Oh Sina, schön, dich zu sehen. Wie geht es dir beziehungsweise euch?"

Bea stand auf, kam um den Tresen herum und umarmte Sina herzlich.

„Psst, nicht so laut. Noch ist es ja nicht offiziell", ermahnte Sina lächelnd ihre Freundin.

„Oh, entschuldige. Aber sag' mal: Du sieht etwas blass um die Nase aus. Hast du nicht deine Erholungs- und Beinheilphase an der See verbracht?"

Sina kniff Bea in die Seite. „Ha, wirklich sehr witzig. Kannst du dir das vorstellen: Pünktlich seit heute Morgen leide ich unter Übelkeit. Das wünsche ich wirklich keinem. Aber sag' mal: Ist Bernd eigentlich schon da?" Sina blickte in Richtung Büro ihres Chefs.

„Ja, ist er. Und ich glaube, er erwartet dich auch schon."

Sina lugte vorsichtig durch die halboffene Glastür. „Guten Morgen, Bernd. Stör' ich gerade?"

Bernd Wieland stand mit dem Rücken zu ihr und betrachtete eine vor ihm aufgehängte Skizze. Sina konnte schon von weitem an den Farben erkennen, dass es sich um ein Werbeplakat für „Bio-Weingut" – einen seiner Lieblingskunden – handelte.

„Ach, hallo! Meine beste Mitarbeiterin ist wieder da. Komm', lass dich umarmen." Mit seinem gewinnenden Lächeln kam Bernd auf Sina zu und zeigte dabei seine Grübchen, die sie so gerne mochte. „Oder sollte ich in deinem Zustand lieber vorsichtig sein?"

Sina, deren Mund vor Erstaunen offen stand, ließ sich in den nahestehenden Ledersessel plumpsen. „Was, du weißt es schon …? Hat Bea doch geplappert?"

„Nein, keine Angst, hat sie nicht. Aber ich kann eins und eins zusammenzählen. Allein wegen eines Beinbruchs würdest du nie so lange von deinem Job wegbleiben. Da musste noch etwas anderes dahinterstecken. Und als du gerade mit dunklen Augenringen und diesem speziellen Blick in mein Büro gekommen bist, war mir endgültig klar, dass du schwanger bist. So sah Vicky nämlich auch aus, als sie mit unserem ersten Sohn schwanger war."

Sina staunte immer wieder, was Bernd doch für eine feine Beobachtungsgabe hatte. Das war vermutlich auch einer der Hauptgründe dafür, warum ihr Chef bei seinen Kunden und Mitarbeitern so beliebt war.

„Au Mann! Und ich habe mir gestern Abend den Kopf darüber zerbrochen, wie ich es dir am besten sage. Es ist also kein Problem für dich?"

„Na, ja, die Tatsache, dass meine beste Mitarbeiterin demnächst für einige Zeit ausfällt, ist eigentlich eine Katastrophe für die Agentur. Aber Quatsch: Ich freue mich wirklich für dich. Was sagt Alex denn dazu?"

Sina holte tief Luft. „Na, wir hatten in letzter Zeit einige Probleme, aber jetzt ist wieder alles in Ordnung, und Alex freut sich riesig. Unsere Krise war auch ein Grund, warum ich mal eine Zeit lang aus Hamburg wegmusste." Dass Sina in Heiligenhafen gute Freundinnen gefunden hatte, erzählte sie nicht.

„Dann kam dir dein Beinbruch wohl ganz gelegen, was?", zwinkerte Bernd ihr zu.

„Ha, ha, nun fang' du auch noch an. Apropos anfangen: Liegt viel Arbeit auf meinem Tisch?"

„Darauf kannst du wetten. Aber gewöhn' dich erst einmal ein und mach' schön langsam. Du sollst ja hier nicht umkippen."

„Wie lieb von dir."

Tatsächlich: Bernd hatte nicht gelogen. Auf Sinas Schreibtisch stapelten sich die Unterlagen. Und erst ihr E-Mail-Posteingang! Bea hatte sich so gut wie möglich um alles gekümmert.

Aber es gab doch einige Kundenprojekte, bei denen sich Sina am besten auskannte. Nicht umsonst war sie schon nach kurzer Zeit zum Senior-Consultant aufgestiegen. Nachdem Sina die wichtigsten Anfragen per Telefon und E-Mail beantwortet hatte, vereinbarte sie für Freitagmittag einen Termin bei ihrer Frauenärztin. Komisch, dachte Sina, alles an diesem Freitag. Ich gehe zur Mutterschaftsvorsorge, Louise bekommt ihr Biopsieergebnis mitgeteilt und Karin hat ihr Date mit Eddie. Was die beiden wohl gerade taten? Kurzentschlossen griff Sina zum Hörer.

„Winter."

„Hallo, Karin. Hier ist Sina."

„Ach, Sina! Wie geht es dir? Bist du gut in Hamburg angekommen?"

„Ja, bin ich. Sorry, dass ich mich gestern nicht mehr gemeldet habe. Alex war da und ..."

„Alex?" Sina hörte Karins skeptischen Unterton in der Stimme. „Hat er sich dir gegenüber auch gut benommen?"

„Ja, hat er, keine Sorge. Es ist alles zwischen uns geklärt, und wir wollen bald zusammenziehen."

„Ach ja?"

Sina war wegen Karins Tonfall leicht irritiert, überging dies aber. „Sag' mal: Wie geht es dir? Und ist mit Louise alles in Ordnung?"

„Mir geht es gut. Und Louise, glaube ich, auch. Du kennst sie ja. Sie lässt sich das nicht so richtig anmerken. Stattdessen gibt sie mir dauernd Tipps, was ich am Freitag anziehen und wie ich meine Haare tragen soll." Sina konnte förmlich sehen, wie Karin ihre Augen verdrehte.

Sina lachte. „Na, das hört sich ja alles gut an. Ich melde mich dann am Freitag nochmal. Grüß' Louise ganz lieb von mir und sag' ihr, dass ich ihr ganz fest die Daumen drücke."

„Ja, mach' ich. Und du pass' gut auf euch beide auf. Hast du schon einen Termin bei deiner Frauenärztin?"

„Ja, auch am Freitag. Das wird ein spannender Tag."

„Das wird es wirklich."

Es ist ein komisches Gefühl, dachte Sina, als sie im Wartezimmer der Praxis Platz nahm. Jetzt ging sie zur Mutterschaftsvorsorge – gerade sie, wo sie doch über das „Gehabe" schwangerer Frauen bislang immer lächeln musste. Heute Morgen im Bad hatte sie sich jedoch selbst dabei ertappt, wie sie vor dem Spiegel ihren Bauch gestreichelt hatte.

Wenn Alex jetzt doch bloß bei ihr sein könnte. Leider war er nicht mitgekommen, weil er eine wichtige geschäftliche Besprechung hatte. Er wollte aber am Abend bei Sina vorbeischauen und sich das Ultraschallbild zeigen lassen.

Nachdem Frau Dr. Friedmann Sina zur bestehenden Schwangerschaft gratuliert und ihr einige Fragen gestellt hatte, kam der Moment, auf den Sina sich in den letzten Tagen so gefreut hatte. Zuerst hatte sie den Eindruck, auf dem Ultraschall nur Schatten erkennen zu können. Wo war denn ihr Kind?

Frau Dr. Friedmann zeigte ihr schließlich die Stelle, auf die es ankam. Und tatsächlich: Dort war eine Art winziger Wurm zu erkennen. Und selbst das Herz konnte man schon schlagen sehen. Für Sina war das irgendwie zu viel: Sie musste weinen, so überwältigend war das Gefühl, ihr Baby zu sehen – auch wenn es noch so winzig war.

Frau Dr. Friedmann lächelte verständnisvoll.

„Das ist ein toller Moment, nicht? Und soweit ich sehen kann, ist mit Ihrem Baby alles in bester Ordnung. Kommen Sie in vier Wochen wieder. Dann machen wir die nächste Untersuchung."

Noch völlig selig, wählte Sina Alex' Nummer. Sie konnte einfach nicht bis heute Abend warten, sondern musste ihm gleich erzählen, dass es dem Baby gut ging. Besetzt! So ein Mist! Sina wollte ihr Handy schon weglegen, sah jedoch, dass sie drei Anrufe in Abwesenheit hatte. Und alle drei mit der Heiligenhafener Vorwahl! Da musste etwas passiert sein! Hektisch wählte Sina die Kurzwahl, um ihre Mailbox abzurufen.

Und tatsächlich: Karin hatte angerufen. „Sina, ich will dich auf keinen Fall beunruhigen. Aber Louise hat mich gerade aus der Frauenklinik in Kiel angerufen. Stell' dir vor: Sie wollen sie gleich dabehalten, weil sie etwas Beunruhigendes gefunden haben. Und sie soll noch heute operiert werden. Ich mache mich jetzt auf den Weg nach Kiel und ruf' dich noch einmal an, sobald ich Näheres weiß."

Zehn

„Ich möchte zu Louise Mertens. Sie ist bei Herrn Dr. Otterstein in Behandlung und hatte heute Vormittag einen Biopsietermin. Es sollen Komplikationen aufgetreten sein und ..." Karin war noch ganz außer Atem, als sie sich am Empfangstresen nach Louise erkundigte.

„Einen Moment bitte. Ich rufe eben im Sekretariat von Herrn Dr. Otterstein an."

Karin hatte das Gefühl, als ob das Telefonat Stunden dauern würde. „Ja verstehe, in Ordnung". Die Dame an der Information lächelte verständnisvoll. „Man sagte mir gerade, dass Frau Mertens bereits im OP ist."

Karins Pupillen weiteten sich. „Sie wird schon operiert? So schnell? Aber, aber das geht doch nicht."

„Wie ich die Sekretärin verstanden habe, wurde kurzfristig ein OP-Termin frei. Und wegen des Wochenendes hat man Frau Mertens wohl dazwischengeschoben. Aber am besten gehen Sie hinauf in die Gynäkologische Onkologie, Zimmer 242. Da kann man Ihnen mehr sagen."

„Karin?" Sina lugte vorsichtig um die Ecke, wo Karin in einer Sitzecke saß und nervös an ihrer Kette herumnestelte. Neben ihr stand eine Reisetasche, in die Karin anscheinend einige Sachen für Louise gepackt hatte.

„Ah Sina! Da bist du ja!" Karin stand auf, um ihre jüngere Freundin zu umarmen. „Du hättest in deinem Zustand aber nicht zu kommen brauchen. Die Aufregung ist für dein Baby bestimmt nicht gut."

„Ach, so ein Quatsch! Glaubst du, ich wäre weniger aufgeregt, wenn ich zu Hause sitzen und Däumchen drehen würde? Nun erzähl' schon. Was ist mit Louise?"

„Sie ist schon seit über zwei Stunden im OP. Vor kurzem kam eine junge Assistenzärztin vorbei. Die konnte oder wollte mir aber nichts sagen. Du weißt, wegen fehlender Verwandtschaft und so."

Sinas Stimme bekam einen energischen Ton. „Die spinnen ja wohl! Verwandtschaft! Da gibt es doch nur Louises Sohn. Und der ist weit weg in Buenos Aires. Wenn wir nicht die Personen sind, die Louise am nächsten stehen, dann weiß ich nicht." Sina ging unruhig im Raum auf und ab. „Wieso kann man Louise eigentlich so schnell operieren?"

„Anscheinend ist ein anderer OP-Termin ausgefallen. Und da es wohl sehr dringend zu sein schien und sie wegen ihrer Untersuchungen ohnehin noch nüchtern war ..."

Karin beendete den Satz nicht, da in diesem Augenblick Dr. Otterstein den Gang entlangkam.

Sina erkannte den Arzt noch vom letzten Mal und nutzte die Gelegenheit, um ihn abzufangen. „Hallo, Herr Dr. Otterstein! Einen Moment bitte."

Der Mediziner blickte auf und machte ein ernstes Gesicht. Zu ernst, wie Sina fand. „Sind Sie Frau Bergheim? Und Frau Winter?" Karin war inzwischen dazugekommen. „Nun, Frau Mertens hat mir kurz vor der Anästhesie noch gesagt, ich solle Sie beide auf keinen Fall abweisen, wenn Sie kommen. Normalerweise dürfen wir ja nur Verwandten Auskunft geben. Aber da ihr Sohn derzeit nicht im Lande ist ..."

Sina wurde langsam ungeduldig. „Nun sagen Sie schon: Warum haben Sie sie so schnell operiert? Und wie geht es ihr?“

„Nun.“ Dr. Otterstein führte die beiden Frauen zur Sitzecke und bat sie, Platz zu nehmen. „Ich fürchte, der Tumor hat sich in den letzten Wochen massiver ausgebreitet, als wir vermutet haben.“

Dann erzählte ihnen der Mediziner, dass er und seine Kollegen aufgrund des rasanten Fortschreitens der Erkrankung nicht länger warten wollten. Da ein anderer OP-Termin kurzfristig frei geworden war, hatte er Louise angeboten, sie – was normalerweise sehr ungewöhnlich ist – noch heute zu operieren, da sie ohnehin nüchtern war und alle notwendigen Laborwerte bei der Biopsie schon vorlagen. Leider habe man ihr aufgrund des massiven Befalls doch die linke Brust komplett abnehmen und zahlreiche Lymphknoten entfernen müssen. Insgesamt sei die Operation aber gut verlaufen, auch wenn er noch keine Prognose abgeben könne.

„Und wann können wir zu ihr?“, fragte Karin.

„Noch schläft sie tief und fest. Meine Kollegin Frau Dr. Hartwig wird Sie informieren, sobald sie aufwacht. Sie können dann ganz kurz zu ihr. Aber wirklich nur ganz kurz, weil sie jetzt erst mal Ruhe braucht.“

Es war inzwischen Abend geworden. Sina hatte für Karin und sich zur Stärkung ein paar Brötchen und Tee aus der Cafeteria geholt, die sie ziemlich lustlos verzehrten. Eigentlich verspürte Karin gar keinen Hunger. Sina bestand jedoch darauf, dass sie zumindest eine Kleinigkeit aßen.

In der Zwischenzeit hatte Karin von Sinas Handy aus Louises Sohn in Buenos Aires angerufen. Die Nummer hatte sie in Louises Zimmer in Heiligenhafen gefunden und vorsorglich notiert. Mark war, wie erwartet, aus allen Wolken gefallen, als Karin ihm von Louises neuem Tumor und der plötzlichen Operation erzählte. Er versprach, so schnell wie möglich nach Kiel zu kommen. Karin wusste nicht, ob Louise damit einverstanden war, dass sie ihren Sohn ohne ihr Wissen und Einverständnis informiert hatte, hielt es aber unter diesen Umständen für notwendig.

Auf keinen Fall wollten die beiden Frauen den Moment verpassen, wenn Louise aufwachte. Daher hatten sie Schwester Maren bekniet, sie so schnell wie möglich zu Louise zu lassen. Und tatsächlich hatte sie ihrem Drängen nachgegeben und sie schließlich ins Zimmer geführt. Dort lag sie nun – ihre ohnehin schmale Gestalt war an diversen Schläuchen angeschlossen. Ihre grau-blonden, sonst so sorgfältig geföhnten Haare waren leicht zerzaust und ihr Gesicht blass. Für Karin war es beklemmend, Louise so hilflos daliegen zu sehen. Und auch Sina musste schlucken, als sie ihre schlafende Freundin sah. Wie sie wohl reagieren würde, wenn sie erführe, dass sie nur noch eine Brust hatte?

Wie aufs Stichwort öffnete Louise langsam ihre Augen. Karin nahm dies als erste wahr und setzte sich zu Louise ans Bett. Dann kam Sina auf die andere Seite dazu. „Hallo", kam es schwach aus Louises Mund.

„Hallo, Louise", antworteten beide Frauen gleichzeitig. Dann war Louise auch schon wieder eingeschlafen.

Karin und Sina merkten bald, dass es keinen Sinn mehr hatte, länger im Krankenhaus zu bleiben, da Louise wohl noch eine Weile ihre Narkose ausschlafen und sich erst einmal von der OP erholen musste.

Da sie beide gerne in Louises Nähe bleiben und sie am nächsten Tag wieder besuchen wollten, stellte sich die Frage, ob es nicht sinnvoll wäre, in Kiel in einem Hotel zu übernachten. Karin hatte vorgesorgt und sich ein paar Dinge aus Heiligenhafen mitgebracht. Anders Sina: Sie war spontan aus Hamburg losgefahren, ohne etwas mitzunehmen. Doch auch daran hatte Karin gedacht und eine zweite Zahnbürste eingepackt, da man ja nie wissen könne, wie sie der erstaunten Sina erklärte. Als Nachthemd bot sie Sina ein T-Shirt von sich an, was diese wegen ihrer unterschiedlichen Konfektionsgröße mit einem Lachen quittierte.

Plötzlich fiel Sina ein, dass sie ja eigentlich am Abend mit Alex verabredet war. Sie wählte rasch seine Nummer, erklärte ihm den Notfall und dass sie heute Nacht in Kiel übernachten wollte, wovon Alex natürlich gar nicht begeistert war. Glücklicherweise fanden die beiden Frauen schnell ein Hotelzimmer in der Nähe der Klinik. Es war nur noch ein Doppelzimmer frei, aber das war für beide Frauen kein Problem – „solange Karin nicht schnarchen würde", wie Sina beim Einchecken bemerkte.

Den restlichen Abend nutzten sie dazu, im Hotelzimmer über die Geschehnisse des Tages zu sprechen – allem voran natürlich über Louise. Schließlich fragte Karin Sina nach ihrem Termin bei ihrer Frauenärztin. Voller Stolz zeigte Sina der Freundin das Ultraschallbild ihres Babys. Sina merkte, dass sich Karin wirklich für sie freute. Was für eine gute Freundin Karin doch geworden war – und das nach ihren anfänglichen Schwierigkeiten miteinander.

„Sag' mal, Karin. War heute Abend nicht auch das Abschlussessen bei Eddie? Hast du ihm Bescheid gesagt, dass du nicht kommen kannst?"

Karin, die gerade im Bad ihre Zähne putzte, ließ nur einen gurgelnden Laut hören. „Hao nunger ni mit."

„Was?" Sina trat ins Bad, um Karin besser zu verstehen.

Karin spuckte die Zahnpasta aus und wiederholte langsam: „Ich habe die Nummer nicht mit."

„Ehrlich? Selbst an Louises Sohn und eine Zweitzahnbürste für mich denkst du, nur die Telefonnummer von deinem Eddie vergisst du? Meinst du nicht, dass er sauer ist, wenn du nicht kommst?"

Karin putzte sich den Mund mit dem Handtuch ab und zuckte mit den Schultern. „Was soll ich denn machen? Louise geht doch schließlich vor."

„Ja sicher, deswegen war mir Alex heute Abend auch egal. Aber wir könnten bei der Auskunft fragen und uns Eddies Nummer geben lassen. Dann rufst du ihn an und erklärst ihm alles."

„Ist das dein Ernst?" Karin starrte Sina entgeistert an, als ob die sie gerade gebeten hatte, mal eben mit einem dreifachen Salto vom Zehnmeterbrett zu springen.

„Ja, was denn sonst." Ehe sie sich versah, hatte Sina auch schon die Auskunft angerufen und die Rufnummer notiert. Stolz wedelte sie mit dem Zettel vor Karins Nase hin und her. „Los, nun mach' schon!"

„Aber es ist schon nach neun", suchte Karin nach einer Ausrede.

„Na, wenn er euch für halb acht eingeladen hat, wird er wohl noch nicht im Bett liegen. Also ..." Sina wedelte noch immer mit dem Zettel.

Karin seufzte. „Na gut. Gib' her. Aber komm' ja nicht auf die Idee, dazwischen zu quatschen, hörst du?"

„I schwoge wi o grob", entgegnete Sina mit zugehaltenem Mund.

„Bitte?"

Sina nahm die Hand weg. „Ich schweige wie ein Grab."

„Ach du", lachte Karin.

„Hartmann, bei Fischer."

„Hallo. Wer ist da?" Karin konnte fast gar nichts verstehen, so laut war es am anderen Ende der Leitung.

„Anne Hartmann, bei Edmund Fischer."

„Ach, hallo Anne. Hier ist Karin Winter."

„Wer? Ach Karin, entschuldige. Die Musik ist hier so laut. Ja sag' mal, wo bleibst du denn? Wolltest du heute Abend nicht auch kommen?"

Karin nickte heftig, merkte aber schnell an Sinas hochgezogenen Augenbrauen, dass sie jetzt besser zur Sache kommen sollte. „Ja genau. Aber mir ist etwas Wichtiges dazwischengekommen. Und ich bin derzeit in Kiel. Kannst du mir Eddie mal geben?

Anne schien Karin kaum zu verstehen. „In Kiel? Warte mal einen Moment, ich guck', ob ich Eddie …" – tuuut.

„Anne? Hallo, bist du noch da?" Karin nahm den Hörer vom Ohr und schüttelte ihn.

„Was ist?", fragte Sina.

„Die Verbindung wurde unterbrochen", entgegnete Karin mit einem Anflug von Verzweiflung.

„Dann ruf' doch einfach noch mal an."

Karin tat, was Sina ihr gesagt hatte. „Da, kein Ton." Sie hielt Sina den Hörer hin.

„Tatsächlich. Tja, da ist wohl irgendwas mit Eddies Telefon nicht in Ordnung. Mein Handyempfang ist gut – drei Balken. Ach, das tut mir wirklich leid."

Karin zuckte mit den Schultern. „Na ja, kann man nichts machen. Zumindest habe ich es versucht."

Das Erste, was Louise spürte, war Durst. Ihr Mund fühlte sich so trocken an, als ob sie drei Tage lang ohne einen Tropfen Wasser durch die Wüste geirrt wäre. Auf ihre Bitte hin hatte ihr Schwester Maren heute Morgen eine Tasse Pfefferminztee gebracht, den sie nun in kleinen Schlucken trank. Was nicht so einfach war, denn die Schläuche und Kanülen, an die sie angeschlossen war, ließen ihr nicht viel Bewegungsspielraum. Glücklicherweise konnte sie die Tasse mit der rechten gesunden Körperseite ohne Probleme heben. Ihre linke Körperseite versuchte sie, so gut wie möglich zu ignorieren, was ihr nur zeitweise gelang, denn auf der linken Brustseite und im linken Arm quälten sie Schmerzen. Unter ihren linken Arm hatte man ein dickes Kissen als Unterlage gelegt. Louise kam es vor, als ob man ihre linke Seite wie einen Leichnam aufgebahrt hatte. Noch hatte sie mit keinem Arzt gesprochen, doch sie wusste es auch so: Ihre komplette linke Brust war nicht mehr da. Wegamputiert und wahrscheinlich wie Abfall entsorgt. Sie würde von nun an damit leben müssen, dass ihr Körper nicht mehr komplett war, auch wenn sie derzeit noch nicht wusste, wie.

Louise war es nicht gewohnt, fremde Hilfe anzunehmen. Doch sie merkte bald, dass sie mit der Morgentoilette hoffnungslos überfordert war. Allein schon mit den Kanülen und Schläuchen unfallfrei ins Bad zu gelangen, war eine Herausforderung – einmal davon abgesehen, dass ihr Kreislauf noch nicht richtig stabil war. Dankenswerterweise zeigte Schwester Maren viel Feingefühl und bot ihr nur dann Hilfe an, wenn es wirklich nötig war. Erschöpft ließ sich Louise auf ihr Bett sinken, als es leise an der Tür klopfte.

Schwester Maren öffnete.

„Ist Louise, ich meine, Frau Mertens, schon wach?"

„Ja! ist sie."

„Ja, bin ich", antwortete nun auch Louise leise aus dem Hintergrund, die Sinas Stimme gleich erkannt hatte.

„Können wir zu ihr?", hörte Louise Karins Stimme.

Schwester Maren lächelte. „Eigentlich ist noch keine offizielle Besuchszeit, aber kommen Sie ruhig. Und wenn gleich die Visite kommt, müssen Sie kurz raus. Verstanden?"

„Verstanden", entgegnete Sina.

Louise lächelte. „Hallo ihr zwei."

„Hallo Louise." Die beiden Frauen traten ans Bett und umarmten Louise vorsichtig.

Karin hielt einen riesigen Strauß mit blauen und violetten Hortensienblüten im Arm.

„Oh, Karin, Sina, Hortensien! Wie schön!"

Sina zog sich ihre Jacke aus, zog einen Stuhl heran und legte ihre Jacke über die Rückenlehne. „Wir wollten dir unbedingt deine Lieblingsblumen mitbringen. Das war gar nicht so einfach, einen wirklich schönen Strauß zu bekommen, kann ich dir sagen. Wir sind in drei Blumengeschäften gewesen."

„Ihr hättet euch nicht so viel Mühe zu machen brauchen."

„Na ja", sagte Karin verlegen, während sie sich ebenfalls einen Stuhl nahm und zu Louise ans Bett setzte. „Wie geht es dir? Wir haben uns ernsthafte Sorgen um dich gemacht."

Louise zuckte mit den Schultern. „Na ja, jetzt habe ich es hinter mir. Gott sei Dank habe ich nur leichte Schmerzen auf der linken Seite. Alles andere wird sich herausstellen, wenn die Ärzte gleich hier antanzen."

„Das heißt, du weißt noch gar nicht, was sie gemacht haben?", fragte Sina vorsichtig.

„Ich kann es mir denken."

„Du meinst, deine linke Brust ..."

„Ist wohl komplett weg", ergänzte Louise.

„Oh Louise, das tut mir leid." Karin nahm Louises rechte Hand, weil sie sah, dass ihr Tränen in den Augen standen.

„Hier, nimm'!" Sina reichte Louise ein Taschentuch, die sich damit die Augen trockentupfte und die Nase putzte.

„Entschuldigt, ich wollte doch gar nicht weinen."

„Wenn jetzt nicht der Zeitpunkt dafür ist – na, dann weiß ich nicht", meinte Sina, der ebenfalls die Augen feucht wurden.

Auch Karin putzte sich verschämt die Nase.

„Was sind wir doch für Heulsusen."

Trotz des traurigen Moments mussten alle drei Frauen lachen.

Louise hatte sich gerade wieder einigermaßen gefasst, als sie vor der Tür Stimmen hörte.

„Guten Morgen, Frau Mertens. Ich bin Dr. Feldberg. Das sind Frau Dr. Meyer und Herr Dr. Luba. Wir würden gerne sehen, wie es Ihnen geht. Ihr Besuch müsste kurz vor der Tür warten."

Dr. Feldberg blickte auf Karin und Sina, die aufstanden und das Zimmer verließen – nicht ohne vorher noch in Louises Richtung ein „Daumen hoch"-Zeichen zu machen.

Nach der Visite waren die beiden Frauen natürlich neugierig zu erfahren, was die Ärzte gesagt hatten. Wie vermutet, hatte man Louise die gesamte linke Brust abnehmen und zusätzlich noch einige Lymphknoten entfernen müssen. Damit sei man ziemlich sicher, nunmehr alle Krebszellen vollständig entfernt zu haben. Die Operation sei insgesamt sehr gut und ohne Komplikationen verlaufen. Vermutlich würde Louise noch eine Chemotherapie erhalten. Außerdem solle sie über einen Brustaufbau nachdenken. Aber dafür sei noch Zeit genug. Jetzt solle sie sich erst einmal erholen.

Da sie wieder müde wurde, beschlossen Sina und Karin, Louise ein paar Stunden Ruhe zu gönnen und am Nachmittag noch einmal wiederzukommen.

Louise hatte einen unruhigen Schlaf. Sie träumte, sie läge in einem riesigen Operationssaal. Um sie herum standen etwa ein Dutzend Ärzte. Alle hatten ein Skalpell in der Hand und wollten an ihr herumschneiden. Louise versuchte, sich zu wehren, konnte sich aber nicht bewegen, weil sie an das Bett festgebunden war. Einer der Ärzte nahm sein Skalpell und setzte es gerade an ihrer Brust an. Louise stöhnte.

„Hallo Momi."

„Nein, nein, ich will nicht!"

„Momi, ist ja gut! Wach' auf!"

Wieso sagte einer der Ärzte andauernd Momi zu ihr? So nannte sie doch sonst nur Mark, ihr Sohn. Mark! Louise öffnete langsam ihre Augen und sah direkt in Marks Gesicht.

„Mark? Du bist es tatsächlich." Allmählich wurde Louise wach, ihr Nachthemd und Gesicht waren von dem Alptraum schweißgebadet. „Wie kommst du denn hierher? Woher weißt du überhaupt, dass ich hier bin? Musst du nicht arbeiten?", fragte Louise, bereute es aber sofort, da sie sich freute, ihren Sohn nach so langer Zeit wiederzusehen.

„Na hör' mal", entgegnete Mark beinahe entrüstet. „Wenn meine Mutter solche Geschichten macht, dann werd' ich doch wohl kommen, oder?"

Mark erklärte ihr, dass eine Karin Winter ihn angerufen und ihm erzählt habe, dass seine Mutter ernsthaft erkrankt sei, in der Uniklinik Kiel liege und derzeit operiert werde. Er habe daraufhin den ersten Flug nach Deutschland genommen, den er kriegen konnte, und sei heute Morgen in Frankfurt am Main gelandet. Dort habe er sich einen Wagen gemietet und sei direkt nach Kiel gefahren. In der Klinik angekommen, habe er schon mit dem Oberarzt Dr. Feldberg sprechen können. Er habe ihm erklärt, dass man bei ihr einen neuen Tumor in der Brust mit Metastasen in den Lymphknoten gefunden hatte und dass man ihr deshalb die linke Brust und einige Lymphknoten entfernen musste.

Mark versuchte, locker zu wirken, doch Louise merkte an seinem Blick, dass er sich Sorgen um sie machte – und das nach allem, was in den letzten Jahren zwischen ihnen gewesen war. Louise betrachtete ihren Sohn. Seine dunkelblonden Haare trug er länger, als sie es in Erinnerung hatte. Sein Gesicht war gebräunt. Anscheinend verbrachte er einen Teil seiner Arbeitszeit im Freien. Außerdem trug er einen Dreitagebart – kein Wunder nach der langen Reise. Wie seine Mutter hatte Mark grüne Augen, die ihm etwas Geheimnisvolles verliehen. Wenn doch sein Blick nicht so ernst wirken würde, dachte Louise. „Ich freu' mich so, dich zu sehen", sagte sie, während sie Mark anlächelte.

Mark sah seine Mutter nicht an, sondern blickte nach unten auf seine gefalteten Hände. „Ich wünschte nur, du hättest mir schon früher etwas von deiner erneuten Krebserkrankung gesagt. Ich möchte so etwas wie mit Vater nicht noch einmal mit dir durchmachen."

„Glaub' mir: Ich wollte dich schon viel eher informieren." Louise versuchte, sich etwas aufzurichten, merkte aber beim Aufstützen einen schmerzhaften Stich im linken Arm.

„Ach ja?", fragte Mark leicht verärgert. „Und warum hast du es dann nicht einfach getan?"

Louise blickte zur Decke, als ob sie dort die passende Antwort finden könnte und sagte dann leise: „Ich konnte einfach nicht."

„Du konntest nicht? Glaubst du nicht, dass du es deinem Sohn schuldig bist, derartige Dinge zu erzählen? Oder wolltest du wie bei Vater wieder dein eigenes Ding machen?"

„Mein eigenes Ding machen?", fragt Louise verwundert. „Wie meinst du das?"

Mark stand auf und begann, im Zimmer umherzugehen. „Ach, schon gut. Ich will dich in deinem jetztigen Zustand nicht aufregen. Am besten, ich gehe jetzt. Ich muss mir ohnehin erst mal ein Hotelzimmer suchen."

Mark nahm seine Jacke und wandte sich noch einmal zu Louise um. „Ich komme dann morgen wieder, ja?"

Louise nickte. Freude und Traurigkeit mischten sich in ihrem Blick.

Mark wollte gerade die Türklinke fassen, als sich die Tür schwungvoll in seine Richtung öffnete und ihn direkt am Kopf traf.

„Ja, können Sie denn nicht aufpassen?"

Vor ihm stand die erstaunte Sina.

„Entschuldigung, ich hab' vorher geklopft. Ich wusste ja nicht, dass jemand direkt hinter der Tür steht."

Sina sah, dass sich Mark an die Stirn fasste.

„Haben Sie sich wehgetan? Soll ich Ihnen einen Eisbeutel holen?"

„Ach Quatsch", herrschte Mark sie an. „Seien Sie das nächste Mal einfach etwas vorsichtiger, wenn Sie in ein Zimmer stürmen wollen." Mark drängte sich an ihr vorbei und verließ das Zimmer, ohne sich noch einmal zu Louise oder Sina umzudrehen.

Sina ging zu Louise ans Bett, um sie zu umarmen.

„Sag' mal Louise: War das da gerade eben dein Sohn?"

Louise seufzte. „Ich muss mich für ihn entschuldigen. Er hat es nicht so gemeint. Wir, nun, wir hatten gerade eine kleine Meinungsverschiedenheit."

Sina legte ihre Tasche auf einen der Stühle. „In deinem Zustand fängt er an, mit dir zu streiten? Ja, spinnt der denn?"

„Wie gesagt: Er hat es bestimmt nicht so gemeint. Sina, ich bin so froh, ihn zu sehen."

Sina sah an Louises Blick, wie viel ihr Marks Besuch bedeutete, und lächelte verständnisvoll. „Das kann ich mir vorstellen. Apropos sehen: Karin kommt auch gleich. Sie erklärt gerade den Schwestern auf der Station, wie wichtig es ist, dass du jetzt eine spezielle Kost bekommst, die alle notwendigen Nährstoffe enthält. Anscheinend traut sie den Krankenhausköchen nicht so recht über den Weg. Das hättest du gerade sehen müssen: Sie hält auf dem Flur einen richtigen Vortrag. Es haben sich schon einige Patienten dazugesellt, die ganz interessiert zuhören."

Louise konnte sich die Szene gut vorstellen und fing an zu lachen.

„Hauptsache, sie fängt nicht wieder an, über die ernährungsphysiologischen Vorteile von Grüntee zu referieren."

„Ich fürchte ja", erwiderte Sina, als Karin zur Tür hereinkam.

„Was fürchtest du?", fragte Karin, die vor Aufregung ein gerötetes Gesicht hatte.

„Ach nichts", murmelte Sina, die sich beherrschen musste, um nicht laut loszulachen.

„Hallo Louise. Dir scheint es ja schon wieder ganz gut zu gehen."

„Na, wie man's nimmt", antwortete Sina an Louises Stelle.

„Mark war gerade da und hat prompt angefangen, mit Louise zu streiten."

Karin blickte Louise erstaunt an.

„Mark war hier? Und er hat dich gleich aufgeregt? Ja, ist er denn noch bei Trost?"

„Das habe ich auch gesagt."

Jetzt schaltete sich endlich auch Louise ein.

„Hauptsache, er ist da. Und das habe ich euch beiden zu verdanken."

Karin war bewusst, dass Louise jetzt besser einige Zeit mit ihrem Sohn allein verbrachte, damit sie sich in Ruhe wieder näherkommen konnten. Und so schlug sie vor, erst einmal zurück nach Heiligenhafen zu fahren, dort nach dem Rechten zu sehen und Mitte der Woche wieder herzukommen. Da es Sonntagspätnachmittag war und Sina ohnehin wieder zurück nach Hamburg musste, würde Louise nun ein paar Tage ohne ihre Freundinnen auskommen müssen.

Den beiden Frauen fiel der Abschied sichtlich schwer, doch Louise versicherte ihnen, dass es ihr gut ging (was im Großen und Ganzen auch stimmte) und sie beruhigt fahren könnten. Schließlich sei Mark ja jetzt da. „Und falls in der Zwischenzeit etwas sein sollte, werde ich euch natürlich sofort informieren“, ergänzte Louise.

Die folgende Nacht war nicht so toll. Die beiden Schläuche, die in Louises Brust steckten, um das Wundsekret abfließen zu lassen, zwickten und zwackten fürchterlich. Zwischendurch schoss ihr immer wieder ein stechender Schmerz in die Achsel. Dummerweise hatte sie die Frage von Schwester Felicitas, ob sie ein Schlafmittel benötige, verneint, weil sie dachte, es würde schon nicht so schlimm werden. Doch es waren weniger die Schmerzen, die ihr in dieser Nacht den Schlaf raubten, als vielmehr das bange Warten auf das für den nächsten Tag ankündigte Laborergebnis.

Und ihre Sorge war nicht unbegründet. Bei der Visite verkündete ihr Dr. Otterstein, der nach dem Wochenende wieder Dienst hatte, dass die elf entfernten Lymphknoten allesamt metastasiert waren. Der Arzt sprach ein paar tröstende Worte. Doch diese kamen bei Louise nicht an. Sie fühlte sich, als ob gerade ihre Welt zusammenbrechen würde. Sie wollte leben! Doch sie kam sich vor, als ob Dr. Otterstein gerade ihr Todesurteil gesprochen hatte. Sie hatte gewusst, dass sie einen neuen Tumor hatte. Doch Metastasen? Hieß das nicht, dass die Heilungsaussichten schlecht waren?

Louise blickte Dr. Otterstein verängstigt an und stellte ihm genau diese Frage.

Der Arzt sagte ihr, dass man jetzt noch keine Prognose abgeben könnte. Er und seine Kollegen seien jedoch sicher, alle Krebsherde entfernt zu haben. Außerdem folge ja noch eine begleitende Behandlung durch die Chemo- und Strahlentherapie. Darüber solle sie sich jetzt jedoch noch keine Gedanken machen.

Louise war froh, dass Mark ihr jetzt zur Seite stand. Sie hatte gehofft, dass er den Streit vom Vortag vergessen hatte. Und sie wurde nicht enttäuscht. Mark war mit einem großen Strauß Blumen erschienen. Das hieß wohl, er hatte ihr verziehen.

„Hallo, Momi. Wie geht es dir heute?"

„Hallo Mark. Jetzt, wo du da bist, geht es mir wieder gut."

„Oh, hast du Schmerzen? Soll ich die Schwester oder einen Arzt holen?", fragte Mark besorgt.

„Nein, nein. Mein behandelnder Arzt war gerade hier. Er hat mir mitgeteilt, dass die Lymphknoten, die man mir entfernt hat, voller Metastasen waren."

Mark blickte aus dem Fenster und überlegte, was er darauf sagen sollte. „Ich habe nicht gewusst, dass es so schlimm steht. Besteht die Chance, dass du geheilt werden kannst?", blickte er fragend Louise an.

„Der Arzt meinte, sie hätten alle Krebsherde entfernt. Eine endgültige Prognose wollte er jedoch noch nicht abgeben."

„Oh Momi. Das tut mir so leid!" Mark kam näher, um seine Mutter zu umarmen.

„Hätte ich von deiner Krankheit gewusst, wäre ich schon viel eher gekommen."

„Und ich dachte, du wärst mir noch böse wegen deines Vaters."

„Das war ich auch. Du weißt schon, weil du mich damals nicht in die Entscheidung mit einbezogen hast. Doch deine Freundin Karin hat mir die Augen geöffnet. Wir hatten gestern noch ein längeres Gespräch, bevor sie wieder nach Heiligenhafen gefahren ist. Oh, Mann. Sie hat mir regelrecht den Kopf gewaschen."

„Karin?", fragte Louise verwundert.

„Nun, anscheinend habt ihr euch in den letzten Wochen viel über Dads Tod und seine Krebserkrankung unterhalten. Sie hat mir erklärt, dass es damals sein ausdrücklicher Wunsch war, nicht noch einmal ins Krankenhaus zu müssen und dass du seine Bitte nur respektiert hast. Außerdem sagte sie, es würde dich sehr belasten, dass ich annehme, du hättest eigenmächtig gehandelt und dass ich dir dies nicht verzeihen kann. Aber ich habe tatsächlich geglaubt, dass es für Dad noch Hoffnung gab."

Louise fuhr ihrem Sohn gerührt mit der Hand durchs Haar. „Glaub' mir, ich hätte alles dafür getan, um deinem Vater zu helfen. Aber es war schon zu spät. Alles, was er noch wollte, war, zu Hause in Ruhe zu sterben. Er wollte nicht, dass du ihn hilflos an Schläuchen angeschlossen siehst."

Mark wischte sich verstohlen eine Träne aus dem Augenwinkel. „Und jetzt liegst du hier an Schläuchen im Krankenhaus. Was für eine Ironie."

Louise zwang sich zu einem Lächeln. „Na ja, die dummen Schläuche sollen ja bald rauskommen. Und gestorben wird später."

Elf

Karin war sicher, dass Mark sich gut um Louise kümmern würde. Er hatte gesagt, dass er eine Woche bleiben könnte. Bis dahin würde sie längst wieder in Kiel sein. Sina und sie hatten vereinbart, täglich bei Louise anzurufen, um zu erfahren, wie es ihr geht. Da sie momentan nicht mehr für ihre Freundin tun konnte, wollte sie sich erst einmal um das Ferienhaus kümmern. Außerdem musste sie dringend bei ihrer Freundin Ilka anrufen und ihr sagen, dass sie noch länger in Heiligenhafen bleiben würde. Bei dieser Gelegenheit wollte sie sie auch bitten, ihr einen Koffer mit weiterer Kleidung zu schicken, da sie sich ja ursprünglich nur auf wenige Wochen eingestellt hatte. Auch um ihre Wohnung in Köln würde sie sich bestimmt weiterhin kümmern.

Und da gab es noch etwas: Eddie. Karin musste ihn unbedingt aufsuchen und ihm erklären, warum sie am letzten Freitag nicht gekommen war. Da es beim letzten Mal mit dem Telefon nicht geklappt hatte, beschloss Karin, direkt zu Eddies Wohnung zu gehen. Glücklicherweise lag diese direkt im Ort, nur etwa anderthalb Kilometer vom Ferienhaus entfernt. Es war früher Abend, und so hoffte Karin, dass Eddie zu Hause war. Sie hatte sich extra ihre rotbraunen Haare sorgfältig geföhnt und eine weiße Leinenbluse angezogen. Es war sonnig, doch es wehte ein kräftiger Wind, sodass sie ziemlich zerzaust bei Eddies Wohnung ankam. Nervös drückte sie die Klingel des ehemaligen Fischerhauses mit seiner roten Backsteinfassade und den weißen Butzenscheiben. Doch Fehlanzeige. Eddie schien gar nicht zu Hause zu sein. Karin wollte schon gehen, als sie Eddie plötzlich mit zwei Einkaufstaschen in den Händen die schmale gepflasterte Straße herunterkommen sah. Schließlich blieb er direkt vor Karin stehen.

„Oh hallo, Karin. Was machen Sie denn hier?"

Karin strich sich verlegen eine Haarsträhne aus dem Gesicht. Es machte sie einfach nervös, in Eddies braune Augen zu sehen. „Hallo Eddie. Ich wollte mich entschuldigen, dass ich am Freitag nicht gekommen bin."

„Schon gut", antwortete Eddie. Doch an seinem Unterton merkte Karin, dass er beleidigt war.

„Ich, ich hatte noch angerufen", stammelte sie. „Doch die Verbindung war schlecht. Und nachher war die Leitung unterbrochen. Hat Anne Hartmann es Ihnen denn nicht ausgerichtet, dass ich angerufen habe?"

„Doch, hat sie", entgegnete Eddie, während er in der Jackentasche nach seinem Schlüsselbund suchte, ohne Karin eines Blickes zu würdigen. „Sie sagte etwas von Kiel. Hatten Sie denn viel Spaß an dem Abend?"

„Viel Spaß? Sie meinen, ich hätte mich amüsiert?" Karin konnte es kaum fassen, was Eddie da gerade gesagt hatte. „Meine Freundin Louise liegt in der Uniklinik. Ihr ist am Freitag ein bösartiger Tumor aus der Brust entfernt worden."

Eddie ließ vor Schreck seine Taschen fallen, so dass einige Äpfel quer über die Straße rollten.

„Sie meinen, Frau Mertens hat Brustkrebs? Und sie ist operiert worden? Wie geht es ihr? Hat sie die OP gut überstanden?" Eddie blickte Karin so besorgt in die Augen, so dass sie ihn am liebsten in die Arme genommen hätte.

„Sie hat den Eingriff ganz gut überstanden. Allerdings musste man ihr die linke Brust komplett abnehmen und zahlreiche Lymphknoten entfernen, weil der Krebs schon gestreut hatte. Jetzt geht es ihr den Umständen entsprechend gut. Ihr Sohn Mark ist momentan bei ihr. Mitte der Woche werde ich ebenfalls wieder nach Kiel fahren", erklärte Karin.

Eddie berührte Karin leicht am Arm. „Kann ich irgendetwas tun?"

Karin fasste sich ein Herz. „Würden Sie mit mir essen gehen? Das bin ich Ihnen wohl schuldig, nachdem ich Sie am Freitagabend habe sitzen lassen. Außerdem würde ich so auf andere Gedanken kommen."

Kurz entschlossen waren sie in das kleine Restaurant gegangen, das sie schon von ihrem ersten Abend mit Louise und Sina kannte. Schon vor dem Lokal kam ihnen der leckere Geruch von Fisch und Bratkartoffeln entgegen. Obwohl das Lokal überaus beliebt bei Einheimischen und Gästen war, fanden sie noch einen kleinen Ecktisch, an dem sie ganz ungestört waren. Karin fand es wirklich schön, sich mit Eddie zu unterhalten – nicht nur, weil sie für ihn schwärmte. Nein, es tat einfach gut, seine Sorgen und Ängste jemanden anvertrauen zu können. Und Eddie erwies sich als geduldiger Zuhörer.

Nachdem sie berichtet hatte, wie sie Louise und Sina kennengelernt hatte, wollte Eddie wissen, warum Karin gerade nach Heiligenhafen gefahren war. Karin wusste zunächst nicht, wie sie darauf antworten sollte. Schließlich erzählte sie ihm, dass ihr Mann Dieter sie mit einer Jüngeren betrogen hatte und sie dringend eine Auszeit brauchte. Eddie nickte nur schweigend; doch Karin war neugierig zu erfahren, was ihn schließlich in den hohen Norden verschlagen hatte. Eddie spielte gedankenverloren mit einem Bierdeckel in seiner Hand und wartete etwas, bevor er anfing zu sprechen, da die Bedienung gerade die bestellten Fischfilets brachte.

„Im Prinzip das Gleiche wie Sie. Na ja, es war doch ein bisschen anders."

„Sind Sie verheiratet?", fragte Karin zögerlich und hoffte innig, dass Eddie dies verneinen würde.

„Nein", antwortete Eddie schmunzelnd, weil er mit dieser Frage früher oder später gerechnet hatte. „Das heißt, ich wäre es mal fast gewesen, wenn Annettes Jugendliebe nicht dazwischen gekommen wäre."

„Was ist passiert?" Karin spießte mit ihrer Gabel ein Stück Bratkartoffel auf. Sie hoffte, dass sie nicht zu indiskret war, aber Eddie schien sich nicht daran zu stören.

„Nun, ich habe Annette vor fünf Jahren während einer Busreise nach Frankreich kennengelernt. Wir hatten uns sofort ineinander verliebt, und es war schnell klar, dass wir zusammenziehen wollten. Da Annette nicht aus Heiligenhafen weg wollte, habe ich kurzerhand meine Sachen gepackt, meine Stelle als Sport- und Physiklehrer an einem Gymnasium gekündigt und bin aus Gräfelfing weg- und hierher gezogen. Es war auch alles wunderbar, bis ...", an dieser Stelle musste Eddie eine Pause machen, weil ihm das Weitersprechen schwerfiel, „... bis Annette bei einem Klassentreffen vor drei Jahren ihre Jugendliebe Henning wieder getroffen hat. Danach hat es nicht lange gedauert und sie ist zu ihm nach Rostock gezogen. Na ja, und seitdem lebe ich hier alleine und verdiene mein Geld als Hausmeister und Übungsleiter für Nordic Walking."

„Und Sie möchten hier nicht wieder weg?"

„Nein, denn inzwischen habe ich mich in dieses kleine Städtchen und die Ostsee verliebt. Verrückt nicht? Ich als waschechter Bayer bin hier im hohen Norden gestrandet. Und wer weiß, was mich hier noch so alles erwartet." Mit einem kecken Augenaufschlag blickte er Karin an.

Wie sollte sie nun dies deuten? So hatte er sie bislang noch nie angesehen. Karin war sichtbar verwirrt und antwortete verlegen: „Ja, manchmal passieren ganz unverhoffte Dinge."

Da es inzwischen schon spät war, beschlossen sie zu gehen. Draußen dämmerte es bereits. Vom nah gelegenen Yachthafen war das Kreischen einiger Möwen zu hören. Es war kühl geworden, und Karin zog ihre mitgebrachte Strickjacke an. Eddie half ihr dabei, was Karin äußerst charmant fand. Schließlich kamen sie bei Eddies Wohnung an.

„Dann werd' ich jetzt mal nach Hause gehen", sagte Karin und blickte verlegen auf ihre Riemchensandalen.

„Soll ich Sie nicht besser bis zu Ihrem Ferienhaus bringen?", fragte Eddie.

Karin fand die Idee verlockend, entgegnete aber: „Ach, es ist ja nicht weit. Vielen Dank für das Angebot."

Eddie nickte. „Das war ein sehr schöner Abend, nicht?"

„Ja, das fand ich auch." Karin suchte nach den passenden Worten. Das einzige, was ihr jedoch einfiel, war: „Gute Nacht, Eddie."

„Gute Nacht, Karin."

Karin war schon ein paar Schritte entfernt, als Eddie ihr zurief: „Sehen wir uns bald wieder?"

Karin blieb kurz stehen, drehte sich um und antwortete lächelnd: „Gerne."

Am Mittwoch fuhr Karin wie versprochen wieder nach Kiel in die Klinik. Louise schien es allmählich besser zu gehen, denn als Karin in ihr Zimmer kam, blickte ihr eine gut gelaunte Freundin entgegen. Louise sah noch etwas müde und erschöpft aus, hatte jedoch schon etwas mehr Gesichtsfarbe als am Sonntag. Inzwischen hatte man ihr auch die Schläuche gezogen, sodass sie sich wieder freier bewegen konnte. Das war auch nötig, denn eine Physiotherapeutin hatte, wie Louise berichtete, am Morgen begonnen, ein paar krankengymnastische Übungen mit ihrem linken Arm zu machen. Da man ihr diverse Lymphknoten entfernt hatte, wollte man so vermeiden, dass sie ein Lymphödem, also eine schmerzhafte Schwellung im Arm aufgrund des sich stauenden Gewebewassers, entwickelte. Das tat ihr auch gut, wie sie beteuerte. Nur litt Louise unter einem unangenehmen Taubheitsgefühl im Arm. Das, so sagten ihr die Ärzte, könne auch noch einige Zeit lang anhalten.

„Und wie geht es dir sonst so?", fragte Karin.

Louise lächelte.

„Gut. Mark kommt heute Nachmittag wieder. Er wollte telefonisch und per Internet noch einige Sachen wegen seines Jobs regeln. Möglicherweise kann er doch noch etwas länger als eine Woche bleiben. Karin, ist das nicht schön? Und die Tatsache, dass er hier ist, habe ich allein dir und Sina zu verdanken." Louise schien ihre Krankheit ganz vergessen zu haben – so sehr strahlte sie.

„Ach Louise. Ich freue mich ja so für dich, dass es mit Mark und dir so gut läuft. Wir haben gar nicht so viel dazu beigetragen. Ich hatte nur das Gefühl, ich müsste ihm mal die Augen öffnen, was für eine tolle Mutter er hat."

„Na, nun übertreib' mal nicht. Ich habe vor allem tolle Freundinnen. Apropos: Sina hat auch schon angerufen."

„Wie geht es ihr? Ich habe seit Sonntag gar nicht mehr mit ihr gesprochen."

„Ganz gut – bis auf ihre morgendliche Übelkeit. Sie sagte, du wolltest in Heiligenhafen etwas mit Eddie klären. Es tut mir so leid, dass du wegen mir das Treffen bei ihm absagen musstest. Hast du ihn denn erreicht?“

Karin war klar, dass Sina in dieser Sache nicht den Mund halten konnte. Obwohl sie derzeit genügend eigene Probleme hatte, wollte sie Karins Glück anscheinend auf die Sprünge helfen. Deshalb beschloss Karin, auch Louise nichts vorzumachen. „Wir waren am Montagabend zusammen essen.“

„Ganz alleine?“, fragte Louise interessiert und richtete sich in ihrem Bett auf.

„Ja, ganz alleine.“

„Und wie war es?“ Anscheinend fand nicht nur Sina, sondern auch Louise das Thema überaus spannend – und das trotz ihrer schweren Krankheit.

„Nett“, antwortete Karin, die es nicht gewohnt war, von romantischen Treffen mit anderen Männern zu berichten.

„Was, nur nett?“ Louise konnte dies nicht so ganz glauben.

„Na ja“, druckste Karin. „Wir werden uns wahrscheinlich bald wieder treffen.“

„Oh Karin. Das ist ja toll. Hat er dich gefragt?“

Karin nickte.

„Dann heißt das, dass er dich ebenfalls gerne mag.“

„Meinst du?“

„Und ob ich das meine. Schließlich bist du eine sehr nette, kluge und attraktive Frau. Er wäre schön blöd, wenn er nicht an dir interessiert wäre.“

Karin lächelte verlegen.

Louise wusste, dass Karin dieses Thema nach Möglichkeit mied, fragte dann aber doch:

„Hast du eigentlich mal etwas von deinem Mann gehört?“

„Dieter?“, fragte Karin erstaunt. „Absolut nichts. Das kann auch gerne so bleiben. Anscheinend ist er glücklich mit seiner jungen Schlauchbootlippen-Tussi.“

Sina war im Stress. Ihr Chef Bernd hatte gesagt, sie solle es in ihrem Zustand locker angehen lassen. Doch das war leichter gesagt als getan. In der Werbeagentur standen in dieser Woche gleich mehrere Abgabetermine bei Kunden an, sodass sie es nicht vor 18 Uhr aus dem Büro schaffte. Und auch zu Hause warteten wichtige Aufgaben auf sie. Alex schien es mit dem Zusammenziehen äußerst eilig zu haben. Kaum war sie nach Hamburg zurückgekehrt, hatte er ihr schon einige Immobilienvorschläge eines befreundeten Maklers vorgelegt. Eines der Häuser war seiner Meinung nach so interessant, dass sie es sich umgehend mit ihm ansehen sollte. Es lag in Blankenese an einem Hang mit direktem Blick auf die Elbe. Da derartige Häuser laut Aussagen des Maklers absolut begehrt waren, sollten sie mit ihrer Entscheidung nicht lange zögern. Und tatsächlich: Als Sina die von der Abendsonne lichtdurchfluteten Räume betrat, konnte sie sich tatsächlich gut vorstellen, dass hier ihr Kind aufwachsen würde.

„Und, was meinst du?" Alex stand mit Sina auf der Terrasse und blickte mit ihr auf die vorbeifahrenden Schiffe auf der Elbe.

„Ich find's schön. Aber können wir uns das auch wirklich leisten?", fragte Sina.

Alex legte den Arm um seine Freundin. „Darüber mach' dir mal keine Gedanken. Ich habe in letzter Zeit einiges an Geld gemacht. Und Tom wird den Kaufpreis garantiert noch etwas runterhandeln können, da die Sanitäranlagen völlig veraltet sind. Und den Rest werden notfalls meine Eltern beisteuern."

Sina taten die Füße weh, und sie wollte nicht mehr lange hin und her überlegen. „Gut, dann lass' uns das Haus nehmen."

„Dann wäre das ja geklärt", entgegnete Alex zufrieden und küsste Sina auf die Stirn.

Am nächsten Tag nach der Arbeit fuhr Sina zu ihrer Mutter Sonnhild. Als sie sie am Morgen vom Büro aus angerufen hatte, plagte sie das schlechte Gewissen, da sie wusste, dass dieser Besuch schon lange fällig war. Noch immer hatte sie ihrer Mutter nichts von ihrer Schwangerschaft erzählt. Sie hielt es für besser zu warten, bis sich die Dinge mit Alex geklärt hatten. Außerdem war ja noch die Krankheit von Louise dazwischengekommen. Doch jetzt konnte und wollte sie es nicht länger aufschieben, zumal sie ihrem Vater schon vor ein paar Tagen eine E-Mail nach Australien geschickt hatte. Er hatte sich riesig gefreut und versprach, rechtzeitig zur Geburt nach Deutschland zu kommen. Ihre Eltern hatten nur sporadisch miteinander Kontakt, doch es war nur eine Frage der Zeit, bis es ihre Mutter ebenfalls erfahren würde. Und dass sie Großmutter werden würde, wollte Sina ihr schon lieber persönlich erzählen. Außerdem gab es natürlich mit dem Hauskauf noch eine weitere wichtige Neuigkeit.

Als Sina mit ihrem Karman Ghia in die Hofauffahrt des großzügigen Landguts vor den Toren Hamburgs einbog, wartete ihre Mutter schon vor der Tür. Typisch, dachte Sina, als sie ausstieg und ihr lächelnd entgegenging.

„Hallo, Mama." Mit einem großen Strauß gelber Gerbera ging Sina die Stufen hoch, um ihre Mutter zu umarmen. Wie immer war ihre Mutter perfekt gekleidet – und das auf dem Lande! Sie trug eine fliederfarbene Bluse und einen weißen Rock und hatte ihre dunkelblonden Haare adrett hochgesteckt. Wie Sina war auch ihre Mutter groß und schlank.

„Hallo, mein Kind. Danke für die schönen Blumen. Dünn bist du geworden. Du arbeitest bestimmt immer noch zu viel."

Auch das noch! Wie oft hatte sie diesen Spruch schon gehört. Diesmal hatte es aber noch einen anderen Grund. Glücklicherweise war Sina noch so schlank, dass ihre Schwangerschaft nicht auffiel.

„Wie geht es Richard? Ist er auch zu Hause?“, erkundigte sich Sina nach ihrem Stiefvater, während sie eintrat.

Sonnhild nahm die Blumen, füllte Wasser in eine Vase und stellte den Strauß hinein. „Nein, er ist heute Abend wieder Golf spielen. Du weißt doch: Kontakte knüpfen. Wir Frauen sind also ganz alleine.“

Gut, dachte Sina. Ihr war es lieber, mit ihrer Mutter unter vier Augen sprechen zu können.

„Hast du Hunger, Kind? Ich habe noch etwas Quiche Lorraine im Ofen. Die magst du doch so gerne.“

„Ah, super, danke. Ich bin tatsächlich heute kaum zum Essen gekommen.“ Kein Wunder, setzte Sina gedanklich dazu. Morgens bekomme ich ja momentan auch keinen Bissen runter.

„Na, siehst du“, entgegnete Sonnhild und blickte ihre Tochter lange an. „Sag' mal Sina, bist du schwanger?“

Sina hatte sich gerade ein großes Stück Quiche Lorraine in den Mund gesteckt und verschluckte sich fast an dem Bissen.

„Schwanger? Wie kommst du denn jetzt darauf?“

„Na, du hast diese besondere Ausstrahlung, die nur werdende Mütter haben.“

„Und das siehst du so?“, fragte Sina völlig perplex und musste dabei an die hellseherischen Fähigkeiten ihres Chefs Bernd denken, der ihr die Schwangerschaft ebenfalls angesehen hatte, ohne dass sie vorher etwas gesagt hatte.

„Hör' mal. Ich bin schließlich deine Mutter. Dein Vater und ich sind sicherlich nicht die besten Eltern. Aber so viel kann ich gar nicht verkehrt gemacht haben, dass ich das übersehen würde. Oh Kind, dann stimmt es also.“ Sonnhild stand auf, um ihre Tochter zu umarmen. „Ich freu' mich so. In welcher

Woche bist du? Und was sagt Alex dazu? Ihr werdet doch jetzt sicher heiraten, oder?“

Damit hatte ihre Mutter eine wunde Stelle bei Sina getroffen. Vor lauter Aufregung über die Schwangerschaft hatte sie gar nicht mehr darüber nachgedacht, dass das Thema Heirat der eigentliche Grund war, warum sie sich getrennt hatten. Glücklicherweise hatte Alex das Thema in den letzten Tagen mit keinem Wort mehr erwähnt. Tief in ihrem Inneren konnte sie sich noch immer nicht so recht mit der Vorstellung anfreunden, zu heiraten. Aber wenn sie ehrlich war: Jetzt, wo sie ein Baby erwarteten, war die Situation eine ganz andere. Sie musste endlich erwachsen werden und zeigen, dass sie Verantwortung übernehmen kann. In diesem Moment traf Sina eine Entscheidung, von der sie niemals gedacht hatte, dass sie sie einmal treffen würde. „Ja Mama, Alex und ich werden bald heiraten. Doch vorher werden wir noch ein Haus in Blankenese kaufen.“

Ihre Mutter, die den Streit mit Alex und ihre Beziehungskrise nur am Rande mitbekommen hatte, sprang erneut auf, um Sina in die Arme zu nehmen. „Oh wie schön. Meine Tochter heiratet endlich. Und ein Haus habt ihr auch schon? Das muss ich gleich Richard erzählen, wenn er kommt. Weiß dein Vater auch schon Bescheid?“

Nein, dachte Sina. Wie sollte er auch, wo sie diesen Entschluss gerade erst gefasst hatte? Und selbst Alex würde überrascht sein, wenn sie ihm dieses mitteilte. Alex! Da sie wusste, dass ihre Mutter so eine Nachricht nicht lange für sich behalten würde, musste sie so schnell wie möglich mit ihm reden. Am besten noch heute Abend! Daher beschloss sie, direkt von ihrer Mutter aus zu ihm zu fahren. Sie verabschiedete sich von Sonnhild und versprach, sich bald wieder zu melden.

Alex war ziemlich überrascht, als Sina plötzlich vor seiner Tür stand. „Sina, was willst du denn ...? Ist etwas mit dem Baby nicht in Ordnung?"

„Nein, nein. Alles bestens", winkte Sina ab, noch völlig außer Atem, weil sie die Stufen zur Penthousewohnung hochgerannt war. „Alex, ich hab' es mir überlegt. Lass' uns heiraten – und zwar noch, bevor das Baby kommt!"

War diese Nachricht nun überraschend für Alex oder nicht? Sina wusste es nicht. Das einzige, was sie sicher wusste, war, dass Alex sich freute. Denn er nahm Sina in die Arme und wirbelte sie im Kreis herum, sodass Sina ganz schwindelig wurde.

„Oh entschuldige, das Baby. Daran habe ich gerade nicht gedacht. Du weißt gar nicht, wie glücklich du mich damit machst. Und du bist dir ganz sicher?"

Alex hielt Sina ein Stück von sich weg und blickte sie fragend an.

Sina nickte.

„Ja, Alex. Und es tut mir leid, dass ich dich so lange hingehalten habe."

Am nächsten Tag rief Sina zuerst Louise in der Klinik an. Nachdem sie sich nach dem Befinden ihrer Freundin erkundigt hatte, erzählte sie ihr schließlich von ihren Heiratsplänen. Louise, der es immer besser ging und die hoffte, in den nächsten Tagen entlassen zu werden, ließ sich nicht anmerken, dass sie ihre Zweifel hatte. Sie war klug genug zu wissen, dass Sina es sich ohnehin nicht ausreden lassen würde.

Anders Karin. Sina hörte schon an ihrer Stimmlage, dass sie wenig begeistert war. „Sina, bist du dir wirklich sicher? Noch vor ein paar Wochen hast du Louise und mir erzählt, dass du dir absolut nicht vorstellen kannst, Alex jemals zu heiraten."

„Damals lagen die Dinge noch ganz anders", versuchte sich Sina zu verteidigen. „Wahrscheinlich habe ich nur kalte Füße bekommen. Das ist doch normal vor der Ehe, oder?"

„Ja, sicher. Aber bei so einer wichtigen Entscheidung solltest du absolut sicher sein und nicht nur wegen des Babys heiraten wollen."

Karin seufzte. „Schau dir mich an. Ich habe eine Tochter, die ich um nichts in der Welt mehr missen möchte, doch einen Ehemann, den ich wohl besser gar nicht erst geheiratet hätte. Ich möchte nicht, dass es dir in ein paar Jahren genauso ergeht."

„Das wird es schon nicht. Alex würde mich nie betrügen. Und außerdem liebt er mich."

„Und liebst du ihn auch?", bohrte Karin nach.

Ihre Freundin konnte aber auch Fragen stellen.

„Ja, natürlich."

„Dann ist ja gut."

So gut fand Karin das gar nicht. Sie hatte damit gerechnet, dass Alex nicht locker lassen würde. Doch die Tatsache, dass Sina nach ihren vielen Zweifeln nun selbst den Entschluss gefasst hatte, Alex zu heiraten, fand sie irgendwie beunruhigend. Auch wenn sie ihn bislang nur einmal gesehen hatte: Sie wurde einfach das Gefühl nicht los, dass mit diesem Mann etwas nicht stimmte. Was, das konnte sie nicht genau sagen. Mit Louise wollte sie darüber nicht reden. Ihre Freundin sollte jetzt erst einmal den Klinikaufenthalt gut überstehen und die Zeit mit ihrem Sohn genießen. Sobald sie zurück nach Heiligenhafen kam, wäre immer noch Zeit genug, um mit ihr darüber zu reden. Daher fragte sie Eddie, mit dem sie sich an diesem sonnigen Nachmittag zu einem Strandspaziergang verabredet hatte, um Rat.

„Was würden Sie tun? Ich kann doch nicht zusehen, wie sich meine Freundin in ihr Unglück stürzt."

Eddie drehte einen besonders schönen Stein, den er gerade im Sand gefunden hatte, in seinen Händen und blickte dann Karin an. „Ich glaube, Sie sollten sich da besser nicht einmischen. Sina ist noch jung, aber alt genug, um ihre eigenen Entscheidungen zu treffen."

Karin fasste sich an ihren weißen Strohhut, um zu verhindern, dass eine Windböe ihn ihr vom Kopf wehen würde. „Sie meinen, es ist besser, in diesem Fall gar nichts zu tun?"

„Ja, das meine ich. So wie Sie sie mir beschreiben, wird sie ohnehin nicht auf Sie hören. Und wer weiß: Vielleicht wird sie ja glücklich mit ihrem Alex. Man muss dem Glück immer eine zweite Chance geben." Eddie blieb stehen und blickte Karin so tief in die Augen, dass sie glaubte, ihr Herz bliebe gleich stehen.

„Wie, wie meinen Sie das?", stammelte Karin und hoffte, nicht schon wieder rot zu werden.

„Nun, genauso, wie ich es sage. Jeder verdient es, glücklich zu sein – egal, was vorher war."

Eddie stand mit seinem Gesicht so dicht vor ihrem, dass Karin glaubte, seinen Atem zu spüren. „Hier, den möchte ich Ihnen schenken." Eddie überreichte Karin den Stein, den er die ganze Zeit in seiner Hand gehalten hatte.

Karin nahm den Stein vorsichtig entgegen, als ob es sich um ein rohes Ei handeln würde und betrachtete ihn ausgiebig. Er war dunkelgrau und von zwei feinen hellen Streifen durchzogen, die in der Sonne schimmerten. „Ist das ein Handschmeichler?", fragte Karin.

„Wie fühlt er sich denn in der Hand an?"

Karin schloss ihre rechte Hand und bewegte den Stein mit ihren Fingern hin und her. „Er schmeichelt tatsächlich." Für diese blöde Antwort hätte Karin am liebsten im Sand versinken mögen. Doch sie fand einfach nicht die richtigen Worte für dieses wunderbare Geschenk.

Eddie lachte. „Na, da bin ich aber froh. Ein Handschmeichler sollte sich tatsächlich sofort angenehm anfühlen. Sonst ist es einfach nur ein Stein und nichts weiter."

„Für mich ist es mehr als ein Stein", antwortete Karin und hauchte Eddie einen Kuss auf die Wange. „Danke. So ein schönes Geschenk habe ich schon lange nicht mehr bekommen."

Mit ihrer spontanen Reaktion hatte Karin selbst nicht gerechnet. Und auch Eddie schien verwirrt zu sein, denn er schwieg einen Moment länger, als Karin dies bislang von dem schlagfertigen Mann gewohnt war. Endlich fand er seine Sprache wieder. „Haben Sie Lust auf ein Eis? Ich spendiere Ihnen eines. Im Ferienpark gibt es wunderbar leckere Waffeltüten mit roter Grütze und Sahne."

Karin fand die Vorstellung schön, noch etwas mehr Zeit mit Eddie verbringen zu können. Und so willigte sie ein, auch wenn der Gedanke an die vielen Kalorien nicht gerade beruhigend war. Aber was war an diesem Nachmittag schon beruhigend? Und die Kalorien würde sie einfach durch Nordic Walking wieder abtrainieren. Vielleicht wäre Eddie sogar bereit, ihr ein paar weitere Tipps fürs Abnehmen zu geben. Dann hätte sie in jedem Fall einen weiteren Grund, um ihn wiederzusehen. Doch gab es nicht schon jetzt Gründe genug? Hatte sie sich getäuscht? Oder war gerade am Strand etwas Besonderes zwischen ihnen passiert? Karin versuchte, darüber nachzudenken, während sie Eddie betrachtete, der in der Warteschlange vor der Eisdiele stand. Warum hatte er so betont, dass es jeder verdiene, glücklich zu sein? Hatte er damit sie beide gemeint? Und hieße das, dass er mehr von ihr wollte, als nur mit ihr befreundet zu sein? Wie sollte sie sich jetzt bloß verhalten, fragte sich Karin, als Eddie freudestrahlend mit zwei riesigen Eistüten zu ihr kam. „Da, lassen Sie es sich schmecken und denken Sie bloß nicht über die Kalorien nach." Konnte Eddie ihre Gedanken lesen?

„Um ehrlich zu sein, das habe ich bereits", lächelte Karin verlegen.

Eddie machte ein entsetztes Gesicht. „Das sollen Sie nun wirklich nicht. Erstens haben Sie Urlaub, und zweitens haben Sie eine so tolle weibliche Figur, dass sich andere Frauen davon eine Scheibe abschneiden können."

Nun war es doch passiert. Karins Gesicht war puterrot geworden. So etwas hatte noch nie ein Mann zu ihr gesagt.

„Oh danke. Ich glaube, Sie übertreiben da völlig. Was meinen Sie, warum ich mich zum Nordic Walking-Kurs angemeldet habe? Ich wollte ein paar Pfunde abnehmen."

„Ernsthaft?" Eddie machte noch immer ein überraschtes Gesicht, fing dann aber an zu lächeln.

„Und ich dachte, Sie sind wegen des tollen Übungsleiters gekommen."

Karin knuffte Eddie spaßhaft in die Seite. Sie setzten sich auf eine windgeschützte Bank, von der sie dem Treiben auf dem Binnensee zusehen konnten. Möwen und Schwäne teilten sich das Gewässer mit ein paar Surfern und Segeljollen, die auf dem Wasser ihre Bahnen zogen. Karin hätte noch stundenlang mit Eddie hier sitzen können. Doch es wurde langsam Zeit zu gehen. Eddie hatte an diesem Abend noch einen Nordic Walking-Kurs für Fortgeschrittene, und Karin wollte ihre Tochter Sophie anrufen.

„Dann geh' ich jetzt mal besser", seufzte Eddie.

„Sie sollten nicht zu spät zu Ihrem Kurs kommen." Karin überlegte, was sie jetzt sagen könnte.

„Es war ein wirklich schöner Nachmittag mit Ihnen."

Wieder so ein Standardsatz! Karin hätte abermals im Boden versinken mögen.

„Ja, das fand ich auch", entgegnete Eddie.

„Na, dann tschüss."

„Karin?" Eddie blickte auf den Boden, kam dann näher und küsste Karin auf den Mund.

Wie weich sich seine Lippen anfühlten. Das war das einzige, was Karin in diesem Moment denken konnte. Dann verschwand die Welt um sie herum. Auch noch nachdem Eddie sich wieder von ihr gelöst hatte, stand sie wie erstarrt da. „Ich, ich ..."

„Schon gut", sagte Eddie und legte ihr einen Finger auf die Lippen.

„Ich weiß auch nicht, was ich sagen soll."

Karin wusste nicht, wie sie zum Ferienhaus gekommen war. Ihr schien es, als ob sie auf der berühmten Wolke sieben schwebte. So musste es sich anfühlen, wenn man total verliebt war. Glückselig schloss Karin die Tür zum Ferienhaus auf, während sie hinter sich plötzlich eine Stimme hörte.

„Hallo Karin."

Karin drehte sich um und glaubte, ihren Augen nicht zu trauen. Vor ihr stand niemand geringerer als ihr Mann Dieter.

Karin brauchte einen Moment, um sich zu sammeln. Dieter! Was machte der denn hier? Karin betrachtete ihren Mann von oben bis unten. Er sah älter aus. Er hatte sich in eine modische Jeans gezwängt, die nach Karins Meinung viel zu eng war, weil sie seinen Bauchansatz betonte. Dazu trug er ein hellrosafarbenes Hemd, das sie nicht kannte. Er war gebräunt. Doch sein blondes Haar entblößte so manche lichte Stelle. Seine blauen Augen, die sie früher so geliebt hatte, strahlten sie an, doch um sie herum waren dunkle Schatten zu sehen, so als ob er seit Tagen nicht richtig geschlafen hatte.

Als Dieter ihr entgegenkam, wich Karin unwillkürlich zurück. „Du wagst es, hier aufzutauchen? Woher weißt du überhaupt, wo ich bin? Und wo ist deine kleine Schlampe?“ Die Wut stand Karin regelrecht ins Gesicht geschrieben.

Dieter, der mit einer so heftigen Reaktion nicht gerechnet hatte, antwortete leise: „Sophie hat mir nach langem Drängen verraten, wo ich dich finde. Sie wollte mir zuerst nichts sagen. Als ich ihr erklärt habe, dass es mit Veronika aus ist, hat sie schließlich doch nachgegeben.“

Karin zog die Augenbrauen hoch. So recht konnte sie dies nicht glauben. „Habe ich da gerade eben richtig gehört? Die Affäre mit deiner Schlauchbootlippen-Tussi ist vorbei?“

„Ja“, antwortete Dieter kleinlaut. „Sie hat gemeint, der Altersunterschied sei wohl doch zu groß. Stell dir vor, Karin: Sie wollte ständig auf Partys gehen und neue Leute kennenlernen. Da ist es wohl passiert: Sie hat einen jüngeren Mann getroffen, in den sie sich verliebt hat. Ein aufstrebender Banker – hach! Und dann noch aus Düsseldorf! Ich hatte von Anfang an das Gefühl, dass sie bei einem Mann nur aufs Geld aus ist.“

„Die Einsicht kommt ein bisschen spät, findest du nicht?“ Karin stand in der Tür und hätte diese am liebsten Dieter direkt vor der Nase zugeschlagen. Etwas in ihrem Inneren hielt sie jedoch davon ab.

„Ja. Es tut mir unendlich leid, was ich dir angetan habe. Karin, ich bitte dich: Nimm‘ mich zurück!“

Dieter sank vor Karin auf die Knie und faltete die Hände wie zum Gebet. Oh, wie peinlich! Karin blickte sich um und hoffte, dass gerade niemand zuschaute.

„Glaubst du etwa, dein theatralischer Auftritt könne alles rückgängig machen?“

„Natürlich nicht!“ Dieter kniete noch immer vor Karin, was diese allmählich lustig fand. „Aber was soll ich denn noch tun, um dir zu beweisen, dass es mir ernst ist?“

„Na, zuerst könntest du einmal diese peinliche Szene beenden und wieder aufstehen. Und dann kommst du am besten mit ins Haus. Wie ich dich kenne, hast du heute bestimmt noch nichts Richtiges gegessen. Und dann sollten wir über alles in Ruhe reden.“

Dieter erhob sich, wischte sich den Sand von seinen Knien und lächelte Karin erleichtert an.

Eddie war gut gelaunt. In der letzten Nacht hatte er von Karin geträumt. Darin hatten sie beide einen Segeltörn in die Südsee gemacht und waren schließlich nahe einer einsamen Insel vor Anker gegangen. Um sie herum schwammen zahlreiche bunte Fische. Vom Wasser her war das leise Plätschern der Wellen zu hören. Die Sonne wärmte ihre Haut. In dieser romantischen Stimmung hatte Eddie schließlich Karin seine Liebe gestanden. Dann war er aufgewacht.

Wenn das kein Zeichen war! Und so nahm sich Eddie vor, seine nächtliche Liebeserklärung in die Tat umzusetzen und noch heute Morgen zu ihr zu gehen. Eddie duschte schnell und zog sich ein frisches weißes kurzärmeliges Hemd und hellbraune Bermudashorts an.

Beim Bäcker besorgte er frische Brötchen und auf dem Markt einen Strauß roter Rosen. Aufgeregt und in froher Erwartung fuhr er mit dem Fahrrad zum Ferienhaus. Dort angekommen, stellte er sein Rad an einem weißen Holzzaun, etwas entfernt vom Haus, ab. Damit wollte er verhindern, dass Karin ihn womöglich vorzeitig sah. Schließlich sollte es eine Überraschung sein. Eddie nahm die Brötchen und die Blumen und wollte gerade zum Haus gehen, als sich plötzlich die Tür öffnete.

Hatte Karin ihn etwa doch gesehen oder gehört? Eddie blickte erwartungsvoll in Richtung Eingang. Was er dann sah, konnte und durfte einfach nicht wahr sein. In der Tür stand ein Mann, der sich räkelte und gähnte – im Schlafanzug! Einen Moment lang blieb Eddie wie angewurzelt stehen. Dann schweifte sein Blick zum Wagen mit dem Kölner Kennzeichen, der unweit vom Haus entfernt stand. Eddie kombinierte blitzschnell. Das musste Dieter sein. Hatte sich Karin also doch mit ihrem Mann wieder versöhnt. Warum sonst würde ihr Mann im Schlafanzug in der Tür stehen? Wut stieg in ihm auf. Hatte sie etwa mit ihm geschlafen? Das wollte sich Eddie gar nicht vorstellen. Und das brauchte er auch gar nicht. Karin war verheiratet und konnte schließlich tun und lassen, was sie wollte. Nur eines war klar: Für ihn war hier jetzt kein Platz mehr. Frustriert und unendlich traurig setzte er sich auf sein Fahrrad und radelte davon. Den Strauß roter Rosen warf er in den Binnensee.

Zwölf

Louise war froh und erleichtert, dass die Zeit im Krankenhaus endlich hinter ihr lag. Die Sozialarbeiterin in der Kieler Uniklinik hatte ihr nahegelegt, direkt im Anschluss in die Reha zu fahren, bevor dann später in Lübeck eine ambulante Chemotherapie folgen sollte.

Nach kurzer Überlegung stimmte sie der Kur zu und bekam auch gleich einen Platz in Schönhagen bei Damp, das ebenfalls an der Ostsee lag.

Am liebsten hätte sie die nächste Zeit mit Karin und Mark in Heiligenhafen verbracht. Da aber die Mietdauer für das Ferienhaus ohnehin in ein paar Tagen auslief und sie noch nach Lübeck musste, um einige Dinge für die Kur vorzubereiten, war sie nur kurz mit Mark nach Heiligenhafen gefahren. Dort holte sie ihre Sachen und verabschiedete sich von Karin.

Mark musste in ein paar Tagen wieder zurück nach Buenos Aires fliegen. Er wollte anschließend mit ihr nach Lübeck fahren und sie noch nach Damp bringen, worüber Louise sich natürlich sehr freute.

Doch als sie mit Mark in die Straße „Zum Graswarder" einbog und das Ferienhaus sah, übermannten sie die Gefühle. Mark blickte sie vom Fahrersitz des Leihwagens erschrocken an und fragte besorgt:

„Mama, was hast du denn? Geht es dir nicht gut?"

Louise nahm ein Papiertaschentuch aus ihrer Handtasche und schnäuzte sich die Nase.

„Doch, doch. Es ist nur: Mit dem Haus sind so viele Erinnerungen verbunden. Wir haben hier schon Urlaub gemacht, als du noch ganz klein warst. Mir fällt es jedes Mal schwer, mich vom Haus zu verabschieden. Es ist einfach so etwas wie ein zweites Zuhause für mich geworden – gerade in der letzten Zeit. Außerdem habe ich hier zwei so liebe Freundinnen gefunden. Und jetzt bin ich mit dir hier", ergänzte Louise und strich Mark mit der linken Hand durchs Haar.

„Aber du kannst doch bald wieder herkommen", antwortete Mark, der angesichts des seltenen Gefühlsausbruchs seiner Mutter irritiert war.

„Möchtest du noch einen Moment warten, bevor du hineingehst?"

Doch Louise blieb keine Zeit mehr zu überlegen, Karin hatte sie schon entdeckt und kam ihnen lächelnd entgegen.

„Oh Louise, da bist du ja! Wie schön, dass …" Karin stockte, als sie Louises verweintes Gesicht sah.

„Louise, was ist? Fehlt dir was?"

„Meiner Mutter fällt es schwer, sich von dem Ferienhaus zu verabschieden", antwortete Mark an ihrer Stelle.

„Oh, ich verstehe", sagte Karin und nickte.

Doch Louise wäre nicht Louise, wenn sie nicht bemerkt hätte, dass auch Karin etwas belastete. Karin hatte ihr am Telefon erzählt, dass Dieter plötzlich vor der Tür gestanden habe. Dabei hatte sie ihr auch versichert, dass sie mit Dieter endgültig „durch" sei. Daher war Louise jetzt ziemlich verwundert, Karin so traurig zu sehen. Sicher war es für sie nicht einfach, sich nach so vielen Jahren Ehe von ihrem Mann zu trennen. Doch das allein schien es nicht zu sein. „Und was ist mit dir? Du wirkst so bedrückt. Hast du alles mit Dieter geklärt?"

Karin sah Mark hinterher, der inzwischen in den Garten gegangen war und sie somit nicht hören konnte. „Ja, das habe ich. Er wollte mich gerne wieder zurückhaben. Aber ich habe ihm erklärt, dass ich ihn nicht mehr liebe und keine Zukunft für unsere Ehe sehe. Das hat er, nachdem wir die halbe Nacht geredet haben, endlich auch eingesehen. Weil es schon spät war, habe ich ihn hier übernachten lassen. Am nächsten Morgen ist er dann zurück nach Köln gefahren. In ein paar Tagen wollen wir uns dort treffen und besprechen, wer welche Sachen bekommt. Wir haben vereinbart, dass er auszieht und ich die Wohnung erst mal behalte."

„Und was ist mit Eddie?", fragte Louise.

„Das weiß ich ehrlich gesagt nicht", antwortete Karin verzweifelt. „Louise, ich kann ihn schon seit Tagen nicht erreichen. An seinem Telefon läuft nur der Anrufbeantworter. Ich habe ihm eine Nachricht hinterlassen, dass er mich dringend zurückrufen möge. Außerdem bin ich schon zweimal bei seiner Wohnung gewesen und habe bei seinen Nachbarn geklingelt. Keiner weiß etwas. Er ist wie vom Erdboden verschwunden."

„Merkwürdig. Hat er denn nichts gesagt?"

„Nein. Dabei wollten wir uns doch so schnell wie möglich wiedersehen." Karin fügte leise hinzu: „Weißt du: Wir sind uns bei unserem letzten Treffen recht nahegekommen. Aber wahrscheinlich habe ich mich geirrt und er hat doch nur eine kurze Romanze gesucht."

„Das glaube ich nicht. Sina und ich konnten ja schon von weitem sehen, wie sehr er in dich verliebt ist."

„Vermutlich habt ihr euch getäuscht. Wäre ja auch zu schön gewesen, wenn sich noch mal ein Mann in mich verliebt."

Karin blickte sie so traurig an, dass Louise Mitleid bekam. „Und was willst du jetzt tun?"

„Nun, ich werde weiterhin versuchen, ihn zu erreichen und, so gut es geht, die restlichen Tage hier zu genießen. Am Wochenende mache ich dann wie besprochen die Übergabe des Ferienhauses an Herrn Petersen. Und falls ich bis dahin nichts von Eddie gehört habe, fahre ich zurück nach Köln."

„Soll ich nicht doch ein paar Tage bei dir bleiben?"

Karin schüttelte energisch den Kopf. „Nein, nein, du fährst schön mit deinem Sohn nach Lübeck. Schließlich hast du vor deiner Kur noch genug zu tun. Die Zeit bis dahin ist ohnehin knapp. Genieße sie lieber mit deinem Sohn. Ich komme schon ganz gut alleine klar. Durch dich und Sina habe ich ja schließlich gelernt, selbständig zu sein." Karin straffte demonstrativ die Brust und zwang sich zu einem Lächeln.

„Daran habe ich auch keinen Zweifel", entgegnete Louise und umarmte ihre Freundin, auch wenn ihre linke Seite nach der Operation immer noch etwas schmerzte. Aber das war ihr in diesem Moment egal.

Die Tage zu Hause in Lübeck gingen viel zu schnell vorbei. Mark hatte in dieser Zeit in seinem alten Kinderzimmer geschlafen, und es war alles so wie früher. Fast hätte Louise den Anlass ihres Aufenthalts und ihre Krankheit vergessen - wären da nicht die vielen Dinge gewesen, die sie noch organisieren musste. Mark war ihr dabei eine große Hilfe, machte Besorgungen für sie und bügelte wegen der Einschränkung ihrer linken Körperseite sogar ihre Wäsche – etwas, was er früher nie freiwillig getan hätte. Doch jetzt lagen die Dinge anders, und Louise war froh, dass sie sich mit ihrem Sohn wieder so gut verstand.

Umso trauriger war sie, als der Abschied von Mark nahte – auch wenn er ihr versprach, bald wiederzukommen. Er brachte sie noch wie vereinbart nach Schönhagen in die

Kurklinik, um von da aus zum Hamburger Flughafen zu fahren. Erwartungsgemäß fiel Louise der Abschied von ihrem Sohn schwer.

Beide wussten nicht so recht, was sie sagen sollten, und so umarmten sie sich still, bis sich Mark schließlich von ihr löste und ihr „mach's gut, Momi" ins Ohr flüsterte. Louise wusste, dass sie ihren Sohn jetzt gehen lassen musste. Dennoch hatte sie ein ungutes Gefühl, was sie sich Mark gegenüber aber nicht anmerken ließ.

Die innere Unruhe war auch der Grund, warum sich Louise in den ersten Tagen nicht so recht in Schönhagen einleben konnte – auch wenn die Klinik schön gelegen war. Zu Fuß konnte man leicht den Strand erreichen. Auch ihr Zimmer und das Essen waren überaus gut und das Personal sehr nett und zuvorkommend.

Vermutlich lag es daran, dass sie neben ihrem Sohn auch ihre beiden Freundinnen vermisste, dachte Louise, während sie am Ende eines langen Therapietages am Strand spazieren ging. Wie aufs Stichwort klingelte das Handy, das Sina ihr kurz vor ihrer Entlassung aus der Klinik geschenkt hatte, um sie und Karin jederzeit anrufen zu können.

„Mertens?"

„Hallo Louise, hier ist Sina."

„Oh, hallo Sina. Wie geht es dir und dem Baby?"

„Äh, ganz gut. Ich war vorgestern wieder zur Mutterschaftsvorsorge. Die Ärztin sagt, das Baby entwickelt sich bestens. Glücklicherweise hat auch die morgendliche Übelkeit etwas nachgelassen. Ich habe von einer Bekannten den Rat bekommen, Ingwertee zu trinken, weil dies den Magen beruhigen soll. Seitdem geht es besser."

„Das hört sich doch gut an. Und wie sieht es mit euren Umzugsvorbereitungen aus?"

„Wir stecken gerade mittendrin. In zwei Wochen können wir schon ins Haus. Und die Hochzeit soll am 15. September stattfinden, wobei Alex' Eltern einen Großteil der Planungen übernommen haben. Aber was red' ich nur von mir: Wie geht es dir mit der Reha?"

„Auch gut", antwortete Louise. „Du glaubst gar nicht, was ich alles für Therapien habe. Von Physiotherapie bis Gesprächstherapie ist alles dabei. Ich glaube, ich komme total fit und gestärkt wieder nach Hause."

„Ach, das ist aber schön. Ich freue mich für dich, dass es mit dir wieder bergauf geht."

„Ja, das geht es wirklich." Louise machte eine kurze Pause, bevor sie weitersprach. „Sina, geht es dir wirklich gut?"

„Wieso?"

„Na ja, ich werde das Gefühl nicht los, dass dich etwas bedrückt."

„Ach, es ist nichts."

„Aha."

„Was heißt ‚aha'?"

Louise kannte Sina inzwischen schon recht gut. „Na, wenn du sagst, es ist nichts, ist garantiert etwas."

Sina antwortete nicht.

„Sina?"

„Ja?"

Louise wurde energisch. „Raus mit der Sprache!"

„Na ja, mit Alex ist irgendetwas komisch."

Louise hatte gewusst, dass dies früher oder später kommen würde, fragte aber: „Was meinst du mit ‚komisch'?"

„Na ja, ich bin noch im Büro und kann dir das jetzt schlecht am Telefon erzählen", antwortete Sina leise.

„Kannst du am Wochenende herkommen?"

„Ich habe gehofft, dass du das fragen würdest."

Sina wusste wirklich nicht, was sie davon halten sollte. Sie war vor ein paar Tagen in Alex' Wohnung gefahren, um mit ihm den anstehenden Umzug zu besprechen. Dabei wollten sie auch eine Liste mit den restlichen Umbaumaßnahmen für das Haus durchsprechen. Da Alex noch nicht da war, ging Sina, die wusste, dass Alex einen Zweitschlüssel oben auf einem Türrahmenvorsprung im Hausflur aufbewahrte, in seine Wohnung.

Um nicht unnötig Zeit zu verlieren, suchte Sina in Alex' Büro schon einmal nach der Liste. Sie vermutete, dass Alex entsprechend seiner Gewohnheit alles fein säuberlich irgendwo abgeheftet hatte. Sina kniete sich vor das weiße Designerregal, in dessen unterster Reihe sich zahlreiche Aktenordner befanden. Komisch, dachte Sina. Keiner der Ordner war mit dem Vermerk „Haus" oder ähnlichem versehen. Schließlich fiel ihr Blick auf eine rote Mappe, die quer hinter den anderen stand. Alex hatte darauf nur „Projekt X" geschrieben. „Projekt X"! Das mussten die Unterlagen sein! Sina nahm die Mappe und schlug sie auf. Doch anstelle von Rechnungen für Sanitärinstallation und Malerarbeiten befanden sich darin Rechnungen – von einer „Pussycat-Bar" über 1.800 Euro für diverse Serviceleistungen! Rechnungsempfänger war Alexander T. Seiler – ihr Alex! Was hatte das bloß zu bedeuten, fragte sich Sina, während sie sich mit der Mappe in einen von Alex' teuren Cocktailsesseln setzte. War er ihr etwa untreu geworden und vergnügte sich zwischendurch mit Bardamen? Kaum hatte sie diesen Gedanken zu Ende gedacht, hörte sie Alex die Tür aufschließen.

Einen Moment später entdeckte er Sina. „Sina, du bist schon da? Entschuldige, ich stand im Stau. Was hast du da?" Alex zeigte mit seinem Schlüsselbund auf die Mappe in Sinas Hand.

„Das frage ich dich!“, fauchte Sina, während sie aufstand und Alex die Rechnungen vor die Nase hielt.

„Sag‘ mal: Schnüffelst du hier etwa rum?“, entgegnete Alex ebenso scharf.

„Wo denkst du hin! Ich wollte nur die Zeit nutzen und mir schon einmal die Umbauliste ansehen, während ich auf dich wartete. Und jetzt finde ich stattdessen das da! Alex, was hat das zu bedeuten?“, fragte Sina mit vor Aufregung geröteten Wangen.

Alex zog seine Jacke aus, schmiss sie lässig über einen Stuhl und ließ sich aufs Sofa fallen.

„Na, wenn du es unbedingt wissen willst: Die sind von einem Kunden.“

„Einem Kunden?“ Sina war noch verwirrter als vorher und schüttelte den Kopf. „Ich verstehe nicht ganz ...“

„Nun, ganz einfach“, unterbrach sie Alex. „Um den neuen Großauftrag zu bekommen, habe ich dem Kunden einen kleinen Bonus gewährt, wenn du verstehst, was ich meine. Das ist in der Maschinenbaubranche durchaus so üblich. Also kein Grund zur Aufregung.“

Sina musste sich jetzt ebenfalls setzen. „Das heißt: Dein Kunde vergnügt sich mit Bardamen oder hurt sogar rum, und du bezahlst das Ganze?“

„Exakt“, antwortete Alex und nahm Sina die Mappe aus der Hand. „So. Und jetzt lass‘ uns nicht mehr darüber reden.“

Sina ging die Sache einfach nicht aus dem Kopf, als sie am nächsten Wochenende in ihrem Auto saß und zu Louise nach Schönhagen fuhr. Da Alex gerade irgendein Golfturnier hatte, zu dem sie ohnehin nicht mitwollte, musste sie ihm auch keine Rechenschaft darüber ablegen, wohin sie mitten in den Umzugsvorbereitungen fuhr.

Sie hatte ihm versprechen müssen, mit niemanden über die Rechnungen aus dem Rotlichtmilieu zu reden; doch sie wollte sich zumindest einen Rat von Louise holen.

Außerdem hatte sie das Gefühl, dass dies nicht das einzige krumme Geschäft war, das Alex machte. Hatte er nicht zu ihr gesagt, dass er in letzter Zeit viel Geld gemacht hätte? Woher sollte das bloß kommen? Sicher, Alex kam aus gutem Hause und war nie knapp bei Kasse. Doch das hörte sich irgendwie ganz anders an.

Louise erwartete Sina schon im Klinik-Café. Gut sieht sie aus, dachte Sina, als Louise ihr schon von weitem zuwinkte. Louise schien tatsächlich in den letzten zwei Wochen, seitdem sie sie nicht mehr gesehen hatte, etwas zugenommen zu haben. Außerdem hatte sie endlich wieder etwas Farbe im Gesicht.

„Ich weiß nicht, was ich davon halten soll", sagte Sina, nachdem sie Louise alles noch einmal genau erzählt hatte. „Meinst du, er ist in irgendwelche krummen Geschäfte verwickelt?"

Louise schwieg einen Moment lang, um zu überlegen, was sie antworten sollte. „Nun, ich habe natürlich schon von Bestechungsgeldern und Schmiergeldaffären bei Geschäften gehört. Aber ich kenne Alex nicht gut genug, um einschätzen zu können, wie weit er bei seinen Geschäften geht. Was sagt dir denn dein Bauchgefühl?"

Sina rührte nachdenklich in ihrer heißen Schokolade, als ob sie darin die Antwort finden würde. „Mein Bauchgefühl? Ich weiß es, ehrlich gesagt, nicht. Momentan bin ich ziemlich wütend auf ihn, dass er sich zu so etwas hinreißen lässt und das Ganze auch noch als ‚normal' abtut. Wer weiß, wie er so schnell an unser Haus gekommen ist."

„Wie, was meinst du?", hielt Louise inne, die sich gerade ein Stückchen Stachelbeer-Baiser-Torte in den Mund stecken wollte. Seit Wochen hatte sie endlich mal wieder Appetit auf Kuchen.

„Hab' ich das noch gar nicht erzählt? Ich habe ihn damals bei der Hausbesichtigung gefragt, ob wir uns das denn überhaupt leisten können. Und er hat gemeint, ich solle das man seine Sorge sein lassen, er hätte schließlich in letzter Zeit viel Geld gemacht."

„Na, vielleicht meint er damit seinen neuen Kunden."

Sina fuhr sich mit der Hand durch die blonden Haare. „Nein, das glaube ich nicht. Da läuft noch irgendetwas anderes. Wenn ich nur wüsste, was."

Louise legte die Kuchengabel beiseite. „Wenn du ein komisches Gefühl hast, solltest du ihn direkt darauf ansprechen. Schließlich wollt ihr in ein paar Wochen heiraten. Und da sollte man schließlich keine Geheimnisse voreinander haben."

„Du hast recht."

„Übrigens: Hast du mit deiner Mutter mal darüber gesprochen? Sie kennt Alex doch auch schon lange."

Ihre Mutter! Tatsächlich hatte sie sie zuerst angerufen, weil sie Louise mit ihren Problemen eigentlich nicht belasten wollte. Leider war das keine gute Idee gewesen. Sina seufzte. „Meine Mutter meinte, sie könnte sich das gar nicht vorstellen. Schließlich sei Alex ja ein so lieber Junge. Ich solle man nicht so übertreiben und mich lieber auf meine Schwangerschaft und die bevorstehende Hochzeit konzentrieren."

Louise nickte, weil sie sich so etwas Ähnliches nach den Erzählungen über Sinas Mutter schon gedacht hatte.

„Mit meiner Mutter kann ich einfach nicht über so etwas reden – ganz im Gegensatz zu dir und Karin. Apropos Karin: Hast du schon etwas von ihr gehört?"

„Sie hat mich gestern Nachmittag angerufen und gesagt, dass sie gut in Köln angekommen ist. Heute wollte Dieter kommen, um mit ihr zu besprechen, wie sie das mit der Wohnung machen. Du weißt doch, dass sie die Wohnung behalten will und Dieter auszieht?"

„Ja und ich finde es absolut taff und cool von ihr, wie sie das mit der Trennung durchzieht. Das hätte ich vor ein paar Wochen nie von ihr gedacht. Weißt du noch, wie unsicher und unscheinbar sie war, als wir sie kennengelernt haben?", fragte Sina.

„Oh ja. Sie hat sich ganz schön gemausert. Es tut mir nur leid für sie, dass Eddie jetzt verschwunden ist."

Sina weitete vor Erstaunen ihre Augen. „Wie, er ist verschwunden? Als wir vor ein paar Tagen zuletzt telefoniert haben, hat sie nur gesagt, dass sie ihn momentan nicht erreichen könne."

„Ja, sie hat es bis zu ihrer Abfahrt versucht – leider vergeblich."

„Was glaubst du, was dahintersteckt?"

„Ich habe keine Ahnung. Dabei schien es doch so klar, dass Eddie in sie verliebt ist."

„Dafür würde ich meine Hand ins Feuer legen", ergänzte Sina bestimmt. Plötzlich kam ihr eine Idee. „Wie heißt Eddie noch mal mit Nachnamen?"

„Fischer, wieso?", fragte Louise erstaunt.

„Nun, man kann doch heute über das Internet fast alles recherchieren. Ich mach' mich mal schlau über ihn, sobald ich am Montag wieder im Büro bin."

„Hast du nicht eigentlich momentan mehr als genug zu tun?" Louise befürchtete, dass sich Sina mit Job, Schwangerschaft sowie den Umzugs- und Hochzeitsvorbereitungen übernahm.

„Für meine besten Freundinnen habe ich immer Zeit. Schließlich steht ihr mir ja auch ständig bei. Heute ist ja das beste Beispiel dafür", lächelte Sina und legte ihre Hände auf den Bauch. „Und was das Baby betrifft: Dem kleinen Wurm geht es bestens."

Alle drei Freundinnen hatten in den nächsten Tagen viel zu tun. Louise hatte einen so straffen Therapieplan, dass sie froh war, wenn sie zwischendurch mal Pause hatte, um an den Strand zu gehen oder ein Buch zu lesen. Durch die Gespräche mit der Psychotherapeutin wurde ihr allmählich klar, dass der Verlust ihrer Brust nicht das Ende ihrer Weiblichkeit bedeutete. Daher beschloss sie auch, keinen Wiederaufbau durch eine spätere Operation vornehmen zu lassen, sondern sich ein für alle Mal von ihrer Brust zu verabschieden.

Die Psychotherapeutin empfahl ihr, das Loslassen in einem Ritual zu zelebrieren. Und so ging Louise eines Abends an den Strand. Es war windig und etwas kühl geworden. Auf dem Wasser bildeten sich kleine Schaumkronen, und die Wellen klatschten in rhythmischen Abständen ans Ufer. Genau richtig für das, was ich jetzt vorhabe, dachte Louise. Sie stand am Wasserrand und hielt einen großen dunklen Stein in der Hand. Er fühlte sich kühl an und hatte eine raue Oberfläche. Sie hatte minutenlang am Strand gesucht, bis sie einen Stein fand, der wirklich zu ihrer kranken linken Brust passte. Dieser war wie dafür gemacht. Louise atmete tief durch, blickte noch einmal auf den Stein und warf ihn weit von sich ins Meer. „Auf Wiedersehen, Krebs!", rief sie ihm nach.

Obwohl dies für Louise ein bewegender Moment war, vergoss sie keine einzige Träne. Vielmehr fühlte es sich so an, als ob sie eine tonnenschwere Last endlich losgeworden war. Sie musste unwillkürlich an ihren Mann Carl denken, der leider den Kampf gegen den Krebs verloren hatte. Noch vor ein paar Monaten wäre sie ihm am liebsten in den Tod gefolgt. Doch inzwischen war ihr bewusst geworden, dass es sich lohnt, für das Leben zu kämpfen und dass es auch keine Schande ist, mal schwach zu sein und fremde Hilfe anzunehmen. Schließlich hatte sie ja mit Mark, Sina und Karin drei Menschen, die ihr wichtig waren und mit denen sie noch viel Zeit verbringen wollte.

Auch Karin standen wichtige Neuerungen bevor. Wie vereinbart, war Dieter zur Wohnung gekommen, die so lange ihr gemeinsames Heim gewesen war. Trotz Karins Abwesenheit und obwohl er noch einen Schlüssel hatte, hatte Dieter die Wohnung nicht betreten. Vielleicht befürchtete er, Ilka – Karins resoluter Freundin – zu begegnen, die in den letzten Wochen nach dem Rechten gesehen hatte. Vielleicht hatte er auch eingesehen, dass dies nicht mehr sein Zuhause war. Es ist ein komisches Gefühl, wenn sich nach 21 Jahren Ehe ein gemeinsames Leben so plötzlich auflöst, dachte Karin, als sie Dieter schließlich die Tür öffnete.

Sie konnte ihrem Mann ansehen, dass ihm die ganze Sache unangenehm war. Er wirkte noch etwas blasser und zerknautschter als bei seinem Besuch in Heiligenhafen. Auch Karin fühlte sich nicht gerade behaglich bei dem Gedanken, nun die gemeinsame CD-Sammlung oder das Geschirr aufteilen zu müssen. Wie sich herausstellte, war ihre Sorge jedoch völlig unbegründet. Dieter wollte lediglich seine Kleidung und seine Fotoausrüstung mitnehmen, zumal er derzeit ohnehin noch in einem Hotel wohnte. Er war bereits dabei, sich eine möblierte Wohnung zu suchen, da er zukünftig wohl beruflich mehr unterwegs sein würde. Sobald er diese hätte, wollte er noch ein paar persönliche Gegenstände abholen.

Nachdem sie alles geklärt hatten, half Karin Dieter, die Sachen zu seinem Auto zu bringen. „So, das war's, glaube ich", sagte Dieter, als er die letzte Reisetasche mit Kleidung in seinem 5er-BMW verstaut hatte.

„Ja, das war es wohl", antwortete Karin nachdenklich.

„Karin, meinst du nicht, dass wir es noch mal miteinander versuchen könnten?" Dieter spielte nervös mit seinem Autoschlüssel in der Hand. „Ich meine, es muss ja nicht sofort sein. Vielleicht wenn etwas Zeit vergangen ist und sich die Wogen geglättet haben ..."

Karin schüttelte den Kopf und seufzte. „Nein, Dieter. Ich glaube, daran ändert auch die Zeit nichts. So leid es mir tut, dir dies noch einmal zu sagen: Aber ich liebe dich einfach nicht mehr. Das ist mir in den letzten Wochen an der Ostsee klar geworden. Und Liebe sollte doch immer auf Gegenseitigkeit beruhen, findest du nicht?"

„Du hast ja recht", nickte Dieter. „Ich dachte, vielleicht kann ich dich noch umstimmen, nachdem du wieder in deiner gewohnten Umgebung bist und an unsere gemeinsame Zeit erinnert wirst. Aber wie ich merke, bist du inzwischen sehr selbstbewusst geworden und stehst zu deinen Entscheidungen. Das ist ungewohnt, steht dir aber auch gut." Dieter blickte Karin anerkennend an, die verlegen lächelte.

„Danke. Aber das habe ich vor allem meinen Freundinnen zu verdanken. Und ich möchte auch gerne, dass wir Freunde bleiben – schon allein um Sophies willen."

„Ja, unsere Tochter hat in letzter Zeit ganz schön viel verkraften müssen."

Karin nickte.

„Es wäre schön, wenn wir ihr zuliebe so normal wie möglich miteinander umgehen. Aber kannst du das denn, nach alldem, was ich dir angetan habe?", fragte Dieter.

„Ja, weil ich es möchte."

„Na, da bin ich aber froh", antwortete Dieter erleichtert.

Karin kam näher und umarmte Dieter. „Mach's gut. Und meld' dich, sobald du eine Wohnung hast."

„Ja, das mach' ich. Bis bald, Karin."

Dieter stieg in seinen Wagen und fuhr davon.

Karin winkte zum Abschied. Als sie sich umdrehte, um wieder in ihre Wohnung zu gehen, musste sie weinen. Doch es war nicht allein wegen Dieter. Ihn liebte sie nicht mehr. Daher konnte sie ihn jetzt guten Gewissens gehen lassen. Doch das, was sie wirklich schmerzte, war, dass sie Eddie verloren hatte. Dabei war sie zum ersten Mal seit Jahren wieder glücklich gewesen. Doch wahrscheinlich hatte sie es einfach nicht mehr verdient.

„Eddie Fischer". Sina tippte den Namen ein, die Internetsuchmaschine zeigte über 24.000 Ergebnisse an.

„Ach, du liebe Scheiße", sagte Sina halblaut vor sich hin. Sie war extra in der Mittagspause im Büro geblieben, um ungestört etwas über Eddies Verbleib in Erfahrung zu bringen. Am anderen Ende des Flurs war nur Jo, der Grafiker, in seinem Büro. Er hatte sein Radio angestellt und summte einen alten Bruce Springsteen-Song. Singen – das machte er immer, wenn er einen kreativen Schub hatte. Sina konnte also sicher sein, in der nächsten halben Stunde nicht gestört zu werden.

Daher verfeinerte sie die Suchanfrage „Eddie Fischer Heiligenhafen". Nur noch 13 Suchergebnisse. Das sah schon wesentlich besser aus. Das erste Ergebnis war ein Bericht in der „Heiligenhafener Post". Darin wurde Eddie vom Tourismus-Service in einem Portrait als neuer Nordic Walking-Trainer vorgestellt. Der Bericht stammte aus dem Jahr 2007.

Sina suchte weiter. Die nächsten Ergebnisse wiesen nur auf die laufenden Nordic Walking-Kurse hin, die unter Eddies Leitung stattfanden. Auch das brachte sie nicht weiter.

Sina klickte auf die nächste Seite. Dort fand sie einen Artikel über ein altes Holzsegelboot, das liebevoll von zwei Männern restauriert worden war und in der Marina Heiligenhafen lag. Eddie und segeln? Das konnte eigentlich nicht sein, dachte Sina, klickte aber sicherheitshalber doch auf den Link. Sie überflog den Artikel, bis ihr Blick auf dem dazugehörigen Bild hängen blieb. Tatsächlich: Dort war Eddie zu sehen, wie er neben einem anderen Mann stolz auf dem Boot stand und in die Kamera lächelte. Er trug längere Haare und keinen Schnauzbart, doch es war eindeutig Eddie. Komisch, dachte Sina. Dass er segelte, hatte er nie erwähnt. Sina kam eine Idee. Kurz entschlossen gab sie „Marina Heiligenhafen ein", fand die Telefonnummer und wählte die Nummer.

„Marina Heiligenhafen, Hinrichs, guten Tag."

„Guten Tag. Mein Name ist Bergheim. Ich suche nach einem Freund von mir, Eddie Fischer. Er soll mit seinem Segelboot ‚Hope' bei Ihnen im Hafen liegen."

„Fischer, sagten Sie? Moment mal. Da muss ich in der Liste nachsehen."

Sina wartete gespannt. Nach etwa zwei Minuten hörte sie es am anderen Ende rascheln. „Hallo, sind Sie noch da? Da haben Sie leider Pech. Herr Fischer ist mit seinem Boot schon vor über einer Woche ausgelaufen."

„Wissen Sie vielleicht, wohin?"

„Nein, das kann ich Ihnen leider nicht sagen."

„Okay, Sie haben mir sehr geholfen. Vielen Dank."

Ha! Eddie war mit dem Boot unterwegs. Soviel wusste sie schon mal. Doch wie sollte sie bloß in Erfahrung bringen, wohin er gesegelt war? Sina rieb sich mit der Hand über die Stirn und dachte angestrengt nach. Irgendwie hatte sie das Gefühl, dass ihr die Schwangerschaft das Gehirn vernebelte. Sollte es stimmen, dass bei werdenden Müttern das Gedächtnis nachlässt? Na, das wären ja tolle Aussichten. Denk' nach, ermahnte sich Sina mit dem Blick auf die Uhr. Schon fünf vor zwei. In etwa fünf Minuten würden ihre Kollegen wieder vom Essen zurück sein, sofern sie pünktlich waren. Dann hätte sie für den Rest des Tages keine Ruhe mehr.

Sina klickte nochmals auf den Artikel. „Eddie Fischer und sein Freund Arne Coldewey haben die 30 Jahre alte Holzjolle in stundenlanger Arbeit flottgemacht. Jetzt sieht sie wieder wie neu aus."

Arne Coldewey. Genau! Wenn er mit Eddie befreundet war, würde er bestimmt wissen, wohin er gesegelt war.

Sina gab die Internetadresse der Telefonauskunft ein. „Coldewey, Arne". Unter dem Ort Heiligenhafen fand sie den Namen nicht. Allerdings in Großenbrode. Großenbrode? Das lag doch gleich neben Heiligenhafen. Das musste er sein. Sina wählte die angezeigte Nummer.

„Nienstädt", meldete sich eine Frauenstimme.

„Bergheim. Kann ich bitte mit Arne Coldewey sprechen?"

„Mein Lebensgefährte ist derzeit beruflich im Ausland. Er kommt erst in knapp zwei Wochen zurück. Kann ich ihm etwas ausrichten?"

„Sagen Sie ihm, es geht um einen gemeinsamen Bekannten von uns, Eddie Fischer."

„Eddie, ist etwas mit ihm?"

„Ich hoffe, Ihr Lebensgefährte kann mir sagen, wo ich ihn finde."

Am anderen Ende der Leitung herrschte Schweigen.

„Frau Nienstädt?"

„Ja?"

„Wissen Sie etwas über Eddie?"

„Leider nicht. Wir haben schon ein paar Wochen nichts mehr von ihm gehört. Als wir ihn das letzte Mal gesehen haben, wirkte er jedoch sehr glücklich. Er hatte uns erzählt, dass er sich neu verliebt hätte."

Sina räusperte sich. „Nun, die Frau, in die er sich verliebt hat, ist meine Freundin Karin. Sie ist todunglücklich, weil Eddie plötzlich verschwunden ist. Daher möchte ich ihr gerne helfen."

„Verstehe. Haben die beiden sich denn gestritten?"

„Nicht, dass ich wüsste." Sina blickte zum Flur und sah, dass ihre Kollegen den Gang entlangkamen. „Hören Sie. Meine Mittagspause ist jetzt leider vorbei. Könnten Sie Ihren Lebensgefährten bitten, mich anzurufen, sobald er wieder da ist? Vielleicht hat er ja noch eine Idee, wo Eddie sein könnte. Ich geb' Ihnen die Nummer."

„Gut, ich richte es ihm aus."

„Vielen Dank."

Die Suche nach Eddie war die eine Sache. Doch Sina stand am Abend noch etwas anderes bevor, das viel unangenehmer zu werden schien. Wie Louise ihr geraten hatte, wollte sie Alex fragen, woher er so viel Geld hatte. Sie war sich bewusst, dass dies ein ungünstiger Zeitpunkt war. Doch sie musste es einfach wissen – und zwar jetzt! Schließlich wollten sie in einer Woche zusammenziehen und in knapp drei Monaten heiraten. Damit sie ungestört miteinander reden konnten, hatte Sina Alex in ihre Wohnung gebeten. Es standen schon diverse Umzugskartons herum, aber hier fühlte sie sich sicher.

Alex schien über ihre spontane Verabredung nicht überrascht zu sein, als sie ihm die Tür öffnete.

„Hallo Süße. Wie geht's unserem kleinen Wurm?" Alex ging auf Sina zu, küsste sie kurz auf den Mund und streichelte dann Sinas Bauch.

„Gut, gut", antwortete Sina nervös.

„Alles okay mit dir?", fragte Alex, ging in Sinas Küche und nahm sich eine Cola aus dem Kühlschrank.

„Es war ein anstrengender Tag. Du weißt doch: Manche Kunden können einfach nerven. Und in letzter Zeit bin ich halt etwas müde. Das liegt wohl an der Schwangerschaft. Aber Alex, ich wollte gerne etwas mit dir besprechen."

Alex nahm einen großen Schluck aus der Colaflasche, bevor er fragte: „Was denn? Ich dachte, mit dem Umzug hätten wir erst mal alles geklärt."

„Es ist etwas anderes." Sina inspizierte ihre lackierten Fingernägel, bevor sie Alex wieder in die Augen sah. „Du Alex, du sagtest doch, du hättest in letzter Zeit viel Geld gemacht. Ich würde einfach gerne wissen, wo es herkommt."

Sina sah förmlich, wie sich Alex' Blick verdunkelte. „Warum fragst du? Traust du mir nicht?"

„Doch", antwortete Sina. „Ich möchte es einfach nur gerne wissen. Schließlich werden wir bald heiraten. Da sollten wir keine Geheimnisse voreinander haben, findest du nicht?"

Alex stellte die Colaflasche auf den Küchentisch – etwas zu heftig, wie Sina fand. „Ich sagte doch schon, dass ich in letzter Zeit gute Geschäftsabschlüsse gemacht habe. Reicht das nicht?"

Sollte sie ihm das glauben? Sina war sich nicht sicher. „Heißt das, das Geld stammt aus den Aufträgen, die du bekommen hast, weil du den Kunden Bordellbesuche bezahlt hast?"

„Und wenn es so wäre?", entgegnete Alex ärgerlich. „Was ist denn schon dabei? Und jetzt lass' uns das Thema wechseln. Ich habe dir alles erzählt, was es dazu zu sagen gibt."

Dreizehn

Sina gingen die Worte von Alex nicht aus dem Kopf. Doch viel Zeit, um darüber nachzudenken, hatte sie nicht. Denn der Umzug stand an. Glücklicherweise ging er gut über die Bühne. Alex hatte Möbelpacker engagiert, die Sinas Hab und Gut professionell in Kartons verpackten und zum Haus in Blankenese brachten, sodass sich Sina, die sich extra ein paar Tage freigenommen hatte, zumindest körperlich schonen konnte. Ein weiteres Team hatte sich um Alex' Möbel gekümmert. Im Gegensatz zu Alex hatte Sina darauf bestanden, ihre Sachen im neuen Haus selbst wieder auszupacken und einzuräumen, da sie sich erst einmal einen Überblick verschaffen wollte, wie sie was am besten anordnete.

Allerdings fehlte noch ein Teil der neu bestellten Möbel. Sina hätte gerne all ihre Möbel behalten, auch wenn sie nicht so richtig ins neue Heim passten. Doch Alex wollte lieber alles neu kaufen. Nur beim alten Eichensekretär ihres Vaters, einem Erbstück seiner Mutter, war Sina stur geblieben. Weil ihr das Möbelstück so wichtig war, hatte sie auch ein besonderes Auge darauf, dass ihm beim Einladen in den Möbelwagen nichts passierte.

Alex wartete bereits vor dem Haus, als Sina mit ihrem Wagen – mit letzten Kleinigkeiten im Kofferraum und ihren Grünpflanzen auf dem Beifahrersitz – in die Kiesauffahrt fuhr. Zu ihrer Überraschung sah sie dort neben den beiden Möbelwagen auch den dunkelblauen Jaguar von Alex' Eltern stehen. Seine Mutter war ganz in ihrem Element. Sie dirigierte die Möbelpacker, die die Kartons in die verschiedenen Räume trugen.

Sina stieg aus ihrem Wagen, nahm eine ihrer Grünpflanzen vom Beifahrersitz, ging auf Alex zu und gab ihm einen Kuss. „Hallo. Ich wusste gar nicht, dass deine Eltern auch kommen und helfen wollten."

„Hallo Süße. Na ja, du weißt doch, dass sich meine Mutter so etwas Wichtiges nicht entgehen lässt. Sie hat auch schon Essen bei einem Caterer für alle bestellt."

Sina fasste sich an den Kopf. „Oh Mist, an die Verpflegung habe ich gar nicht gedacht." Auch wenn sie mit ihrer zukünftigen Schwiegermutter noch nie so richtig warm geworden war, eines musste man ihr lassen: Sie hatte die Dinge stets im Griff.

Kaum hatte sie das gedacht, kam Dorothee Seiler auch schon auf sie zu, ihr Mann hinterher. Sina musste lächeln. Anscheinend verwechselte ihre Schwiegermutter einen Umzug mit einem wichtigen gesellschaftlichen Ereignis. Denn sie trug ein hellblaues Chanel-Kostüm – und das bei 28 Grad! Sina wusste, warum sie an diesem warmen Tag Capri-Jeans und T-Shirt angezogen hatte.

„Hallo Sina, mein Schätzchen. Da bist du ja. Lass' doch einen der Möbelleute deine Sachen tragen." Sie zeigte auf die Grünpflanze in Sinas Arm.

„Hallo Dorothee. Ach, das geht schon. Hallo Wolfgang." Sina begrüßte ihren zukünftigen Schwiegervater, den sie wegen seiner ruhigen und unaufdringlichen Art gerne mochte.

„Hallo Sina, mein Kind. Geht es dir gut? Dem Baby auch?" Wolfgang Seiler erkundigte sich regelmäßig nicht nur nach dem Baby, sondern auch nach Sinas Wohlbefinden, was sie sehr an ihm schätzte. Überhaupt war er so ganz anders als Alex, der eher extrovertiert war und gerne und viel redete. Lediglich die dunklen Haare, die bei Wolfgang Seiler an den Schläfen schon grau waren, und die schlanke große Statur verrieten, dass sie Vater und Sohn waren.

„Ja danke, uns geht's gut."

Anstelle von Wolfgang schaltete sich Dorothee Seiler in das Gespräch ein. „Man sieht ja auch schon deutlich, wie das Baby wächst. Es wird bestimmt ein Junge."

„Wir lassen uns überraschen." Am liebsten hätte Sina ihre Augen verdreht, weil dieser Satz sie allmählich nervte.

Tatsächlich hatte sie in der Zwischenzeit einen weiteren Termin bei ihrer Frauenärztin gehabt. Da sie inzwischen im fünften Monat war, stand die zweite Ultraschalluntersuchung an. Diesmal war Alex sogar mitgegangen. Glücklicherweise hatte sich das Kind altersgemäß entwickelt. Alex war überzeugt, bei der Untersuchung einen kleinen Penis gesehen zu haben, auch wenn die Frauenärztin meinte, dass sie nicht ganz sicher sei. Sina war es im Endeffekt egal. Ihr war nur wichtig, ein gesundes Kind zu bekommen. Ob es sich dabei um einen Jungen oder ein Mädchen handelte, spielte für sie keine Rolle.

Bei all dem Umzugsstress war das leidige finanzielle Thema mit Alex allmählich in den Hintergrund getreten. Inzwischen hatte Sina auch keine Lust mehr, ihn noch einmal darauf anzusprechen und womöglich einen Streit vom Zaun zu brechen. Im Gegenteil: Sina freute sich jetzt unbändig darauf, endlich ein gemeinsames Familiennest zu haben. Außerdem gab es in den nächsten Wochen so einiges wegen der Hochzeit zu organisieren und zu regeln. Aber das würde ihre zukünftige Schwiegermutter gemeinsam mit ihrer Mutter in die Hand nehmen.

In Sachen Gästeliste war Sina schon einmal bei zwei Personen absolut sicher: Karin und Louise. Sina war guter Dinge, dass Louise bis dahin wieder fit genug sein würde, um an der Feier in knapp sieben Wochen teilzunehmen. Sie hatte mit ihr vor ein paar Tagen noch telefoniert und erfahren, dass Louise an diesem Wochenende ihre Kur beenden und zurück nach Lübeck fahren würde. Die Ärzte waren mit ihr zufrieden und wollten sie daher nach drei Wochen Reha ohne Verlängerung „entlassen“, wie Louise erzählte. Auch sonst hätte sie die Krebserkrankung gut verarbeitet. Einzig allein die ambulante Chemotherapie, die in Kürze in einem Zentrum in Lübeck folgen sollte, bereitete Louise große Probleme.

Karin wollte sogar nach Hamburg kommen, um Sina beim Umzug zu helfen. Sie hatte ihr jedoch versichert, dass alles gut organisiert sei und sie sich lieber erst einmal um ihre eigenen Angelegenheiten kümmern sollte, zumal sich Karins Tochter Sophie zu einem Besuch in Köln angesagt hatte. Dass Sina in der Zwischenzeit über Eddies Verbleib recherchiert hatte, erwähnte Sina nicht, als sie mit ihr telefonierte. Sie hielt es für besser, erst einmal abzuwarten, ob sie noch etwas von Arne Coldewey, Eddies Freund, erfahren würde.

Und der Anruf kam, wenn auch unerwartet. Sina war gerade nach Feierabend in einem Supermarkt, um etwas für sich und Alex zum Kochen einzukaufen, als ihr Handy klingelte.

„Bergheim, hallo?“

„Arne Coldewey hier.“

Sina legte eine Porreestange zurück ins Gemüseregal. „Herr Coldewey, schön, dass Sie anrufen. Ich habe mit ihrer Lebensgefährtin vor zwei Wochen telefoniert, um etwas über Eddie zu erfahren.“

„Ja, ich weiß.“

„Wissen Sie, wo er sein könnte?“

„Nun, darüber habe ich mir schon den ganzen Tag Gedanken gemacht. Leider weiß ich genauso wenig wie Sie."

„Aber Sie kennen ihn doch gut", ließ Sina nicht locker. „Hat er vielleicht einen Lieblingsort oder mal erwähnt, wo er gerne hinfahren würde?"

„Hm. Na ja, wir sind mal zusammen nach Dänemark gesegelt. Da hat es ihm gut gefallen."

Sinas Anspannung stieg, sodass sie fast eine Tomate zerdrückt hätte, die sie gerade prüfend in die Hand genommen hatte. „Dänemark? Wo denn da genau?"

„Wir sind bis zur Insel Alsen gesegelt und haben vorher einen Stopp in Sønderborg eingelegt. Da haben wir uns dann abends mit einem Bekannten von ihm getroffen, der dort mit einer Dänin verheiratet ist. Ich glaube, er heißt Hohmann mit Nachnamen."

„Danke Arne, Sie haben mir sehr geholfen."

„Keine Ursache. Wäre schön, wenn Sie Eddie finden."

„Ich tue mein Bestes." Sina atmete tief durch. Sie wusste jetzt genau, was zu tun war. Noch im Supermarkt wählte sie Karins Nummer. Es klingelte – doch es tat sich nichts. „Na, geh' schon ran", flehte Sina, sodass ein älterer Mann, der ebenfalls vor der Auslage mit den Tomaten stand, sie irritiert anblickte. „Entschuldigung, ich habe nicht Sie gemeint", sagte Sina zu dem Kunden gewandt.

Endlich schaltete sich der Anrufbeantworter ein. „Hier ist der Anschluss von Karin Winter. Bitte hinterlassen Sie eine Nachricht nach dem Piepton."

„Karin, hier ist Sina. Ich glaube, ich weiß, wo Eddie ist. Ruf' mich bitte so schnell wie möglich zurück."

Karin musste die Nachricht dreimal abhören, weil sie es nicht glauben konnte. Sina wusste, wo Eddie ist! Wie hat sie das bloß herausgekriegt, fragte sich Karin, während sie Sinas Mobilnummer wählte. Sie selbst hatte die Hoffnung schon fast aufgegeben. Schließlich hatte Eddie bestimmt seine Gründe, nichts von sich hören zu lassen. Doch sollte sie dies einfach so akzeptieren? Selbst ihre Tochter Sophie, die allmählich begann, ihrem Vater seine Affäre mit einer 25-Jährigen zu verzeihen, hatte sie ermutigt, um ihre neue Liebe zu kämpfen. Sie wollte ihr sogar helfen, Eddie zu finden. Das brauchte sie nun nicht mehr, denn Sina hatte das schon übernommen. Was für eine Freundin! Dabei hatte sie mit ihrer Arbeit, ihrer Schwangerschaft und dem neuen Haus mehr als genug zu tun. Und dann kümmerte sie sich noch um fremde Liebesangelegenheiten.

„Hallo Karin."

„Woher weißt du, dass ich es bin?", fragte Karin verwundert.

„Na erstens sehe ich deine Rufnummer im Handy-Display. Und außerdem habe ich mich schon gefragt, wann du dich meldest."

„Ich bin eben erst nach Hause gekommen. Ich musste Sophie noch zum Bahnhof bringen. Sie besucht eine Freundin in Süddeutschland, bevor sie ..."

„Karin?"

„Ja?"

„Willst du nicht etwas wissen?"

Karin schwieg einen Moment lang, und Sina glaubte, ihre Freundin schlucken zu hören, bevor sie endlich die entscheidende Frage stellte. „Wo ist er?"

„Ich vermute in Sønderborg in Dänemark."

Sønderborg. Karin hatte nach dem Telefonat gleich einen Straßenatlas zur Hand genommen und darin nach dem Ort gesucht. Sina hatte ihr alles erzählt, was sie wusste. Sie hatte herausgefunden, dass Eddie zusammen mit einem Freund ein Segelboot besaß. Das lag schon seit Tagen nicht mehr in der Marina Heiligenhafen. Sie hatte mit Arne Coldewey gesprochen, der ihr verraten hatte, dass in Sønderborg ein Bekannter von Eddie wohnte.

All das hatte sich Karin sorgfältig notiert, bevor sie ihre Reisetasche packte. Sie wollte Eddie finden – und zwar allein. Sina hatte ihr angeboten mitzukommen. Auch Louise wollte ihre Chemotherapie verschieben, um Karin zu unterstützen. Doch das kam auf keinen Fall in Frage. Sie wollte und musste dies allein schaffen. Und so setzte sich Karin kurzerhand in ihren alten Volvo und fuhr in Richtung Dänemark. In der Mittelkonsole lag der Handschmeichler, den Eddie ihr in Heiligenhafen geschenkt hatte. Sie trug ihn immer bei sich. Obwohl er im trockenen Zustand nicht glänzte und ziemlich unscheinbar aussah, war der Stein für Karin wertvoller als jeder Diamant. Und dieses Stück Erinnerung wollte sie sich bewahren – egal, ob ihre Reise nun erfolgreich war oder nicht.

Wie versprochen, legte Karin einen Zwischenstopp bei Sina in Hamburg ein. Sie wollte eigentlich noch am gleichen Tag weiterfahren, doch Sina konnte Karin überreden, bei ihr in Hamburg zu übernachten, um dann am nächsten Morgen ausgeruht den Rest der Strecke zu fahren.

Sønderborg lag gleich hinter der dänischen Grenze. Doch von Köln aus war es tatsächlich ein ganz schönes Stück, wie auch Karin zugeben musste, als sie erschöpft, aber glücklich bei Sina in Blankenese eintraf. Karin war sichtlich beeindruckt von dem großen und eleganten Walmdachhaus mit seinen großzügig geschnittenen Zimmern.

Es traf sich gut, dass Alex gerade auf einer Geschäftsreise war. So hatten Karin und Sina am Abend ausgiebig Gelegenheit, miteinander zu reden – natürlich nicht, ohne Louise anzurufen. Karin wollte auf dem Rückweg Louise in Lübeck besuchen – hoffentlich mit Eddie!

Louise schien es gut zu gehen, denn sie sprach Karin über das Telefon Mut zu. „Und sollte es wider Erwarten nicht klappen, hast du es wenigstens probiert. Das kann ich mir aber nicht vorstellen, denn Eddie liebt dich. Das haben Sina und ich dir ja schon so oft gesagt."

„Na ja, aber wenn ich ihn gar nicht erst finde?" Karin bekam auf einmal Zweifel, ob ihr Vorhaben so eine gute Idee war.

Louise lachte ins Telefon. „Karin. Er ist mit seinem Segelboot dort hingefahren. Also könnte es dort im Yachthafen liegen."

Karin saß mit Sina auf der Terrasse und blickte auf die vorbeifahrenden Boote auf der Elbe. „Und was ist, wenn er von dort aus schon längst weitergesegelt ist?"

„Sina sagte, sie hätte im Hafen in Sønderborg angerufen und erfahren, dass die ‚Hope' noch dort liegt. Und falls nicht, dann hast du ja immer noch seinen Bekannten als Anhaltspunkt."

„Und was, wenn ich den nicht finde?"

Sina kam mit zwei Gläsern Apfelschorle auf die Terrasse und schaltete sich ins Gespräch ein.

„Das habe ich dir doch schon gesagt. Du suchst im Telefonbuch oder gehst notfalls zum Meldeamt. Dort wird man dir schon weiterhelfen."

Karin seufzte. „Ja, ihr habt recht. So schwierig wird das schon nicht sein."

„Eben", antwortete Louise.

„Karin, schalte mal das Telefon auf ‚laut sprechen', damit ich Louise besser verstehen kann." Sina deutete auf das Lautsprechersymbol ihres kabellosen Telefons. „Louise, wie war denn deine erste Chemo? War es sehr schlimm?“

„Ja, wie war sie? Oh, Louise, wir sollten jetzt besser bei dir sein.“ Karin bekam ein schlechtes Gewissen, weil sie nicht gleich danach gefragt hatte.

„Ach papperlapapp. Ihr habt jetzt ganz andere Dinge um die Ohren.“ Sina und Karin konnten förmlich sehen, wie Louise ihre typisch wegwerfende Handbewegung machte. „Na ja, das Setzen des Ports war etwas unangenehm. Das Einlaufen des ‚Chemie-Cocktails‘ hat dann gar nicht wehgetan. Es war nur fürchterlich langweilig. Das Ganze hat geschlagene vier Stunden gedauert. Hinterher war ich dann etwas müde.“

„Hattest du denn gar keine Angst?“, fragte Sina und legte instinktiv die Hand auf ihren Babybauch.

„Ach, wisst ihr: Die Angst habe ich mitsamt der Krankheit vor ein paar Wochen in die Ostsee geworfen.“

„Du hast was?“, fragte Karin erstaunt und hätte sich beinahe an der Apfelschorle verschluckt.

„Na ja, meine Therapeutin hat mir geraten, mich mit einem Ritual von dem Krebs zu verabschieden. Und das habe ich dann auch gemacht. Seitdem geht es mir sehr gut. Das bisschen Chemo werde ich dann wohl auch noch überstehen, oder meint ihr nicht? In knapp einer Woche habe ich die nächste. Und stellt euch vor: Ich werde mir jetzt eine schicke Perücke bestellen für den Fall, dass meine Haare ausgehen sollten. Sina, auf deiner Hochzeit werde ich dann wahrscheinlich eine ganz neue Frisur haben.“

„Da bin ich ja mal gespannt“, antwortete Sina, während sie Karin ansah, die besorgt zurückblickte – so als ob sie sich ausmalte, wie es war, die eigenen Haare zu verlieren.

In Wahrheit hatte Louise Angst. Große Angst sogar. Ihre Nachbarin stand ihr bei und brachte ihr sogar warmes Essen, obwohl Louise derzeit kaum Hunger hatte. Auch Mark rief täglich aus Buenos Aires an. Selbst Siggi, ihr Taxifahrer, der sie zur ambulanten Behandlung zur Praxis in der Lübecker Innenstadt fuhr, erkundigte sich einfühlsam nach ihrem Befinden.

Doch viel lieber hätte Louise jetzt ihren Sohn und ihre Freundinnen bei sich gehabt. Zumal sie vor ein paar Tagen einen merkwürdigen Traum hatte. Sie hatte geträumt, dass sie in dem Behandlungsraum lag, wo sie auch ihre erste Chemo erhalten hatte. Plötzlich war der Schlauch gerissen, über den die Medikamente in ihren Körper flossen. Ihr Arzt und die Schwestern versuchten krampfhaft, den Schlauch wieder anzuschließen. Doch es ging nicht. Die flüssigen Medikamente liefen jedoch weiter aus dem Schlauch und überschwemmten schließlich den ganzen Boden. Dann hörte Louise eine ihr nur zu vertraute Stimme. Sie blickte auf und sah – ihren Mann Carl. Sie streckte ihm ihre Hand entgegen. Er lächelte kurz, doch sein Bild verschwand wieder. Dann war sie schweißgebadet und mit rasendem Herzschlag aufgewacht.

Hatte das etwas zu bedeuten? Und wenn ja, was? Sollte sie die Chemo lieber abbrechen? Louise wusste es nicht. Sie wusste nur, dass sie den Krebs hinter sich gelassen hatte und es nicht zulassen wollte, dass er weiterhin ihr Leben bestimmte. Und daher würde sie die Behandlung fortsetzen. Je eher sie damit durch war, desto besser.

Oh, wie gerne würde sie ihre Gedanken und Gefühle mit Karin und Sina teilen. Sie wusste jedoch, dass das momentan nicht ging. Schließlich hatten die beiden jetzt andere Sorgen. Außerdem tat sie sich immer noch etwas schwer, Hilfe von anderen Menschen anzunehmen – selbst, wenn es Sina und Karin waren und ihr die beiden Freundinnen inzwischen sehr vertraut waren. Dennoch freute sie sich sehr darauf, dass Karin sie auf dem Rückweg von Sønderborg besuchen wollte. Und auch Sina wollte versuchen, mitzukommen. Alle drei zusammen – das würde bestimmt ähnlich schön werden wie in Heiligenhafen.

Karin musste sich Mühe geben, um sich auf den Verkehr auf der A 7 zu konzentrieren. Zuviel ging ihr an diesem Morgen durch den Kopf: Würde sie Eddie finden? Und wenn ja: Wie würde er reagieren? Würde sie es schaffen, ihn wieder für sich zu gewinnen? Oder wollte er nichts mehr von ihr wissen? War er womöglich nicht alleine, sondern in Begleitung einer anderen Frau unterwegs? Fragen über Fragen, auf die Karin derzeit keine Antwort hatte. Es war, wie sie feststellen musste, eine Reise ins Ungewisse. Doch inzwischen hatte sie den Mut, sich derartigen Herausforderungen zu stellen – etwas, was früher undenkbar für sie war.

Sie war mit Sina schon früh aufgestanden, die an diesem Freitag ja ohnehin zur Arbeit musste, und war dementsprechend zeitig von Hamburg losgefahren. Sina hatte ihr dies empfohlen, da es auf der A 7 gerade in der Urlaubszeit sehr belebt zuging. Und auch mit vielen LKW war an diesem Freitag zu rechnen. Doch obwohl einiges los war, kam Karin gut durch. Kurz hinter Flensburg passierte sie die deutsch-dänische Grenze und bog auf die Bundesstraße 8 ab.

Je näher sie Sønderborg kam, desto größer wurde ihre Aufregung. Da es kurz vor Mittag schon recht warm war, drehte Karin die Seitenscheibe ihres alten Volvo herunter. Sie spürte die kühle Brise vom Wasser her und hörte das Möwengeschrei, das den nahen Hafen ankündigte.

Dem Anlass entsprechend hatte sie ihre schicke weiße Bluse angezogen, ihr grün-blaues Seidentuch umgelegt und sogar Make-up aufgetragen, das sie ein letztes Mal überprüfte, bevor sie ganz in der Nähe des Yachthafens, der etwas außerhalb südöstlich der Stadt lag, einen Parkplatz fand. Glücklicherweise schaute sie noch einmal in den Spiegel, denn anscheinend hatte sie beim Reiben ihrer Augen ihren Mascara verwischt, der nun über ihre halbe linke Schläfe verteilt war. So konnte sie Eddie auf keinen Fall begegnen! Karin nahm ein Papiertaschentuch, befeuchtete es mit der Zunge und wischte die überflüssige Farbe weg. So war es in Ordnung! Zufrieden mit sich und ihrem Aussehen stieg Karin aus dem Wagen und ging in Richtung Yachthafen. In ihrer rechten Hand hielt sie den Handschmeichler fest umklammert.

Oh Gott, so viele Boote, dachte Karin, als sie auf der Promenade stand und sich nach links und rechts umschaute. Es mochten mehrere hundert Segelboote sein. Wie sollte sie da bloß die kleine „Hope“ finden? Zur Sicherheit hatte ihr Sina einen Ausdruck aus der „Heiligenhafener Post“ mit dem Foto von dem Segelboot mitgegeben, damit sie es leichter finden konnte. Das braune Holzsegelboot wäre zwischen modernen Booten gut zu erkennen – aber man wusste ja nie. Karin beschloss, systematisch vorzugehen und auf der linken Seite anzufangen. Noch etwas unsicher betrat sie den ersten Steg. Nachdem sie diesen vergeblich abgelaufen hatte, folgte der zweite und dritte. Wieder nichts! Nicht aufgeben, dachte Karin. Tapfer lief sie Steg für Steg entlang. Das entging auch einem älterem Mann nicht, der auf einer Bank saß und Karin entgegenrief: „God dag! Kan jeg hjælpe Dem?“

Karin drehte sich erschrocken um.

„Wie bitte?“

„Kann ich Ihnen helfen?“

Karin kam zurück und blickte den Mann an, der sie mit seinem wettergegerbten Gesicht freundlich anlächelte. „Ja, vielleicht doch. Ich suche nach einem Mann.“

„Oh schade. Ich bin wohl schon zu alt für Sie“, scherzte der ältere Herr.

„Nein, nein“, Karin wurde rot. „So meinte ich das nicht. Mein Freund liegt hier mit seinem Boot ‚Hope‘ vor Anker.“ Karin holte den Zeitungsartikel aus ihrer Tasche und zeigte ihn dem Mann. „Da, sehen Sie. Doch ich kann weder ihn noch das Boot finden.“

„Und jetzt wollen Sie ihn wieder zurückhaben?“

Woher wusste der alte Mann das? Karin nickte.

„Nun, mal überlegen. ‚Hope‘? Ich bin jeden Tag hier. Doch ich kann mich daran nicht erinnern.“

„Sie sind jeden Tag hier?“, fragte Karin erstaunt.

„Na ja, ich war früher Kapitän auf einem dänischen Fährschiff. Aber so ganz vom Wasser kann ich einfach nicht lassen.“

„Oh, verstehe. Aber wenn Sie jeden Tag hier sind: Vielleicht können Sie sich an den Mann auf dem Bild erinnern?“ Karin tippte auf das Bild neben dem Zeitungsartikel.

„Ist das Ihr Freund? Er sieht sehr nett aus.“

„Ja, das ist er“, bestätigte sie. „Inzwischen trägt er aber die Haare etwas kürzer und hat einen Schnauzbart.“

Der Mann blickte in Richtung der Stege und schien zu überlegen. „Momentan ist hier sehr viel Wechsel. Viele Segler bleiben nur kurz und segeln dann weiter. An Ihren Freund und die ‚Hope‘ kann ich mich leider nicht erinnern. Das tut mir wirklich sehr leid. Ich hätte Ihnen gerne weitergeholfen.“

Karin seufzte.

„Vielen Dank trotzdem. Alles Gute für Sie!“

„Ihnen auch alles Gute!“

Karin drehte sich noch einmal um. „Ach. Könnten Sie mir vielleicht noch sagen, wo ich die Tourist-Information und ein Postamt finde?“

„Aber gerne."

Der Mann beschrieb Karin den Weg. Da die Tourist-Information ausgeschildert war, konnte Karin sie gut finden. Gleich gegenüber befand sich das Postamt. Karin beschloss, zunächst dorthin zu gehen. Dort nahm sie ein Telefonbuch und suchte nach dem Namen Hohmann. Doch nichts. Also ging Karin zur Tourist-Information. Von der netten jungen Frau hinter dem Tresen erfuhr sie, dass das Bürgeramt, bei dem sie als nächstes nach Eddies Freund suchen wollte, an diesem Freitag schon geschlossen war. Das hieß: Sie musste bis Montag warten! Es sei denn, sie würde Eddie vorher finden.

Karin beschloss, sich bis Montag ein Zimmer zu mieten. Denn so wie es aussah, würde ihre Suche nach Eddie noch eine Weile dauern. Zumindest, was das betraf, hatte sie Glück. Sie fand ein schönes Zimmer unweit vom Yachthafen entfernt.

Enttäuscht und inzwischen hungrig setzte sich Karin in eines der Straßenlokale. Wie gerne würde sie jetzt hier mit Eddie sitzen. Wo war er bloß? Hatte er mit seinem Segelboot längst wieder abgelegt? War er gar nicht erst hier? Obwohl die Stadt sehr schön war und die Sonne warm auf ihr Gesicht schien, konnte Karin dies nicht richtig genießen.

Eddie wurde langsam ungeduldig. Er stand vor der Bootsreparaturwerkstatt, aus deren Inneren Hämmer- und Sägegeräusche zu hören waren. Die dänischen Bootsbauer taten alles, was in ihrer Macht stand, um seine „Hope" wieder flottzukriegen. Sein Segelboot war noch immer ohne funktionsfähigen Motor. Eigentlich hatte er schon vorgestern nach Heiligenhafen zurücksegeln wollen. Doch die Reparatur seines Motors dauerte nun schon fünf Tage, weil erst noch Ersatzteile besorgt werden mussten. Und auch die Welle lief noch immer nicht rund, wie er gesehen hatte.

Glücklicherweise war der Motor erst kurz vor der Küste ausgefallen. Da an diesem Tag kaum Wind herrschte, hatte er es nicht aus eigener Kraft geschafft, zum Yachthafen in Sønderborg zu segeln. Stattdessen musste er sein Boot abschleppen lassen. Ein teurer Spaß.

Doch all das war ihm egal, er wollte nur zurück nach Heiligenhafen – mit seinem Boot. Irgendwie hoffte er, dass Karin noch da wäre. Doch ehrlich gesagt, glaubte er es nicht. Zum einem war die Mietdauer des Ferienhauses schon längst beendet, und zum anderen war Karin bestimmt enttäuscht abgereist, weil sie glaubte, er hatte sich einfach so aus dem Staub gemacht und wollte nichts mehr von ihr wissen.

Daher versuchte er auch gar nicht erst, sie telefonisch zu erreichen. Sollte er feststellen, dass sie sich nicht mehr in Heiligenhafen aufhielt, wollte er zu ihr nach Köln fahren. Ihre Heimatadresse hatte er ja von dem Vermieter in Heiligenhafen bekommen, für den er als Hausmeister arbeitete.

Verstehen konnte er nur zu gut, dass Karin sauer auf ihn war. Eddie hatte – nachdem er von Heiligenhafen aus in Richtung Flensburger Förde gesegelt war – nicht lange gebraucht, um zu erkennen, dass er einen Riesenfehler begangen hatte. Glücklicherweise hatten die frische Luft und das Wasser ihm schnell wieder den Verstand geklärt.

Wie konnte er bloß glauben, dass Karin wieder zu ihrem Mann Dieter zurückkehren würde? Nach all dem, was er ihr angetan hatte und was inzwischen zwischen ihr und Eddie gewesen war. Warum war er nur so feige gewesen und hatte nicht bei ihr geklingelt oder später bei ihr in Köln angerufen? Was war bloß mit ihm losgewesen? Er konnte es sich nicht erklären.

Als er ihren Mann im Schlafanzug im Eingang des Ferienhauses stehen sah, hatte er nur den Impuls verspürt, so schnell wie möglich weg aus Heiligenhafen zu kommen. Es war fast wie damals, als Annette sich von ihm wegen ihres Jugendfreundes getrennt hatte. Das war so schmerzhaft gewesen. Und da er dies noch allzu gut in Erinnerung hatte, wollte er nicht erleben, dass Karin ihm verkündete, sie wolle wieder zu ihrem Mann zurückkehren.

Was für ein Blödsinn, dachte er, während er auf dem Dock auf und ab ging und auf das Wasser blickte. Es dauerte nicht lange und einer der Bootsbauer kam auf ihn zu.

„Herr Fischer, ich habe gerade nochmal mit dem deutschen Lieferanten in Flensburg telefoniert. Die Ersatzteile sollen heute mit dem Kurier kommen. Wenn alles gut geht, bekommen wir Ihr Boot morgen fertig."

„Ah, das sind endlich mal gute Nachrichten", freute sich Eddie und klopfte dem Bootsbauer auf die Schulter. „Na, dann kann ich ja endlich nach Hause segeln."

Eddie war erleichtert. Nur noch ein Tag. Schon bald würde er wieder in Heiligenhafen sein und nach Karin suchen können. Was sie wohl gerade machte? dachte er, als er sich auf sein Leihfahrrad setzte und zu seinem Bekannten Frank Hohmann fuhr, der Eddie bei sich wohnen ließ.

Karin hatte das Gefühl, sich im Kreis zu drehen. Am Wochenende war das Bürgeramt geschlossen. Doch wie sollte sie jetzt bloß diesen Hohmann finden? Im Telefonbuch stand er nicht. Und wie seine Frau hieß, wusste sie nicht. Sina hatte auf ihren Anruf hin noch mal im Internet gesurft, doch sie war nicht fündig geworden.

Anschließend hatte sie Louise angerufen, um auch sie um Rat zu fragen. „Vertrau' auf deine Intuition", hatte sie gesagt.

„Wenn du das Gefühl hast, dass Eddie noch in der Nähe ist, dann wirst du das auch spüren."

Intuition. Karin wusste nicht, ob sie ihren Gefühlen momentan überhaupt noch trauen konnte. Denn in ihre Gefühle mischte sich langsam Verzweiflung.

Denk' nach, dachte sie, als sie noch einmal in Richtung Yachthafen ging. Karin setzte sich auf die Bank, auf der gestern der nette pensionierte Kapitän gesessen hatte. Vermutlich war er schon nach Hause gegangen; schließlich wurde es langsam Abend.

Von den Stegen her hörte Karin die Masten der Segelboote sachte im Wind klappern. Ein idyllisches Bild, dachte Karin und stellte sich Eddie vor, wie er ihr von einem der Segelboote aus zuwinkte. Leider war dies keine Wirklichkeit. Und so verschwand das Bild wieder.

Das einzig Greifbare, was sie noch von Eddie besaß, war der Handschmeichler. Karin nahm ihn aus ihrer Hosentasche, drehte ihn in ihrer Hand hin und her und streichelte sanft über seine raue Oberfläche. „Wenn du mir nur Eddie wiederbringen könntest", sagte sie halblaut vor sich hin. Karin seufzte. Es nützte nichts. Für heute würde sie ihre Suche wohl beenden müssen. Da sie Hunger hatte, beschloss sie, zurück in den Ort zu gehen und etwas zu essen.

Eddie hatte bereits gegessen. So toll Marit, Franks dänische Frau, auch kochen konnte, so richtig schmecken wollte es ihm an diesem Abend nicht. Er war irgendwie unruhig. Also stand er vom Tisch auf und entschuldigte sich bei seinen Gastgebern. Obwohl es schon langsam dämmerte, wollte Eddie noch einen Spaziergang zum Yachthafen machen. Am Abend war es dort immer so friedlich. Eddie holte tief Luft. In der Ferne hörte er ein paar Möwen schreien. Die meisten

Segler saßen auf ihren Booten, aßen und unterhielten sich mit ihren Familien und Freunden. Wie gerne würde er jetzt mit Karin auf seiner „Hope“ sitzen und ein Glas Wein trinken.

Eddie seufzte und ließ sich auf eine der Bänke sinken. „Aua“, sagte er. „Was ist das ...?“ Eddie hatte sich auf etwas Hartes gesetzt und war abrupt aufgestanden, um nachzusehen, was es war. Ein Stein. Eddie nahm den Stein in die Hand. Komisch, dachte er. Der Stein ähnelte dem, den er Karin geschenkt hatte. Eddie betrachtete ihn intensiver, was aufgrund des schwindenden Tageslichts nicht so einfach war. Doch dann sah er, wonach er suchte. Der Stein hatte genau den gleichen schwarzen Querstreifen und fühlte sich auch genauso an. Konnte das sein? War Karin hier? Eddie blickte sich suchend um. Schließlich wusste er, was er zu tun hatte. Er nahm den Stein, steckte ihn in seine Hosentasche und ging.

Karin versuchte, sich zu beruhigen. Sie war sicher, dass der Stein irgendwo sein musste. Hatte sie ihn dort oder auf dem Weg zur Pension verloren? Das wäre möglich. Am liebsten wäre sie noch einmal zum Yachthafen hinuntergegangen. Doch sie musste einsehen: Das hätte in der Dunkelheit keinen Zweck gehabt. Daher beschloss sie, gleich morgen früh noch einmal den Weg abzusuchen. Sie hoffte, dass bis dahin niemand den Stein mitgenommen oder weggeworfen hatte.

Nach einer unruhigen Nacht war Karin früh aufgestanden. Noch ohne Frühstück hatte sie sich auf den Weg zum Yachthafen gemacht. Je eher sie dort war, desto besser. Als sie nachts wach lag, war es ihr wieder eingefallen. Sie hatte den Stein kurz auf die Bank gelegt, als sie auf ihre Armbanduhr geschaut hatte. Dort musste sie ihn vergessen haben.

Schließlich entdeckte sie die Bank. Schnellen Schritts und völlig außer Atem lief sie darauf zu. Sie hatte vergeblich gehofft. Der Stein lag nicht dort. Karin suchte den Boden ab. Vielleicht war er runtergefallen. Doch nichts. So ein Mist, dachte sie. Jetzt habe ich auch noch das einzige verloren, was uns miteinander verbindet. Enttäuscht lief Karin zurück zur Pension. Mit hängendem Kopf ging sie die Treppe zu ihrem Zimmer hinauf. Als sie aufblickte, glaubte sie ihren Augen nicht zu trauen. Vor ihr stand Eddie und strahlte über das ganze Gesicht.

„Eddie, oh mein Gott. Ich habe dich gesucht."

„Ich weiß, mein Schatz, ich weiß."

Eddie übersäte Karins Gesicht und ihren Mund mit Küssen und hielt sie so fest, als wollte er sie nie wieder loslassen. Dann hob er Karin in die Luft, trat mit ihr ins Zimmer und legte sie vorsichtig aufs Bett. Was Karin dann erlebte, hatte sie selbst in ihren kühnsten Träumen nicht zu hoffen gewagt. In ihrer Hand hielt sie den Stein, der sie beide wieder zusammengeführt hatte.

Nachdem sie sich ausgiebig geliebt hatten, verspürten sie Hunger. Kein Wunder: Beide hatten noch nicht gefrühstückt, schließlich hatten sie an diesem Morgen Wichtigeres zu tun. Da die Pensionswirtin den Frühstückstisch schon abgeräumt hatte, beschlossen sie, in ein Café zu gehen und dort zu frühstücken. Außerdem hatten sie sich ja so viel zu erzählen.

Wie Karin von Eddie erfuhr, hatte er den Stein auf der Bank gefunden. Von da an war er sicher, dass sie hier nach ihm suchte. Daher war er am Morgen zur Tourist-Information gegangen und hatte gefragt, ob eine Karin Winter in den letzten Tagen hier ein Zimmer gebucht hätte. Zuerst wollte man ihm keine Auskunft geben. Nachdem er der jungen Dame jedoch eindringlich erklärt hatte, dass es um seine große Liebe gehen würde und sie seinem Glück doch wohl nicht im Wege stehen wolle, hatte sie ihm die Anschrift der Pension genannt.

Karin lächelte und streichelte immer wieder Eddies Hand. Hatte Louise also doch recht gehabt. Sie hatte nicht so ganz auf ihr Gefühl vertrauen wollen, doch letzten Endes hatte das Schicksal dafür gesorgt, dass sie sich wiedergefunden hatten. Sie wollte sich gar nicht ausmalen, was passiert wäre, wenn Eddie den Stein nicht gefunden hätte.

Er wäre womöglich von Sønderborg losgesegelt und anschließend nach Köln gefahren, während sie hier im Norden weiter nach ihm gesucht hätte. Vielleicht hätte er sie früher oder später in Köln angetroffen. Doch wer wusste das schon so genau?

Karin schüttelte den Kopf und lachte.

„Was ist, Süße?" fragte Eddie und wischte sich mit der Serviette über den Mund. „Habe ich etwa noch Brötchenkrümel am Bart hängen?"

„Nein, nein. Ich musste gerade daran denken, was für ein Dummkopf ich doch war. Ich habe tatsächlich geglaubt, du hast nur eine Affäre gesucht und wolltest nichts mehr von mir wissen und bist deshalb aus Heiligenhafen verschwunden. Ich konnte ja nicht ahnen, dass du Dieter gesehen und daraus falsche Schlüsse gezogen hast."

Eddie stellte seine Tasse Milchkaffee wieder auf die Untertasse und drückte Karins Hand. „Na, der größte Dummkopf war ja wohl ich. Und feige noch dazu. Ich hätte ja deinen Mann direkt fragen können, wie die Dinge zwischen euch stehen. Stattdessen bin ich wie ein feiger Schuljunge einfach abgehauen. Peinlicher geht es ja wohl kaum noch, oder?"

Karin lachte und gab sich geschlagen. „Na gut, wir beiden waren ziemlich dumm. Vermutlich bringt die Liebe das so mit sich."

„Ja, so wird es wohl sein."

Eddie beugte sich zu Karin über den Tisch und küsste sie zärtlich, was Karin in Verlegenheit brachte, da einige der neben ihnen sitzenden Gäste neugierig zusahen.

„Was ist?"

„Wir werden beobachtet."

Eddie blickte sich um und lächelte dem älteren Ehepaar am Nachbartisch freundlich zu.

„Na und? Die Dänen sehen so was locker."

„Ja sicher. Aber lass' uns jetzt lieber woanders hingehen."

„Auf dein Zimmer?"

„Eddie!" Karin wurde rot und knuffte Eddie in die Seite.

Karin und Eddie genossen ihr Glück in vollen Zügen. Es traf sich gut, dass die „Hope" endlich fertig war. Eddie hatte die Idee, mit Karin noch ein paar Tage vor der dänischen Küste zu segeln, bevor er mit dem Segelboot und Karin mit ihrem Volvo zurück nach Heiligenhafen fahren würden.

Auf die Frage, ob er denn mitten in der Hochsaison einfach so als Nordic Walking-Trainer und Hausmeister fehlen könnte, entgegnete Eddie, er habe alles mit der Gemeinde geklärt. Und schließlich müsse er ja auch mal Urlaub machen. Und einen besseren Zeitraum als diesen gebe es ja wohl kaum.

Karin hatte zunächst Bedenken, sich auf das Segelboot zu begeben. Die „Hope" mit dem dunkelbraun glänzenden Holz und den weißen Segeln war ein wunderschönes Boot, aber viel kleiner, als sie vermutet hatte. Doch Eddie hatte ihr versichert, dass sie nach der Reparatur („dänische Qualitätsarbeit") sicherer sei als je zuvor. Diese Tatsache, eine Schwimmweste und Eddies sichere Ausstrahlung als Skipper hatten sie dann doch schließlich überzeugt.

Und sie musste zugeben: Als die „Hope" Fahrt aufnahm und sanft über die Wellen glitt, machte ihr das Segeln sogar Spaß. Was für ein freies Gefühl war es doch, den Wind im

Gesicht zu spüren. Kein Wunder, dass Eddie das Segeln so sehr liebte. Und auch das Wetter spielte weiterhin mit, sodass Karin schon nach dem ersten Tag auf See im Gesicht gerötet wie ein Krebs war. Eddie hatte sie ermahnt, sich sorgfältig einzucremen, weil man die Intensität der Sonne bei dem Wind leicht unterschätzen würde. Doch Karin war einfach zu beschäftigt damit, Eddie beim Segeln zuzusehen, als sich ständig einzucremen.

„Meine Güte. Ich habe einen Sonnenbrand", stellte Karin fest, als sie unter Deck in einen kleinen Spiegel blickte, den Eddie an der Wand befestigt hatte.

„Ich habe dich gewarnt", rief Eddie von oben. Karin schien es, als ob er ein Lachen unterdrücken würde.

„Machst du dich etwa über mich lustig?"

„Das würde ich nie wagen", versuchte Eddie ernst zu antworten, was Karin ihm aber nicht so richtig abnahm.

Karin stieg wieder an Deck und zeigte Eddie ihr Gesicht, das nur dort weiß geblieben war, wo ihre Sonnenbrille die Haut bedeckt hatte. „Guck' mal, wie ich aussehe."

„Wie ein süßer kleiner Krebs", antwortete Eddie verliebt.

Karin und Eddie verbrachten unbeschwerte Tage. Tagsüber segelten sie vor der Küste Dänemarks. Damit Karin nicht noch weiter verbrannte, lieh ihr Eddie, der immer brauner, aber niemals rot zu werden schien, seine Schirmmütze. Glücklicherweise zeigten sich zwischendurch einige Wolken, sodass es nicht mehr ganz so heiß war.

Abends legten sie mit der „Hope" in kleinen Häfen an, machten Besorgungen (unter anderem kühlendes Aloe vera-Gel für Karins Gesicht) und füllten ihre Vorräte auf.

Eddie erwies sich nicht nur als zärtlicher und romantischer Liebhaber, sondern auch als gleichberechtigter Partner. So übernahm er zwischendurch das Kochen und den Abwasch. „Schließlich habe ich das als Single auch jahrelang alleine machen müssen", betonte er.

Karin genoss es in vollen Zügen, so verwöhnt und umsorgt zu werden. In ihrer 20-jährigen Ehe hatte sie das nie erlebt. Da war es selbstverständlich gewesen, dass sie sich alleine um die Hausarbeit kümmerte und Dieter nach Feierabend die Beine hochlegte. Damals hatte sie das auch nicht gestört – im Gegenteil: Sie hatte die klassische Rollenverteilung für absolut normal gehalten. Wie schön es auch war, wenn einem auch mal etwas abgenommen wird, wurde ihr jetzt erst bewusst.

„Bist du glücklich?", fragte Eddie Karin eines Abends, nachdem sie in einem der Häfen eingelaufen waren und Arm in Arm auf dem Boot saßen.

Karin blickte Eddie lange an, ehe sie antwortete. „Ich glaube, ich war noch nie so glücklich wie jetzt."

„Das geht mir ganz genauso". Eddie neigte sich zu Karin und küsste sie.

„Entschuldigung. Ich möchte Sie nicht stören." Karin und Eddie blickten sich um. Auf dem Steg stand der Hafenmeister, einen Zettel in der Hand. „Sind Sie Frau Winter?", fragte der Mann in dänischem Akzent zu Karin gewandt.

„Ja", antwortete Karin irritiert.

„Dann habe ich eine wichtige Nachricht für Sie."

Karin ging zum Bootsrumpf in Richtung Steg, um den Zettel entgegenzunehmen. „Danke."

Karin nahm den Zettel, entfaltete ihn und fing an zu zittern.

„Was ist, Karin? Von wem ist er?"

Wortlos überreichte sie Eddie den Zettel, da ihr plötzlich die Stimme versagte. Eddie begann halblaut zu lesen:

„Louise liegt im Koma. Bitte ruf' mich so schnell wie möglich an. Sina."

Vierzehn

Sina ging unruhig in ihrem Wohnzimmer auf und ab. Sie hoffte inständig, dass Karin inzwischen ihre Nachricht bekommen hatte.

Sie selbst hatte, seit der Nachricht, dass Louise ins Koma gefallen war, keinen klaren Gedanken mehr fassen können. Sie war zu diesem Zeitpunkt mit ihrer Mutter in einem Brautmodengeschäft, um ein passendes Hochzeitskleid zu finden. Schließlich wurde es langsam Zeit, wie ihre Mutter betonte. Schon in sechs Wochen, am 15. September, würde sie Alex heiraten. Auch ihre angehende Schwiegermutter hatte bereits gefragt, ob sie etwas Passendes gefunden hätte. Sina wusste, dass Dorothee am liebsten mitgekommen wäre, doch das wäre ihr dann doch zu viel gewesen. Schließlich reichte ihr ihre Mutter schon. Völlig entnervt stand Sina in der Umkleidekabine. Sonnhild brachte ihr zum wiederholten Male ein rüschenbesetztes Kleid, obwohl sie ihr deutlich zu verstehen gegeben hatte, dass dies nun ganz und gar nicht ihr Stil sei. Außerdem würde sie damit in ihrem Zustand wie eine Baiser-Kugel aussehen. Sonnhild blickte ihre Tochter verständnislos an.

Sina versuchte gerade, als Kompromisslösung ein schlichtes Kleid mit spitzenbesetzten Ärmeln anzuprobieren, als ihr Handy klingelte. Mit einem angezogenen Ärmel fingerte sie nach dem Mobiltelefon in ihrer Handtasche. Am Apparat war - Mark Mertens! Sina wusste sofort, dass mit Louise etwas nicht stimmte. Und so war es dann auch. Mark hatte ihr mit stockender Stimme erklärt, dass seine Mutter zu Hause zusammengebrochen war. Ihre Nachbarin hatte sie im Badezimmer bewusstlos gefunden und den Notarzt alarmiert, der Louise sofort in die Lübecker Notfallklinik einweisen ließ.

Mehr wusste Mark zu diesem Zeitpunkt auch nicht. Er wollte jetzt den ersten Flug nach Deutschland nehmen, den er kriegen konnte. Allerdings wusste er nicht, wie lange es dauern würde, bis er da wäre. Ob Sina eventuell nach Lübeck fahren und nach seiner Mutter sehen könnte?

Und ob! Sina streifte sich umgehend das Brautkleid ab und erklärte ihrer völlig perplexen Mutter mit wenigen Worten, dass es einen Notfall gäbe und sie sofort nach Lübeck fahren müsse.

Unterwegs versuchte Sina mehrfach, Karin auf ihrem Handy zu erreichen – vergeblich. Immer hörte sie nur „der gewünschte Teilnehmer ist vorübergehend nicht erreichbar“. Also hatte Karin vermutlich keinen Handyempfang. Auch das noch!

Als Sina im Krankenhaus ankam, wollte die diensthabende Schwester sie zuerst nicht auf die Intensivstation lassen. Glücklicherweise hatte Mark gerade in diesem Augenblick noch einmal in der Klinik angerufen und die Oberschwester gebeten, Sina zu seiner Mutter zu lassen, falls sie käme. Sina war darüber sehr erleichtert, da sie in dieser Ausnahmesituation keine Lust auf eine lange Diskussion hatte und endlich zu Louise wollte.

Nachdem sie einen sterilen grünen Kittel angezogen und ihre Hände desinfiziert hatte, betrat sie das Zimmer. Es kam ihr vor, als ob sie ein „Déjà-vu-Erlebnis“ hätte. Wieder einmal sah sie ihre Freundin, hilflos an Schläuchen angeschlossen, daliegen. Alles erinnerte sie in diesem Augenblick an Louises Krebsoperation. Nur war dies irgendwie noch schlimmer. Denn Louises Körper wirkte so leblos, als ob sie sich in einer ganz anderen Welt befinden würde. Aus ihrem Mund ragte ein Beatmungsschlauch. Ihr Gesicht war blass und sah fast wachsartig aus. Als Sina näher kam, konnte sie sogar einzelne Äderchen unter ihrer Haut erkennen. Ihre Frisur war plattgedrückt. Alles roch irgendwie steril an Louise. Keine Spur von ihrem zitronig-frischen Parfum, das sie an ihrer älteren Freundin so gerne mochte. Vorsichtig zupfte Sina eine von Louises graublonden Strähnen zurecht.

„Hallo Louise", sagte sie leise, so als ob sie fürchtete, Louise könnte sich erschrecken, wenn sie zu laut sprach.

Doch Louise antwortete nicht. Alles, was Sina hörte, war das gleichmäßige Piepsen des Überwachungsmonitors.

Sina musste an den Tag denken, als sie Louise am Strand von Heiligenhafen kennengelernt hatte. Sie war völlig aufgelöst gewesen, weil ihre Beziehung mit Alex in der Krise steckte und sie zu allem Überfluss ihr Portemonnaie verloren hatte. Louise hatte keine Sekunde gezögert, sie mit zum Ferienhaus zu nehmen, sie dort übernachten zu lassen und ihr sogar Geld zu leihen. Welches Vertrauen hatte sie ihr entgegengebracht – und das, obwohl sie damals noch eine völlig Fremde für sie war.

Und wenn sie ehrlich war: Louise war damals so etwas wie eine Rettung für sie gewesen. Und Karin genauso. Wer weiß, wie es mit ihr weitergegangen wäre, wenn Louise und Karin nicht gewesen wären. Vor allem auch, nachdem sie den Autounfall gehabt und von ihrer Schwangerschaft erfahren hatte. Konnte sie das je wieder gut machen? Sie wusste es nicht. Alles, was sie wusste, war, dass sie ihre Freundin nicht verlieren wollte.

„Bitte komm‘ wieder zu uns zurück. Wir brauchen dich hier“, flüsterte Sina in Louises Ohr.

Kaum hatte sie dies ausgesprochen, lugte die Intensivschwester durch die Tür. „Sie sollten jetzt besser gehen. Frau Mertens braucht ihre Ruhe.“

„Aber ...“

Die Schwester schien zu wissen, was Sina sagen wollte. „Wir kümmern uns gut um Ihre Freundin, das verspreche ich Ihnen.“ Mit einem Blick auf Sinas Bauch fügte sie hinzu: „Fahren Sie lieber nach Hause. Ich denke, auch Sie und Ihr Baby könnten eine Pause jetzt gut gebrauchen. Und falls sich etwas an Frau Mertens‘ Zustand ändert, rufen wir Sie an.“

Sina musste einsehen, dass sie im Augenblick nichts für Louise tun konnte. Daher fuhr sie wieder nach Hamburg zurück. Dort setzte sie sich an ihren Computer und suchte im Internet nach sämtlichen in Frage kommenden Yachthäfen im Umkreis von Sønderborg. Nach und nach rief sie die Hafenmeistereien an. Beim fünften Yachthafen hatte sie Glück. Ja, es läge seit dem Nachmittag tatsächlich ein deutsches Segelboot mit dem Namen „Hope“ im Hafen. Ja, man wolle auch gerne eine dringende Nachricht an Frau Winter überbringen. Sina legte auf und lehnte sich erschöpft in ihrem Schreibtischstuhl zurück.

Eddie blickte besorgt zu Karin, die ihr Handy am ausgestreckten Arm in die Luft hielt und fluchte. „So ein Mist, nur ein Balken. Gibt es denn auf dieser Insel keinen vernünftigen Handyempfang?“

Als Karin auf dem Boot erfahren hatte, dass Louise im Koma lag, war sie fast ohnmächtig geworden, so hatte sie vor Schreck hin- und hergeschwankt. Eddie befürchtete, dass Karin ins Wasser fallen könnte. Daher war er sofort zu ihr geeilt und hatte sie festgehalten. Karin hatte sich schließlich zitternd in seine Arme fallen lassen und weinte. Irgendwann war es ihm gelungen, Karin etwas zu beruhigen.

Nun stand sie auf dem Steg und versuchte verzweifelt, mit ihrem Handy eine Verbindung aufzubauen. Tatsächlich hatte sie, kurz nachdem sie Sønderborg verlassen hatten, keinen Handyempfang mehr gehabt. Doch jetzt endlich schien sich ihr Mobiltelefon zu erbarmen. Karin hörte das Freizeichen, nachdem sie Sinas Rufnummer gewählt hatte.

„Karin?"

„Ja, woher weißt du ...? Egal. Was ist mit Louise, bitte sag`, dass es ihr wieder gut geht!"

„Ehrlich gesagt, ich weiß es nicht. Ich war heute bei ihr in Lübeck. Sie ist immer noch nicht aufgewacht. Und die Ärzte können oder wollen mir nichts sagen, weil ich keine direkte Angehörige bin."

„Das ist ja schrecklich", sagte Karin leise.

„Ja, das ist es", fügte Sina ebenso leise hinzu.

„Weiß ihr Sohn schon Bescheid?"

„Er war derjenige, der mich informiert hat. Ich weiß nicht, woher er meine Handy-Nummer hat, aber ich bin froh, dass er angerufen hat. Er wollte übrigens so schnell wie möglich kommen und bat mich, in der Zwischenzeit nach Louise zu sehen."

„Ich komme natürlich auch, so schnell ich kann." Karin blickte auf Eddie, der auf dem Boot stand und ein Tau ordnete. „Eddie ist bereits dabei, das Boot startklar zu machen. Wir müssen ja erst einmal auf das Festland nach Sønderborg zurück. Dann setze ich mich gleich ins Auto und fahre nach Lübeck."

„Okay, aber komm' lieber zuerst bei mir in Hamburg vorbei. Das liegt doch sowieso auf dem Weg, und wir können zusammen zu Louise fahren. Das ist auch sicherer. Wir sind – glaube ich – nämlich beide momentan ziemlich aufgewühlt. Vielleicht kann Alex uns auch fahren."

„Gut, dann komme ich zuerst zu dir." Sina hörte, wie Karin schluckte. Nach einer Weile des Schweigens fragte sie: „Sina?"

„Ja?"

„Meinst du, dass Louise stirbt?"

Sina musste ebenfalls schlucken, zwang sich aber, nicht die Fassung zu verlieren. „Sie darf einfach nicht sterben, hörst du. Sie darf einfach nicht."

Als Alex am Abend nach Hause kam, saß Sina in ihrem hellen Korbsessel und blickte abwesend auf die Elbe.

„He, Sina, ich bin wieder da. Hast du mich gar nicht gehört? Alex gab ihr einen Kuss auf die Stirn, setzte sich ihr gegenüber und blickte sie fragend an.

Sina wandte langsam den Kopf zu Alex. Da bemerkte er, dass Sina geweint hatte. „Was ist los? Geht es dir nicht gut? Ist etwas mit dem Baby?" Beunruhigt fasste Alex auf Sinas Bauch.

Sina legte ihre Hand auf seine. „Nein, mit dem Baby ist alles in Ordnung. Es ist wegen Louise. Sie liegt im Koma."

„Deine Heiligenhafen-Freundin? Was ist passiert?"

Sina blickte wieder nach draußen. „Wenn wir das bloß wüssten. Eine Nachbarin hat sie gefunden. Dabei ging es ihr in letzter Zeit gut und die Chemotherapie hat – soweit ich weiß – auch angeschlagen."

„Und was willst du jetzt tun?" Alex stand auf, zog sein Jackett aus und legte es auf die Sofalehne.

„Ihr, so gut es geht, beistehen. Ich habe Karin gefunden. Sie kommt schnellstmöglich her. Und dann wollen wir zu ihr nach Lübeck fahren. Ich habe mir schon für den Rest der Woche freigenommen." Sina blickte hoch zu Alex. „Wir dachten, du könntest uns vielleicht hinbringen. Du wolltest doch sowieso mal wieder freimachen."

Alex war gerade dabei, seine Krawatte abzunehmen, hielt aber jäh inne. „Das kannst du knicken. Morgen wollte ich mit einem Kunden essen gehen."

„Kannst du ihm nicht absagen? Ich könnte deine Unterstützung jetzt gut gebrauchen."

Alex kam zu Sina und legte ihr von hinten beide Hände auf die Schultern. „Du weißt doch: Ich würde alles für dich und das Baby tun. Doch momentan ist es sehr schwierig. Weißt du, ich stehe bei dem Kunden kurz vor einem neuen wichtigen Abschluss. Das möchte ich jetzt nicht vermasseln."

Sina nickte und versuchte, ihre Enttäuschung zu verbergen.

„Ich würde es allerdings auch begrüßen, wenn du dich und das Baby jetzt etwas schonst. Lass' doch Karin einfach alleine fahren. Wenn sie schon von Dänemark mit dem Auto kommt, wird sie das kleine Stück von Hamburg nach Lübeck wohl auch noch schaffen, oder? Wo liegt denn da eigentlich das Problem?"

Sina merkte, wie ihr Blutdruck langsam stieg. Sie wartete einen Moment, bevor sie antwortete, weil sie sich ihre Antwort gut überlegen wollte. „Das Problem, Alex, besteht darin, dass Louise unsere beste Freundin ist und wir momentan beide etwas aufgewühlt sind, weil wir um ihr Leben bangen und nicht wissen, was uns beim nächsten Besuch bei ihr erwartet. Da möchte ich Karin nicht noch mehr belasten als unbedingt nötig, indem ich nicht mit ihr fahre und sie unterstütze."

Alex blickte sie noch immer verständnislos an. „Dann nehmt euch doch ein Taxi. Ich bezahle es euch auch, wenn du willst."

„Darum geht es doch gar nicht, Alex."

„Worum geht es dann?"

„Ich möchte, dass du mich in dieser schwierigen Situation unterstützt."

Jetzt wurde Alex laut. „Ha, als ob ich das nicht tun würde."

„Nicht wirklich, wenn du mich fragst."

„Wie meinst du das?"

„Nehmen wir doch mal die Hochzeitsvorbereitungen. Da hältst du dich völlig raus."

„Na, Tischkarten und Blumenschmuck aussuchen ist doch wohl eher Weiberkram."

„Ach Weiberkram?" Sina merkte, dass nun auch ihr ungeborenes Kind unruhig wurde, denn sie spürte einen heftigen Tritt unter ihre Bauchdecke. „Aber du warst doch derjenige, der unbedingt heiraten wollte."

„Und du etwa nicht?"

„Doch, doch natürlich", antwortete Sina stotternd. „Aber momentan ist das alles ein bisschen viel für mich."

„Na, meine Mutter unterstützt dich doch. Und auch deine Mutter mischt kräftig mit. Was willst du denn noch mehr?"

„Ich meine eher, jetzt, wo das mit Louise passiert ist, sollten wir überlegen, ob wir die Hochzeit nicht einfach verschieben."

Alex kam nahe an Sinas Gesicht heran, sodass sie seinen Atem in ihrem Gesicht spüren konnte. „Ja, bist du jetzt völlig übergeschnappt? Verschieben? Es ist doch schon alles organisiert und die Gäste sind auch schon eingeladen – darunter viele Geschäftspartner aus dem Ausland. Wie soll ich denen das denn erklären?"

Sina wich vor Alex zurück, stand auf, ging zur Terrassentür und blickte in den Garten, in dem der Wind gerade durch die Bambussträucher wehte. „Ohne Louise heirate ich nicht."

„Na, das werden wir ja noch sehen." Wütend nahm Alex sein Jackett und verließ das Wohnzimmer. Sina hörte, wie er die Haustür zuknallte und in seinem Porsche davonfuhr.

Sina konnte nicht einschlafen. Unruhig wälzte sie sich im Bett hin und her. Immer wieder musste sie an ihren Streit mit Alex denken. Wie konnte er nur so verständnislos sein? Gerade jetzt, wo sie ihn einmal brauchte. Wie sollte das nur werden, wenn das Baby erst da sein würde? Würde er sie dann auch mit ihren Sorgen und Nöten alleine lassen? Sina hoffte, dass dies nicht so sein würde. Schließlich wollte sie mit Alex und ihrem Baby unbedingt eine glückliche Familie sein.

Plötzlich hörte sie ein Auto vorfahren. War Alex wieder zur Besinnung gekommen? Doch dem Motorengeräusch nach zu urteilen war es nicht Alex. Verwundert schlüpfte Sina aus dem Bett, ging zum Fenster und schob die Vorhänge beiseite. In der Auffahrt stand Karins Wagen. Mit ihr hatte sie vor dem nächsten Morgen nicht gerechnet. Schnell nahm Sina ihren Morgenmantel aus dem Kleiderschrank und ging die Treppe hinunter. Kaum hatte sie die Tür geöffnet, stand Karin auch schon vor ihr.

„Karin, du bist ja schon da. Wie schön." Sina zog Karin an sich und umarmte sie herzlich.

„Entschuldige, dass wir so spät noch hier auftauchen. Eigentlich wollten wir ja in Sønderborg übernachten. Aber irgendwie wollte ich dann doch lieber sofort losfahren. Hast du meine Nachricht nicht bekommen? Ich habe dir vorhin noch auf den Anrufbeantworter gesprochen, dass wir losfahren."

„Ach Mist." Sina schlug sich mit der Hand gegen die Stirn. „Ich habe ganz vergessen, ihn vorhin noch einmal abzuhören. Aber das macht nichts, dass ihr jetzt schon da seid. Apropos ihr ..." Sina blickte suchend in Richtung Wagen und sah im schwachen Schein der Außenbeleuchtung, dass noch jemand im Auto saß. „Ist Eddie etwa mitgekommen?“

„Es macht dir doch nichts aus?“, fragte Karin unsicher. „Er hat darauf bestanden mitzukommen, weil er mich jetzt nicht alleine lassen wollte.“ Über Karins Gesicht huschte ein zartes Lächeln. „Lieb von ihm, nicht?“

„Ja, absolut. Ihr könnt beide sehr gerne hier übernachten. Alex ist sowieso nicht da.“

Karin zog fragend die Augenbrauen hoch, merkte aber, dass Sina jetzt nicht darüber reden wollte. Also sagte sie nichts.

Nachdem Sina Karin und Eddie einen Kräutertee gekocht und den beiden von ihrem traurigen Besuch bei Louise berichtet hatte, quartierte sie das Paar im Gästezimmer ein. Dort fehlten noch der Schrank und eine Kommode. Glücklicherweise war das Doppelbett bereits vor einer Woche geliefert worden, sodass Sina nur noch Bettzeug heraussuchen musste.

Es gab noch so viel zu erzählen, doch da sie am nächsten Morgen rechtzeitig aufstehen wollten, um so schnell wie möglich zu Louise in die Klinik zu fahren, gingen alle bald schlafen.

Sina hörte, wie Karin und Eddie im Nebenzimmer leise miteinander sprachen. Sie freute sich darüber, dass ihre Freundin Eddie endlich für sich gewonnen und nun so einen zuverlässigen Partner an ihrer Seite hatte. Sina blickte seufzend auf die leere Betthälfte neben ihr. Sie dagegen war sich inzwischen in Bezug auf Alex nicht mehr so sicher.

Sina hatte Karin gewarnt, dass Louises Anblick schwierig werden könnte. Als Sina und Karin schließlich in ihren sterilen Kitteln vor Louises Bett standen und ihre Freundin blass und mit eingefallenen Wangen vor sich sahen, konnte Karin nicht anders. Sie fing an zu weinen. Wie ungerecht das Ganze war. Louise hatte so tapfer gegen den Krebs gekämpft und nun das! Karin nahm Louises Hand, die kalt und leblos in ihrer lag, und streichelte sie sanft. Sie hoffte, dass Louise ihren sanften Druck erwidern würde, aber sie reagierte nicht.

„Louise, hier ist Karin. Bitte wach' wieder auf."

Mit tränenverschmiertem Gesicht blickte Karin zu Sina, die auf der anderen Seite von Louises Bett stand und ebenfalls schlucken musste. Sina bedeutete ihr mit einem Handzeichen, dass sie jetzt besser gehen sollten. Schließlich hatte die Schwester ihnen nur zehn Minuten gewährt.

Karin atmete tief ein und aus, damit sich ihre Stimme wieder beruhigte. „Louise, wir müssen jetzt gehen, kommen aber bald wieder."

„Ja, und mach' bitte bis dahin keinen Blödsinn, hörst du?", versuchte Sina die bedrückende Situation zu entspannen. „Ruh' dich aus, damit du bald wieder bei Kräften bist."

Draußen vor der Tür wartete Eddie. „Wie geht es ihr?", fragte er, abwechselnd zu Karin und zu Sina blickend.

„Unverändert", antwortete Sina. „aber ich denke, wir sollten jetzt mal mit einem Arzt sprechen, um Genaueres zu erfahren."

„Ich habe die Intensivschwester schon danach gefragt", unterbrach sie Eddie. „Sie wollte sich sofort darum kümmern."

„Wie hast du das denn geschafft?", fragte Karin verwundert.

„Na, mit meinem unwiderstehlichen Charme natürlich", entgegnete Eddie und küsste Karin, deren Mascara vom Weinen etwas verschmiert war, auf die Stirn. „Außerdem habe ich ihr erzählt, dass wir extra aus Dänemark hergeeilt sind, um uns nach unserer Freundin zu erkundigen. Das hat wohl gewirkt."

„Alle Achtung", war jetzt auch Sina beeindruckt.

Es dauerte keine fünf Minuten, da kam ihnen auf dem Flur ein junger Arzt entgegen. „Dr. Jürgens, guten Tag. Sie sind wegen Frau Mertens hier?“ Nacheinander gab er den dreien die Hand.

„Ja“, antwortete Sina zuerst.

„Na ja, eigentlich darf ich Ihnen ja nichts sagen, weil sie keine Angehörigen sind.“

„Wir stehen ihr aber sehr nahe“, entgegnete Karin aufgeregt.

„Louises, ich meine Frau Mertens' Sohn ist noch auf dem Weg von Argentinien hierher. Er hat uns extra gebeten, in der Zwischenzeit nach seiner Mutter zu sehen.“

„Na gut“, antwortete Dr. Jürgens beschwichtigend. „Aber viel kann ich Ihnen auch nicht sagen. Es sieht momentan alles danach aus, dass sie einen komatösen Schock auf die Chemotherapie erlitten hat. Genau wissen wir das aber noch nicht. Wir müssen erst einmal die Ergebnisse abwarten und uns mit den Kollegen kurzschließen, die die ambulante Chemotherapie durchgeführt haben. Zumindest ist ihr Zustand inzwischen einigermaßen stabil.“

„Wann wird sie denn wieder aufwachen?“, fragte Karin besorgt.

Dr. Jürgens zögerte einen Moment, bevor er antwortete. „Das kann ich Ihnen leider nicht sagen. Wir tun alles, was in unserer Macht steht. Aber wann sie aufwacht, darauf haben wir keinen Einfluss. Es tut mir sehr leid.“ Mit diesen Worten ließ der Arzt die drei alleine.

Keiner von ihnen sagte ein Wort. Eddie war derjenige, der seine Sprache zuerst wiederfand. „Was haltet ihr davon, wenn wir jetzt erst einmal etwas essen gehen? Es nützt doch nichts, wenn wir auch noch schlapp machen. Am Nachmittag können wir ja nochmal wiederkommen. Vielleicht können uns die Ärzte dann auch schon mehr sagen."

Eddie blickte fragend von Karin zu Sina, die jedoch beide in Gedanken waren und seine Frage wohl nicht gehört hatten.

„Was meint ihr: Wollen wir jetzt essen gehen?"

„Was? Essen? Ja, das ist eine gute Idee", antwortete Sina mechanisch.

Eddie blickte fragend zu Karin. Nach einer Weile schien sie zu registrieren, dass er auch von ihr eine Antwort erwartete. Schließlich nickte Karin und hakte sich bei Eddie ein.

Mark hatte Glück. Er hatte noch einen Platz in der Spätmaschine nach Hamburg ergattert – wenn auch zu einem horrenden Preis. Doch das war ihm völlig egal. Schließlich ging es um das Leben seiner Mutter. Die Mutter, die er erst vor wenigen Wochen wiedergefunden hatte. Jahrelang war ihr Verhältnis unterkühlt gewesen.

Doch, ob er es sich eingestehen wollte oder nicht: So wie die Krebserkrankung seines Vaters sie beide auseinandergebracht hatte, so hatte sie die Krebserkrankung seiner Mutter wieder zusammengeführt.

Daran musste er immer wieder denken, als er vergeblich versuchte, im Flugzeug auf dem viel zu engen Sitz wenigstens ein paar Stunden Schlaf zu bekommen, um Kräfte für das zu sammeln, was ihm bevorstand. Schließlich – und da war er Realist wie sein Vater – wollte er sich keine falschen Hoffnungen machen und auf das Schlimmste gefasst sein, wenn er in der Lübecker Klinik ankam. Er hatte vor seinem Abflug noch einmal im Krankenhaus angerufen, doch da hatte man ihm auch nicht viel sagen können – außer, dass der Zustand seiner Mutter einigermaßen stabil sei. Doch er wusste, dass sich dies schnell ändern konnte.

Ob sich diese Sina wohl in der Zwischenzeit um seine Mutter gekümmert hatte? Er hoffte es inständig, denn er wusste, wie sehr seine Mutter an ihrer viel jüngeren Freundin hing. Und auch an dieser Karin. Seine Mutter hatte ihm vor seiner Rückkehr nach Argentinien einen Zettel mit den beiden Handy-Nummern ihrer Freundinnen gegeben – „für den Notfall“, wie sie sagte – doch wo Karin steckte, wusste er nicht.

Zumindest war sie nicht an ihr Handy gegangen, als er versucht hatte, sie zu erreichen. Darum wollte sich Sina kümmern und auch so schnell wie möglich nach Lübeck fahren. Und falls sie im Koma etwas von der Außenwelt mitbekommen sollte, wäre es bestimmt beruhigend für seine Mutter, wenn sie zumindest eine vertraute Stimme hörte.

Eigentlich war diese Sina ja doch ganz nett. Zumindest war sie ganz anders drauf als bei ihrer ersten Begegnung im Krankenhaus nach der Krebs-OP seiner Mutter, als sie ihm die Zimmertür gegen den Kopf gehauen hatte. Mann, hatte das wehgetan! Mark fasste sich unbewusst an die Stirn. Er hatte eine stattliche Beule an der Stirn davongetragen. Die Kleine hatte ganz schön viel Schwung, dachte Mark, als er schließlich nach der Ankunft am Hamburger Flughafen seine Reisetasche vom Kofferband nahm und auf den Ausgang in Richtung Taxistand zusteuerte.

Mark fiel ein, dass er den Zettel mit dem Namen der Klinik und der Adresse irgendwo eingesteckt hatte. Er blieb stehen, stellte seine Reisetasche ab und suchte in den Taschen seiner dunkelgrünen Baumwolljacke danach. In der linken Innentasche fand er schließlich das Papierstück. Erleichtert bückte er sich, um seine Reisetasche aufzuheben und weiterzugehen, als er plötzlich mit jemandem zusammenstieß.

„Können Sie denn nicht aufpassen, wo Sie hingehen?“, fuhr ihn ein Mann an.

Er war etwa in seinem Alter, trug eine schwarze Lederjacke und eine Aktentasche. Mark sah, dass die Schnallen seiner Aktentasche geöffnet waren. Das musste durch den Zusammenstoß passiert sein. Einige der darin befindlichen Unterlagen hatten sich auf dem Boden der Flughafenhalle verteilt. Mark bückte sich, um dem Mann beim Aufsammeln zu helfen.

„Entschuldigung, ich habe Sie nicht gesehen. Das muss wohl am Jetlag liegen", murmelte Mark.

„Geben Sie her. Das geht Sie nichts an." Der andere Mann riss Mark die Unterlagen aus der Hand.

„Ich wollte doch nur ..."

„... helfen vermutlich. Aber Sie bringen alles nur noch mehr durcheinander. Machen Sie lieber, dass Sie weiterkommen."

Mark hob beschwichtigend seine Hände.

„Schon gut, ich gehe ja."

Da Mark tatsächlich übermüdet war, entschied er sich, einen Kaffee für unterwegs zu kaufen. Die fünf Minuten Zeit mussten noch sein. Glücklicherweise befand sich in der Halle ein Coffee-Shop. Mark bestellte einen großen Becher Kaffee.

Während er sich umdrehte und darauf wartete, sah er, wie der Mann, mit dem er gerade zusammengestoßen war, seine Unterlagen eingesammelt und wieder im Aktenkoffer verstaut hatte. Von der anderen Seite steuerte ein weiterer Mann auf ihn zu. Obwohl Mark nun weit entfernt stand, wirkte der andere ebenso unsympathisch. Er trug einen dunklen Anzug und war schätzungsweise um die 50 Jahre alt. Beide gingen an den Rand der Flughafenhalle. Es wirkte von außen so, als wollten sie unbeobachtet sein. Mark sah, wie seine unfreiwillige Bekanntschaft dem anderen den Aktenkoffer aushändigte. Er gab dem Fremden noch einen Briefumschlag, woraufhin dieser grinste und ihm auf die Schulter klopfte.

Das sieht ja aus wie bei einem Mafia-Geschäft, dachte Mark, als er seinen Kaffee entgegennahm und die Flughafenhalle verließ. „Komische Typen“, murmelte Mark, als er schließlich in ein Taxi stieg und mit seinen Gedanken wieder bei seiner Mutter war.

Am Nachmittag fuhren Sina, Karin und Eddie noch einmal zum Krankenhaus. Bei der Stationsschwester Erika erfuhren sie, dass Louise gerade Besuch von ihrem Sohn hätte und dass sie jetzt nicht auch noch mit ins Zimmer könnten.

Auf Sinas und Karins flehenden Blick antwortete die Schwester, die etwas strenger zu sein schien als ihre Vorgängerin: „Keine Chance! Wir sind hier eine Intensivstation mit schwerkranken Patienten und kein Rummelplatz, wo jeder kommen und gehen kann.“

Und so blieb den dreien nichts weiter übrig, als zu warten. Nach etwa einer Viertelstunde erschien Mark auf dem Gang. Er blickte nachdenklich nach unten und schien die auf Klappstühlen sitzende Gruppe nicht zu sehen.

„Hallo, Herr Mertens“, sagte Karin leise, um ihn nicht zu erschrecken. Mark blickte erstaunt auf und ging auf sie zu.

„Frau Winter? Hallo. Hallo, Frau Bergheim.“

„Hallo, dies ist Eddie Fischer“, stellte Karin ihren Freund vor.

„Hallo.“ Mark gab Eddie die Hand.

„Wie geht es Louise?“, wollte Sina wissen.

„Ich habe gerade mit einem Dr. Jürgens gesprochen.“ Karin und Sina nickten, da sie den Arzt ja bereits kannten.

„Und was hat er gesagt?“, wollte jetzt auch Karin wissen.

„Sie haben die Laborergebnisse genauer ausgewertet und auch Rücksprache mit ihrem behandelnden Arzt gehalten. Anscheinend hat sie tatsächlich einen komatösen Schock auf die Chemotherapie erlitten. Eine solche Überreaktion kommt wohl extrem selten vor."

„Und jetzt?", fragte Eddie.

Mark holte tief Luft, bevor er weitersprach. „Die Ärzte hoffen, dass sie meine Mutter jetzt soweit entgiftet und stabilisiert haben, dass sie bald wieder von allein aufwacht. Wann das ist, weiß jedoch keiner."

„Na, soviel haben sie uns auch schon gesagt", entgegnete Sina enttäuscht.

Mark nickte und blickte von Sina zu Karin und zu Eddie.

„Danke übrigens, dass Sie sich so schnell um meine Mutter gekümmert haben. Dadurch war ich doch etwas beruhigter."

Karin legte Mark die Hand auf den Oberarm.

„Das haben Sie vor allem Sina zu verdanken. Sie ist trotz ihrer Schwangerschaft und ihrer Hochzeitsvorbereitungen umgehend hierhergefahren. Eddie und ich sind erst später nachgekommen."

„Dass Sie heiraten wollen und bald ein Kind bekommen, hat meine Mutter mir vor meiner Abreise noch erzählt. Ja, dann nochmal ein besonderes Dankeschön."

Mark lächelte Sina an. „Ach, ich hätte eher noch was gutzumachen. Ich habe Ihnen ja beim letzten Mal die Tür an den Kopf geknallt." Sina war froh, das Gespräch von ihrer Hochzeit weglenken zu können.

„Daran kann ich mich noch sehr gut erinnern. Die Beule war groß wie eine Taubenei." Mark verdeutlichte Eddie die Größe mit Daumen und Zeigefinger.

„Ja, unsere Sina kann ganz schön schlagfertig und hartnäckig sein. Sie war es auch, die mich in Dänemark aufgespürt hat." Eddie spürte Marks fragenden Blick. „Aber das erzähle ich Ihnen später einmal. Wichtig ist jetzt, dass es Ihrer Mutter bald wieder besser geht."

„Ja, das hoffe ich sehr", entgegnete Mark und schaute dabei auf den Boden.

„Wir auch", entfuhr es Sina und Karin wie aus einem Mund. Die beiden Frauen hätten gerne noch irgendetwas getan. Irgendetwas, aber sie wussten momentan einfach nicht, was. Daher beschlossen sie, erst einmal wieder zurück nach Hamburg zu fahren. Mark versicherte ihnen, dass sie kein schlechtes Gewissen zu haben brauchten. Er sei ja jetzt da und würde sich um seine Mutter kümmern. Sobald sich etwas täte, würde er Sina und Karin sofort informieren. Glücklicherweise hatte er einen Schlüssel für Louises Wohnung. Dort wollte er in den nächsten Tagen übernachten.

Karin wusste, dass Eddie bei ihr geblieben wäre, so lange sie ihn brauchte. Doch sie spürte auch, dass er mit den Gedanken bei seinem Boot war, das noch immer in Sønderborg im Hafen lag. Daher ermunterte sie ihn, zurück nach Dänemark zu fahren und die „Hope" wieder nach Heiligenhafen zu bringen. Auf seinen Einwand, dass er sie jetzt nicht alleine lassen wollte, küsste sie ihn und sagte, dass sie ihn dafür liebe, aber er momentan genauso wenig wie sie für Louise tun könnte.

Eddie willigte schließlich ein und kümmerte sich auch gleich um einen Leihwagen, damit Karin ihren Wagen hierbehalten konnte.

Karin trennte sich sehr ungern von ihrem geliebten Eddie. Doch das gab ihr auch die Gelegenheit, etwas Zeit mit Sina alleine zu verbringen; denn sie spürte instinktiv, dass irgendetwas mit ihrer jüngeren Freundin nicht stimmte. Und das hatte nicht nur mit Louises Koma zu tun.

Außerdem war sie gespannt, endlich Alex kennenzulernen. Den Alex, mit dem Sina schon so viel mitgemacht hatte und den sie in wenigen Wochen heiraten wollte. Sina versicherte ihr, dass sie ein gern gesehener Gast sei und Alex bestimmt nichts dagegen hätte, dass sie in den nächsten Tagen bei ihnen übernachten würde. Doch Karin hatte ein mulmiges Gefühl, da sie nicht wusste, wie Alex die Nachricht aufnehmen würde. Und sie täuschte sich nicht: Als sie mit Sina ins Haus kam, lächelte Alex, doch Karin war sich sicher, dass er alles andere als erfreut über ihren Besuch war.

Und so war es denn auch. Als sie am späten Abend zu Bett gingen, war die Stimmung zwischen Sina und Alex immer noch gereizt.

„Muss diese Karin denn unbedingt hier übernachten?", fragte Alex, während er aus Oberhemd und Hose schlüpfte und sich T-Shirt und Boxer-Shorts anzog.

„Sie ist meine Freundin, ich habe sie ausdrücklich eingeladen", antwortete Sina trotzig, die noch im Bad nebenan war und sich die Haare kämmte.

„Du hättest es vorher mit mir absprechen können."

„Das hat sich spontan so ergeben. Außerdem freue ich mich, sie bei mir zu haben, zumal es auch praktisch ist, wenn wir zusammen Louise besuchen fahren."

„Du willst schon wieder nach Lübeck fahren?" Alex wurde laut.

Sina legte einen Finger auf den Mund. „Bitte sprich` leise. Karin kann uns sonst hören. Natürlich fahren wir bald wieder zu Louise. Wir lassen sie jetzt nicht alleine."

„Aber sie liegt doch im Koma und kriegt ohnehin nicht mit, ob ihr da seid."

„Das glaube ich nicht. Sie spürt es bestimmt."

„Und wann wollt ihr dahin?"

„Wir dachten an Sonntag."

„Übermorgen? Ich dachte, da wollen wir zu meinen Eltern fahren."

„Dann sagen wir eben ab und holen es ein anderes Mal nach."

„Dir ist schon klar, dass wir in sechs Wochen heiraten, oder?" Alex schüttelte wütend sein Kissen auf, um sich ins Bett zu legen.

„Das ist mir absolut klar, mein Schatz. Und ich werd` mich darum auch kümmern", versuchte Sina die Situation zu entspannen. „Aber momentan ist mir meine Freundin wichtig. Kannst du das nicht verstehen?" Sina kam jetzt ebenfalls ins Bett und kuschelte sich an Alex. „Weißt du was?"

„Was?", brummte Alex.

„Wir können doch am Sonntag zusammen nach Lübeck fahren. Wir müssen ja nicht lange bleiben."

„Ich weiß nicht. Was soll ich denn im Krankenhaus?" Alex drehte sich zur Seite, um zu signalisieren, dass er schlafen wollte.

„Du kannst ja in der Zeit einen Kaffee trinken gehen, während Karin und ich zu Louise gehen."

„Mal sehen."

„Alex, du bist ein Schatz." Sina küsste Alex auf den Hinterkopf und legte ihre Arme über seinen Oberkörper. Zufrieden mit dem Ergebnis schlief Sina schließlich ein.

Fünfzehn

Alex war sich nicht sicher, worauf er sich da eingelassen hatte. Seinen Sonntag damit zu verbringen, eine ältere Frau, die er nur einmal in Heiligenhafen gesehen und die ihn damals auch noch mit ihrer Handtasche verprügelt hatte, im Krankenhaus zu besuchen. Und die dazu noch im Koma lag und möglicherweise gar nicht mehr aufwachen würde. Wie absurd! Dass er sich dazu hatte überreden lassen, musste wohl an seiner Müdigkeit am Freitagabend gelegen haben; schließlich war die Woche ja aufregend und anstrengend genug gewesen. Nun gut, wenn es Sina so wichtig war, würde er in Drei-Teufels-Namen den Chauffeur für Sina und Karin spielen. Aber nur dieses eine Mal. Soviel war mal sicher. Außerdem würde diese Karin ja bestimmt bald wieder verschwinden. Und dann würde alles wieder in geordneten Bahnen verlaufen.

Komisch, dachte Karin, als sie auf dem Rücksitz von Alex' Wagen saß und die beiden beobachtete. Beide lächelten sich zwischendurch immer wieder an. Dabei hätte sie schwören können, dass Sina mit Alex nicht wirklich glücklich war. Doch als sie sie beim gestrigen Einkauf auf dem Wochenmarkt – einem der seltenen Augenblicke, die sie an diesem Wochenende alleine waren – darauf ansprach, hatte Sina nur abgewinkt und ihr erklärt, dass sie und Alex ihre Meinungsverschiedenheiten hätten, aber insgesamt sehr glücklich miteinander seien. Und dass so kurz vor einer Hochzeit beide Partner nervös wirkten, sei doch völlig normal, worauf Karin ihr recht geben musste. Na ja, sie ist schließlich alt genug, um zu wissen, was sie tut, dachte Karin, während sie ihren Blick wieder auf die Straße richtete. Das hatte Louise schon gesagt.

Louise. Voller Mitgefühl dachte Karin an ihre ältere Freundin. Was würde sie heute wohl in der Klinik erwarten? Karin war es schon beim ersten Mal schwergefallen, sie so hilflos daliegen zu sehen. Was, wenn die Ärzte ihr nicht helfen konnten? Oder sie sogar sterben würde? Karin mochte sich das gar nicht ausmalen. Louise gehörte zu Sina und ihr. Karin war überzeugt: Sie war sogar die tragende Säule ihres Trios. Wenn sie nicht mehr da wäre: einfach undenkbar!

„Arme Louise", murmelte Karin.

Sina schien das gehört zu haben, denn sie drehte sich plötzlich um, streckte ihren rechten Arm nach Karin aus und drückte ihre Hand. „Ich habe auch gerade an Louise gedacht."

Als Sina und Karin die Intensivstation betraten, war es genauso bedrückend wie beim letzten Mal. Nur, dass Louise trotz der künstlichen Ernährung immer schmaler wurde. Die beiden Frauen redeten liebevoll auf ihre Freundin ein. Es schien, als ob jede von ihnen Louise auf ihre Weise zurück ins Leben holen wollte. Doch der Blick auf den piepsenden Überwachungsmonitor mit den stetig verlaufenden Zacken und Kurven verriet es: Sie konnten Louise einfach nicht erreichen. Traurig verabschiedeten sich die beiden erneut von ihrer Freundin, um Alex aus der Cafeteria abzuholen.

Zu ihrer Überraschung trafen sie dort auf Mark, der gerade an der Kasse einen Kaffee bezahlte. Den Muntermacher schien er auch nötig zu haben, denn er sah ganz blass aus. Außerdem hatte er sich seit ihrer letzten Begegnung offenbar nicht mehr rasiert. Wie Sina und Karin erfuhren, hielt er sich bereits seit dem Vormittag in der Klinik auf. In der Zeit, als die beiden Frauen Louise besuchten, hatte er einen langen Spaziergang gemacht, „um seinen Kopf durchzulüften", wie er sagte. Karin und Sina nahmen Mark mit zu einem Ecktisch, wo Alex bereits ungeduldig auf sie wartete.

„Hallo Alex. Sorry, dass es etwas länger gedauert hat", versuchte Sina Alex zu beruhigen und deutete auf Mark, der neben ihr stand. „Übrigens: Das ist Mark Mertens, Louises Sohn. Er ist vor ein paar Tagen aus Argentinien gekommen. Mark, das ist Alex Seiler, mein Freund, ähm, zukünftiger Mann."

Täuschte er sich? Das war Sinas zukünftiger Mann? Mark blinzelte ein paarmal, um sich zu vergewissern, dass er richtig gesehen hatte. Doch. Diese dunklen durchdringenden Augen und die gegelten Haare. Das musste er sein – der Typ, mit dem er am Flughafen in Hamburg vor ein paar Tagen zusammengerasselt war. Ob er ihn auch erkannte, unrasiert und im Freizeit-Look? Mark beschloss, nichts zu sagen und erst einmal abzuwarten, wie Alex reagieren würde.

„Freut mich. Alexander Seiler." Alex erhob sich und reichte Mark die Hand. Mark blickte Alex fragend an; doch als dieser nicht weiter darauf einging, war ihm klar, dass Alex ihn nicht wiedererkannt hatte. Kein Wunder: Er war ja auch total stinkig gewesen, dass ihm die Unterlagen aus seinem Aktenkoffer gerutscht waren, sodass er weiter nicht auf ihn geachtet hatte. Und diesen unfreundlichen, zwielichtigen Typen wollte Sina heiraten, dachte Mark, während er sich mit den anderen an den Tisch setzte.

Fast zwei Wochen vergingen – zwei Wochen, in denen sich Louises Zustand nicht veränderte. Die Ärzte taten alles Mögliche, um Louise zu helfen, doch Louise wollte einfach nicht aufwachen. Sina und Karin waren verzweifelt. Sie riefen täglich im Krankenhaus oder bei Mark an, aber sie hörten immer nur das Gleiche. Louises Zustand sei stabil. Doch je länger das Koma andauere, desto schlechter seien die Genesungschancen. Obwohl sie natürlich jeden Moment wieder aufwachen könne.

Als Karin, die in der Zwischenzeit wieder zu Eddie nach Heiligenhafen gefahren war, mit ihm darüber eines Abends bei einem Spaziergang am Strand sprach, nickte Eddie nur stumm. Er machte sich ebenfalls Sorgen um Louise. Eddie blickte hinaus auf die graublaue See, die in regelmäßigen Wellen und mit einem wohltuenden Rauschen ans Ufer schlug. Plötzlich blieb Eddie stehen. Karin bemerkte dies erst nach ein paar Sekunden und drehte sich suchend zu ihrem Freund um.

„Was ist? Warum läufst du nicht weiter?"

Eddie lächelte. „Weil ich eine Idee habe."

„Was für eine Idee?", fragte Karin erstaunt und ging zu ihm zurück.

„Nun". Eddie machte ein geheimnisvolles Gesicht. „Ich weiß, wie wir Louise vielleicht aus dem Koma holen können."

Karin neigte erstaunt ihren Kopf zur Seite und wartete gespannt auf die Antwort.

„Du hast mir doch mal erzählt, dass Louise das Meeresrauschen so sehr liebt. Und außerdem das Vogelgeschrei von den Salzwiesen am Graswarder, und dass das ein wichtiger Grund ist, warum sie immer wieder so gerne hierherkommt.

„Ja und?" Karin konnte Eddie nicht ganz folgen.

„Wie wäre es, wenn wir die Geräusche mit einem Diktiergerät aufnehmen und ihr in der Klinik vorspielen? Ich habe mal gehört, dass Koma-Patienten aufgewacht sind, nachdem man ihnen ihr Lieblingslied oder die Stimme eines vertrauten

Menschen vorgespielt hat. Das hat irgendwie mit tiefen Emotionen zu tun."

„Und du meinst, das könnte auch bei ihr funktionieren?"

„Auf einen Versuch käme es doch an, oder?"

Karin blickte zuerst aufs Meer und drehte sich dann zur Landseite um, wo gleich gegenüber dem Ferienhaus das Vogelschutzgebiet mit den Salzwiesen begann.

„Na ja, versuchen könnten wir es ja. Hast du denn ein Diktiergerät?"

Eddie lächelte zuversichtlich.

„Noch nicht. Aber bald."

Als Karin Sina am Telefon von Eddies Idee erzählte, erklärte sie die beiden für vollkommen verrückt. Obwohl: Sina hatte sich auch schon Gedanken gemacht, wie man Louise wieder zurück ins Leben holen könnte, und überlegt, ihr vielleicht etwas vorzusingen. Da sie jedoch überhaupt nicht singen konnte, hatte sie den Gedanken schnell wieder verworfen. Womöglich würde Louise ihr Gekrächze nur noch mehr schaden, woraufhin Karin – trotz der ernsten Situation – lachen musste. Dass mit den Meeres- und Vogelgeräuschen hielt sie für eine weitaus bessere Idee.

Da Sina alleine zu Hause zu sein schien, nutzte Karin die Gelegenheit, um noch einmal nachzufragen, ob denn mit ihr und Alex wirklich alles in Ordnung sei. Sina druckste zuerst ein bisschen herum, gestand Karin jedoch schließlich, dass sie und Alex sich schon wieder gestritten hätten, weil Sina gerne den Hochzeitstermin wegen Louise verschieben, Alex aber nichts davon hören wollte.

„Und jetzt?", fragte Karin.

„Ich weiß nicht. Einerseits mag ich ohne Louise nicht heiraten, andererseits hat er ja recht. Es ist schon alles organisiert und bestellt. Jetzt das Ganze zu verschieben, würde bestimmt ein Heidenchaos verursachen. Und ob Louise überhaupt wieder aufwacht ..."

„So was darfst du nicht mal denken", fuhr Karin dazwischen. „Sie wird wieder aufwachen. Da bin ich mir ganz sicher."

„Ich wünsche mir doch auch nichts sehnlicher als das – das kannst du mir glauben. Aber die Ärzte sagen ..."

„Was die Ärzte sagen, interessiert uns doch gar nicht, Sina." Karin hatte den Eindruck, dass ihre sonst so selbstbewusste und unerschrockene Freundin derzeit völlig verunsichert war. „Was meinst du wohl, wie viele Patienten von Ärzten schon aufgegeben waren und dann wieder vollkommen gesund wurden."

„Du hast ja recht."

„Aber selbst wenn Louise bald wieder aufwachen sollte: Die Hochzeit ist schon in gut vier Wochen. Das ist nicht mehr lang hin."

„Ich weiß."

„Karin, was soll ich nur tun?"

„Dass, was Louise dir geraten hätte: Hör' auf dein Herz."

Für ihr Experiment mit Louise hatten sich Eddie und Karin das kommende Wochenende vorgenommen; schließlich musste ja auch Eddie in der Woche wieder arbeiten. Bevor sie mit den fertigen Aufnahmen nach Lübeck fuhren, riefen sie Mark an. Sie wollten die Ärzte nicht einweihen, da Karin befürchtete, diese würden ihr Vorhaben nicht ernst nehmen. Doch Mark als Louises Sohn sollte natürlich davon wissen. Und zu Karins Überraschung fand er die Idee sogar gut. Karin hatte den Eindruck, er würde alles akzeptieren, solange auch nur der Hauch einer Chance bestand, dass seiner Mutter geholfen werden konnte.

Und so fuhren Karin und Eddie am Freitagnachmittag, mit Meeresrauschen und Vogelgeschrei im Gepäck, nach Lübeck zu Louises Wohnung, wo sie Mark abholen wollten. Sina wäre auch gerne mitgekommen, wie sie sagte. Sie hatte jedoch ausgerechnet an diesem Freitagnachmittag einen Termin beim Frauenarzt.

Karin, Eddie und Mark kamen sich vor wie Geheimagenten. Als sie in Louises Zimmer gelassen wurden, blieb Eddie vor der Tür, um „Schmiere zu stehen" – für den Fall, dass eine Schwester oder ein Arzt vorbeikommen sollte. Karin legte das Diktiergerät ganz nahe an Louises linkes Ohr. Sie hatte gelesen, dass dies die Gefühlsseite sei. Als Mark auf „Play" drückte, bat sie ihn flüsternd, den Ton nicht zu laut zu stellen, damit Louise sich nicht erschreckte. Karin und Mark warteten. Zwei Minuten. Fünf. Zehn. Fünfzehn. Doch Louise zeigte keinerlei Regung. Irgendwann lugte Eddie mit dem Kopf zur Tür hinein und gab ihnen zu verstehen, dass sich eine Schwester näherte. Karin und Mark sahen sich an. Sie mussten wohl gehen. Enttäuscht verließen sie das Krankenzimmer.

„Tja, das war wohl nichts", seufzte Karin.

„Sieht so aus", entgegnete Mark nicht minder enttäuscht.

„Wir haben es zumindest versucht. Vielleicht müssen wir es einfach mehrmals probieren", versuchte Eddie die beiden zu trösten.

„Ja vielleicht." Karin blickte gedankenverloren auf ihre Fingernägel.

Eddie legte den Arm um seine Freundin und bedeutete ihr mit einem leichten Druck, dass es jetzt wohl besser wäre zu gehen.

Plötzlich sahen sie, wie die Schwester, die gerade noch in Louises Zimmer verschwunden war, wieder rausgestürmt kam und einer anderen auf dem Gang befindlichen Schwester zurief: „Die Patientin auf Intensiv 3 wacht auf. Hol' schnell Dr. Meyer."

Karin lief der Schwester nach und berührte sie am Arm. „Frau Mertens wacht auf? Ist das wahr?"

Die Schwester drehte sich zu Karin um und lächelte. „Es sieht ganz so aus. Und sie hat sogar etwas gesagt."

„Sie hat etwas gesagt? Was?" Karin schüttelte die Schwester am Arm, sie konnte ihre Ungeduld nicht mehr verbergen.

„Die Worte waren ganz leise und kaum zu verstehen. Doch es hörte sich so an wie ‚Wellengesang'."

Karin drehte sich zu Eddie und Mark um, die inzwischen ebenfalls herbeigeeilt waren. „Habt ihr das gehört?"

„Wann kann ich zu meiner Mutter?", fragte Mark völlig aufgelöst.

„Ich kann Ihre Aufregung ja verstehen", versuchte die Schwester die drei zu beruhigen. „Aber erst muss Dr. Meyer ihre Mutter noch untersuchen. Wir müssen ganz sichergehen."

Alle drei nickten.

Die folgenden Minuten kamen Karin, Mark und Eddie wie eine Ewigkeit vor. Nachdem die Schwester wieder zu Louise ins Zimmer verschwunden war und auch der Arzt herbeigeeilt kam, lief Mark unruhig auf dem Gang hin und her. Karin hielt dagegen Eddies Hand ganz fest und blickte ihn abwechselnd lächelnd und sorgenvoll an. Warum dauerte es nur so lange? War etwas nicht in Ordnung mit Louise? Sollte sie jetzt schon Sina anrufen? Karin beschloss, noch etwas zu warten, bis der Arzt wieder herauskam.

Endlich öffnete sich die Tür. Dr. Meyer trat heraus. „Sind Sie Frau Mertens Sohn?", fragte er an Mark gewandt. Mark nickte. „Dann können Sie jetzt kurz zu ihr. Aber Vorsicht: Sie ist noch sehr schwach und verträgt keine Aufregung."

Mark ging ins Zimmer. Karin wollte schon hinterher, doch Eddie hielt sie zurück. „Lass' ihn besser erst mal alleine gehen."

Karin nickte. Nach ein paar Minuten, die Karin erneut wie eine Ewigkeit vorkamen, lugte Mark durch die Tür. „Karin, komm'. Meine Mutter hat nach dir und Sina gefragt."

Was war das für ein Unterschied. Noch vor einer Stunde lag Louise da wie tot. Jetzt huschte ein leises Lächeln über ihr schmales Gesicht. „Karin", sagte sie heiser und streckte langsam ihre Hand aus.

Karin nahm die Hand und setzte sich vorsichtig zu Louise ans Bett.

„Louise, ach, ist das schön, dass du wieder bei uns bist. Wie geht es dir?"

Louise schien zu überlegen, bevor sie kaum hörbar und langsam antwortete. „Ich glaube, ganz gut. Aber was ist denn überhaupt passiert?"

Jetzt schaltete sich Mark ein. „Du bist nach deiner Chemotherapie ins Koma gefallen."

„Was? Wie lange hab' ich …?"

„Über drei Wochen", antwortete Mark, der sich auf der anderen Seite ans Bett gesetzt hatte.

„Wirklich?" Louise blickte die beiden erstaunt an. Sie versuchte, sich aufzurichten, was jedoch kaum möglich war, da sie immer noch an diversen Kabeln angeschlossen war. Sie blickte Karin fragend an.

„Sina geht es gut. Sie ist in Hamburg, weil sie heute einen wichtigen Termin bei ihrer Frauenärztin hat. Wir rufen sie gleich an."

„Schön." Louise legte ihren Kopf wieder auf das Kissen, weil sie merkte, dass sie doch noch zu schwach war. „Dann kann ich ja doch zu ihrer Hochzeit kommen. Ich hatte nämlich so einen merkwürdigen Traum." Und mit diesen Worten schlief Louise ein.

Karin und Mark blickten sich erschrocken an. Was war jetzt passiert? War Louise wieder ins Koma gefallen? Mark reagierte prompt. Er läutete nach der Schwester, die auch gleich kam. Er erklärte ihr in wenigen Worten, was passiert war. Die Schwester schaute kurz auf den Überwachungsmonitor und bedeutete ihnen, mit nach draußen zu kommen.

„Keine Angst, ihre Mutter ist nicht wieder ins Koma gefallen. Sie schläft nur. Es passiert häufig, dass die Patienten danach immer wieder mal einnicken."

Karin, Mark und der hinzugekommene Eddie waren erleichtert.

Die Schwester, die – wie ihr Namensschild verriet – Elke hieß, fügte noch hinzu: „Ich denke, Sie sollten jetzt besser gehen, damit sich Frau Mertens etwas ausruhen kann."

Sina saß in ihrem Karman Ghia und war auf dem Weg nach Lübeck. Sie war außer sich vor Freude. Endlich mal eine gute Nachricht! Davon hatte sie in letzter Zeit nicht allzu viele erhalten – außer der natürlich, dass es dem Baby in ihrem Bauch gut ging. Louise war aufgewacht! Und hatte sogar nach ihr gefragt!

Nachdem Karin sie auf ihrem Handy erreicht hatte, wollte sie eigentlich sofort losfahren. Doch Karin hatte ihr erklärt, dass Louise wieder eingeschlafen war und viel Ruhe brauchte. Da es ohnehin schon Abend war, schlug sie vor, dass sie am nächsten Tag nach Lübeck kommen sollte, falls sie es einrichten könne. Und ob! In der folgenden Nacht bekam Sina kaum ein Auge zu, was jedoch nicht alleine an Louise lag. Doch damit konnte und wollte sie sich jetzt nicht beschäftigen.

Louise schien fast wieder die Alte zu sein. Allerdings nur fast. Louise war zum Erstaunen aller bereits am nächsten Vormittag auf eine Normalstation verlegt worden. Als Sina ihre Freundin herzlich begrüßte, hatte sie bereits ihre Haare gewaschen und frisiert. Außerdem trug sie ein frisches aprikotfarbenes Nachthemd, das Mark ihr mitgebracht hatte. Allerdings sah man ihr die Strapazen der vergangenen Wochen noch deutlich an. Louise wirkte trotz der Scherze, die sie mit dem Pfleger machte, irgendwie ernsthafter als sonst – so als ob sie sich in der Zeit ihres Komas der Vergänglichkeit des Lebens bewusst geworden wäre.

Trotz der kritischen Wochen hatte Louise das Koma erstaunlich gut überstanden. Die Ärzte hatten bei ihr lediglich eine leichte Lungenentzündung festgestellt, die sie mit Antibiotika behandelten. Louise konnte noch nicht viel laufen und war schnell erschöpft, doch sie freute sich, ihre Lieben zu sehen. Inzwischen waren neben Mark und Sina auch Karin und Eddie eingetroffen. Es war eine vertraute Runde, die sich an ihrem Krankenbett versammelt hatte. Als das Gespräch auf Louises Koma kam, war es Karin, die sich zuerst traute. Sie fragte Louise, ob sie in dieser Zeit etwas gespürt oder gehört hätte.

Louise dachte nach, um die richtigen Worte zu finden. Schließlich antwortete sie: „Es war merkwürdig. Ich hatte das Gefühl, als ob ich auf dem Meer treiben würde und nicht ans Ufer gelangen konnte. So sehr ich es auch versucht habe: Ich bin immer wieder abgetrieben worden.“ Louise machte eine kurze Pause und holte tief Luft. „Doch irgendwann habe ich ein Rauschen gehört, das wie eine Art Rufen klang. Und dann habe ich gespürt, dass es jetzt Zeit ist, wieder aufzuwachen. Anscheinend wollte mich der liebe Herrgott noch nicht bei sich haben.“ Louise lächelte in die Runde.

„Und darüber sind wir sehr froh“, sagte Mark, der sich seit Tagen zum ersten Mal wieder rasiert hatte und viel entspannter aussah als noch vor ein paar Tagen, wie Sina auffiel.

Mark, der bemerkt hatte, dass Sina ihn beobachtete, lächelte verlegen zurück.

„Wie geht es denn dem Baby?“, fragte Louise und riss Sina mit dieser Frage aus ihren Gedanken.

„Was? Ach, dem Zwerg geht es gut. Stellt euch vor, ich habe schon acht Kilo zugenommen. Bald passe ich nur noch in Hauszelte.“

„Ach Sina, du bist schwanger immer noch schlanker als ich“, beklagte sich Karin.

Doch Eddie widersprach sogleich. „Mein Schatz, du hast eine wunderbare Figur. Und wehe, du wagst es, eine Diät zu machen. Dann muss ich dich nämlich auf der Stelle verlassen.“

Karin knuffte Eddie in die Seite. „Du alter Spinner. Sina, was ist?“ Karin blickte zu Sina, die plötzlich ganz blass war.

„Sina?“ Mark konnte Sina, der die Beine wegknickten, gerade noch festhalten. „Schnell, drück‘ den Notknopf“, rief er zu Eddie gewandt. Keine Minute später öffnete sich die Tür und ein Pfleger kam herein. Er überblickte die Situation sofort. „Im wievielten Monat ist sie?“

„Im sechsten“, antworteten Louise und Karin gleichzeitig.

„Okay, warten Sie kurz. Ich hole ein Bett von draußen.“

„Um Himmels willen! Was ist mit Sina?“

Louise richtete sich in ihrem Bett auf, um Sina besser sehen zu können, die noch immer bewusstlos in Marks Armen hing.

„Ich weiß nicht“, antwortete Karin, die Sina vorsichtig das Gesicht tätschelte.

„Hoffentlich bekommt sie jetzt nicht ihr Baby. Es ist doch noch viel zu früh.“

Sina schien wieder zu sich zu kommen. „Was ist?“, fragte sie benommen.

„Ganz ruhig“, antwortete Mark hinter ihr. „Du hattest einen kleinen Zusammenbruch.“

Der Pfleger, der inzwischen mit dem Bett angerollt kam, bedeutete Mark, Sina vorsichtig daraufzulegen.

„Nein, nein“, entgegnete Sina wie in Trance und wollte aufstehen. „Mir geht's schon wieder gut.“

„Nix da, junge Dame“, widersprach der Pfleger. „Wir sollten Sie zumindest untersuchen, ob alles in Ordnung mit Ihnen und Ihrem Baby ist.“

„Karin?“ Sina hob den Kopf und blickte sich suchend nach ihrer Freundin um.

„Ja, ich komme mit.“

Louise blickte ratlos von Mark zu Eddie. „Was ist bloß mit Sina los? Gerade eben schien es ihr doch noch so gut zu gehen.“

Mark lief im Krankenzimmer auf und ab. Nervös fuhr er sich mit den Händen durch seine dunkelblonden Haare. „Ich glaube, ich hab' da so eine Ahnung.“

„Du?“, fragte seine Mutter. Auch Eddie blickte Mark erstaunt an.

„Ich glaube, das hängt mit diesem Typen zusammen, den Sina heiraten will.“

„Alex?“, fragte Eddie. „Wieso glaubst du das?“

„Na ja, ich habe ihn schon einmal gesehen. Auf dem Flughafen in Hamburg bin ich versehentlich mit ihm zusammengestoßen.“

„Hat er dich denn vor ein paar Tagen in der Krankenhaus-Cafeteria nicht wiedererkannt?“, fragte Eddie.

„Ich glaube nicht. Er war damals viel zu beschäftigt damit, seine Unterlagen wieder in den Aktenkoffer zu legen. Die waren dabei herausgefallen, so dass er mich nicht groß angesehen hat. Was ich jedoch viel interessanter fand", Mark machte eine kurze Pause, „war, dass Alex hinterher den Aktenkoffer einem anderen Typen übergeben hat."

„Kann das nicht irgendein übliches Geschäft gewesen sein? Soviel ich von Sina weiß, hat Alex viel mit auswärtigen Kunden zu tun. Vielleicht hat er ihn nur dort getroffen?", warf Louise ein.

„Nein, das sah alles nach einem krummen Geschäft aus. Ich hatte den Eindruck, die beiden hatten Angst, beobachtet zu werden. Außerdem hat Alex dem anderen noch einen Umschlag zugesteckt."

„Und du meinst, das war Schmiergeld?"

„Ich halte es zumindest für nicht ausgeschlossen."

Eddie konnte Mark nicht mehr ganz folgen. „Und was hat das Ganze mit Sinas Zustand zu tun?"

„Wenn Sina etwas davon ahnt oder sogar noch mehr weiß, eine ganze Menge", antwortete Louise stattdessen. Sie kannte ihre jüngere Freundin inzwischen gut. „Sie versucht dann trotzdem, um ihre Beziehung zu kämpfen – schon um des Babys willen." Louise seufzte. „Arme Sina. Ich kann mir vorstellen, dass sie so kurz vor der Hochzeit in einer riesigen Zwickmühle steckt."

„Aber dann dürfen wir nicht zulassen, dass sie diesen Typen heiratet", entgegnete Mark entschieden.

„Und wie willst du das verhindern?"

Mark schien zu überlegen „Vielleicht kannst du und Karin mit ihr reden. Auf euch hört sie doch."

„Da wäre ich mir gar nicht so sicher. Sie kann ziemlich stur sein, weißt du?"

Mark lächelte und dachte an seine erste Begegnung mit Sina. „Das kann ich mir gut vorstellen."

Eine Stunde später kam Karin wieder zur Tür herein und gab Entwarnung. „Sina und dem Baby geht es gut. Sina hatte glücklicherweise nur einen kleinen Kreislaufkollaps. Sie wollen sie am Nachmittag sicherheitshalber noch zur Beobachtung dabehalten. Wenn dann alles gut ist, kann sie wieder nach Hause. Vermutlich war die Aufregung um Louise zu viel für sie."

„Möglicherweise nicht nur diese Aufregung", meinte Mark.

„Wie meinst du das?", wollte Karin wissen.

Mark und die anderen erzählten Karin von ihrer Vermutung, dass Alex der wahre Grund für Sinas Zusammenbruch sein könnte. Karin nickte nur stumm, denn so etwas Ähnliches hatte sie sich auch schon gedacht. Dass Sina mit Alex nicht wirklich glücklich war, hatte sie ja schon während ihres Aufenthaltes bei den beiden deutlich spüren können.

Nach ein paar Stunden konnte Sina tatsächlich ihr Bett wieder verlassen. Die Ärzte hatte ihr ein kreislaufstabilisierendes Mittel gegeben, ihr aber geraten, heute nicht mehr Auto zu fahren. Karin und Eddie wollten Sina zurück nach Hamburg bringen. Doch Mark fragte die beiden, ob er dies nicht übernehmen könne. Karin war einverstanden, bat Mark jedoch darum, Sina unterwegs nichts von ihrem Verdacht in Bezug auf Alex zu erzählen, damit sie sich nicht unnötig aufregte.

Sina war über den Vorschlag, von Mark nach Hause gefahren zu werden, ziemlich überrascht, willigte jedoch ein. Da Mark derzeit kein Auto hatte, schlug sie ihm vor, er solle ihren Karman Ghia fahren und diesen erst einmal wieder mit zurück nach Lübeck nehmen. Sie würde ja ohnehin Louise bald wieder besuchen und könnte dann mit dem Zug kommen und mit ihrem Wagen zurückfahren. Mark protestierte zwar, freute sich jedoch über das Vertrauen, das Sina ihm entgegenbrachte.

Allerdings erwies sich Sinas Auto als ziemlich störrisch, denn es wollte nicht anspringen.

„Warte einen Moment“, sagte Sina, während sie einen Hammer aus dem Handschuhfach holte.

„Was ...?“, fragte Mark, doch Sina war schon ausgestiegen. Mark sah, wie Sina hinter den Wagen ging und die Motorhaube öffnete. Dann hörte er einen dumpfen Knall. Einmal, zweimal, dreimal. Ein paar Sekunden später stieg Sina wieder mit zufriedenem Gesicht ins Auto.

„So, jetzt starte noch mal.“

Tatsächlich. Der Wagen sprang an. „Was hast du gemacht?“, fragte Mark erstaunt.

„Nur etwas nachgeholfen. Beim Karman Ghia ist das mit dem Anlasser so eine Sache.“ Sina hielt den Hammer in die Höhe. „Aber ich weiß ja glücklicherweise, wie ich mein Schätzchen wieder zum Laufen kriege.“

Mark war beeindruckt. Er entdeckte Seiten an Sina, die er nicht für möglich gehalten hatte. Sie wirkte gerade eben im Krankenhaus noch zart und zerbrechlich, und im anderen Moment zeigte sie sich taff und entschlossen. Was für eine interessante Mischung! Er musste zugeben: Mit jeder Begegnung gefiel Sina ihm immer mehr. Umso schwerer fiel es ihm, ihr nicht von seiner Begegnung mit Alex zu berichten.

Obwohl er gut mit dem Auto zurechtkam, musste er sich stark auf den Verkehr auf der A 1 konzentrieren, weil er gedanklich immer wieder abschweifte. Zwischendurch warf er einen Blick auf Sina. Sie sah immer noch etwas blass und mitgenommen aus. Darüber konnten auch ihre sichtbaren Schwangerschaftsrundungen nicht hinwegtäuschen, die ihr – wie Mark fand – ziemlich gut standen.

Warum mache ich mir über sie eigentlich so viele Gedanken, dachte Mark, während er den Blinker setzte und ausscherte, um ein Auto zu überholen. Schließlich ist sie schon vergeben. Und wenn sie dieses Arschloch von Alex unbedingt heiraten will, hatte er sich da auch nicht einzumischen.

Alex schien den Wagen gehört zu haben, denn kaum waren sie auf die Auffahrt gefahren, öffnete sich die Haustür, und er kam ihnen entgegen. Mark überkam ein mulmiges Gefühl. Er sah, wie Alex stutzte, als er entdeckte, dass Sina nicht alleine war. Also hatte sie ihn anscheinend nicht angerufen und ihn über ihren Zusammenbruch informiert.

„Hallo Sina, da bist du ja endlich", sagte Alex und musterte Mark argwöhnisch.

„Ich wusste gar nicht, dass du einen Gast mitbringst."

Sina gab Alex zur Begrüßung einen Kuss.

„Mark war so nett, mich herzufahren."

Alex schien nicht zu verstehen.

„Wieso, ist etwas passiert?"

„Nun ...", druckste Sina herum.

„Sina hatte im Krankenhaus einen kleinen Schwächeanfall", schaltete sich Mark ein. „Die Ärzte sagten, sie solle sich heute nicht mehr ans Steuer setzen."

„Und da war Mark so freundlich, mich herzufahren. Aber jetzt geht es mir wieder gut", fügte sie schnell hinzu und drehte sich zu Mark um. „Willst du noch einen Kaffee, bevor du zurück nach Lübeck fährst?"

„Das ist sehr nett. Aber ich glaube, ich fahre jetzt lieber ..."

„Moment mal, haben wir uns nicht schon mal getroffen?", unterbrach Alex.

Oh Scheiße, dachte Mark. Hatte Alex ihn also doch erkannt. Um Sinas willen beschloss Mark jedoch, sich nichts anmerken zu lassen. „Ja, in der Cafeteria im Krankenhaus", antwortete er so ruhig wie möglich.

Alex schüttelte den Kopf. „Nein, ich meine früher."

Mark bemühte sich, möglichst ahnungslos zu wirken. „Nicht, dass ich wüsste."

Sina blickte Alex fragend an. „Woher solltest du Mark denn kennen? Er war ja die letzten zwei Jahre in Buenos Aires. Du verwechselst ihn bestimmt." Dann wandte sie sich wieder an Mark. „Gut, dann machen wir das wie besprochen. Du nimmst den Wagen erst mal mit und ..."

„Er soll deinen Wagen mitnehmen?", unterbrach Alex sie erneut. „Und wie willst du am Montag zur Arbeit kommen?"

Mark hatte befürchtet, dass Alex etwas dagegen hatte. „Ich kann mir auch ein Taxi nehmen."

„Nix da", sagte Sina. „Du nimmst den Wagen mit. Wir haben doch noch den Peugeot meiner Mutter. Den Karman Ghia nehme ich dann wieder mit, wenn ich das nächste Mal Louise besuche."

„Na, wenn du meinst." Alex schien von der Idee, dass Sina ihr Auto so leichtsinnig jemand anderem überließ, alles andere als begeistert zu sein.

„Also Mark, nochmals vielen Dank fürs Fahren. Ich rufe dich dann an, wenn ich nach Lübeck komme."

Mark lächelte Sina an. „Gern geschehen. Und danke, dass ich dein Schätzchen mitnehmen darf. Tschüss Sina. Tschüss Alex. Und pass' gut auf deine Freundin auf, ja?"

„Ach, und Mark?"

Mark drehte sich noch einmal zu Sina um. „Ja?"

„Denk' an den Hammer, falls der Anlasser streikt."

„Mach' ich." Mark setzte sich in den Wagen. Ich hätte dem Typen eine reinhauen sollen, dachte er, als er den Wagen startete.

Was für ein netter Mann, dachte Sina, als sie Mark davonfahren sah. Wer weiß, wenn sie ihn eher getroffen hätte? Doch sie verwarf diesen Gedanken sofort wieder und blickte zu Alex, der immer noch sauer zu sein schien. Sie war jetzt mit ihm liiert, und bald würden sie eine Familie sein. Es würde schon alles gutgehen. Und die seelischen Wunden, die Alex ihr in der Vergangenheit zugefügt hatte, die würden schon irgendwie heilen. Sie hoffte es zumindest.

Mark konnte in der Nacht kein Auge zutun. Immer wieder musste er an Sina denken. Wie unglücklich sie aussah, als sie Alex angeschaut hatte. Dieser Blödmann! Gut, dass er ihn schließlich doch nicht hatte einordnen können. Wer weiß, was passiert wäre, wenn Alex sich an die Begegnung am Flughafen erinnert hätte. Vermutlich hätte er sich dann nicht mehr zurückhalten können und ihn vor Sinas Augen nach seinen merkwürdigen Geschäftsmethoden befragt. Doch er wusste: Damit hätte er nicht Alex, sondern vor allem Sina geschadet, denn er hätte bestimmt alles abgestritten. Daher musste er sich dringend etwas anderes überlegen, um Sina zu helfen. Doch was? Mark wälzte sich unruhig im Bett hin und her. Plötzlich kam ihm eine Idee. Er stand auf, ging zu seinem Laptop, schaltete ihn ein und rief sein E-Mail-Programm auf. Unter seinen Kontakten fand er schließlich die Adresse, nach der er gesucht hatte. Er tippte schnell eine E-Mail, schickte sie ab und fuhr seinen Laptop wieder runter. Zufrieden ging Mark schlafen.

Sechzehn

Louise ging es mit jedem Tag besser. Die Ärzte hielten dies für ein Wunder, denn die meisten Komapatienten erholten sich nur mühsam oder trugen bleibende Schädigungen davon. Ihr fiel das Laufen noch schwer, und sie war schnell erschöpft, sodass sie sich zwischendurch immer mal hinsetzen und ausruhen musste; doch das führten die Ärzte nicht zuletzt auf ihre Lungenentzündung zurück.

Auch ihr Verstand hatte nicht gelitten – im Gegenteil. So hatte sie als Mutter natürlich sofort bemerkt, dass Mark in Sina verliebt war, wenn er von ihr sprach – auch wenn er dies nie direkt zugeben würde.

Da war er wie sein Vater, dachte Louise, als sie im Klinikpark auf einer Bank saß und ihr Gesicht, das inzwischen wieder etwas Farbe angenommen hatte, in die Spätsommersonne hielt.

Carl hatte damals ebenfalls lange gebraucht, um ihr seine Zuneigung zu gestehen. Doch im Laufe der Jahre hatte er ihr dann immer häufiger seine Liebe versichert. Dazu hatte es nur selten der Worte bedurft. Wie oft hatte er ihr einfach so einen Blumenstrauß mitgebracht oder sie spontan zum Essen eingeladen, damit sie nach der Arbeit in ihrem Damenmodengeschäft nicht mehr zu kochen brauchte.

Ach, wie sehr sie ihn doch vermisste!

Noch vor ein paar Tagen wäre Louise ihrem Mann fast in den Tod gefolgt. Doch das wäre nicht richtig gewesen; das wusste sie jetzt.

Während ihrer Zeit im Koma hatte sie etwas Eigenartiges erlebt, wovon sie bislang niemanden erzählt hatte – auch deshalb, weil sie selbst nicht wusste, ob es sich um ein Nahtoderlebnis oder einfach nur einen Traum handelte. Sie sah darin sich selbst, wie sie in einem hellen wallenden Gewand auf Carl zuging. Ihr Mann lächelte ihr zu, doch dann schüttelte er seinen Kopf und bedeutete ihr, nicht weiter zu gehen. Louise erschrak, doch Carl schickte ihr einen Handkuss. Dann wurde das Bild immer undeutlicher. Irgendwann war ihr Mann wieder verschwunden.

Merkwürdig. War das seine Art, ihr zu sagen, dass es für sie noch nicht Zeit war? Sie wusste es nicht. Seit diesem Erlebnis hatte sie jedoch das sichere Gefühl, dass es ihrem Mann gut ging und sie – so schwer es ihr auch fiel – auch ohne ihn weiterleben musste. Und sie wollte es auch – allein schon für Mark und ihre Freundinnen.

Louise blickte auf ihre Uhr, deren dunkelblaues Lederarmband inzwischen etwas zu weit geworden war, weil sie auch an den Armen abgenommen hatte. In ein paar Minuten würde Sina sie besuchen kommen – sofern ihr Zug pünktlich war. Mark hatte ihr angeboten, sie mit ihrem Wagen aus Hamburg abzuholen. Doch diese Mühe wollte Sina Mark ersparen. Sie hatte es sich daher nicht ausreden lassen, mit dem Zug zu fahren.

Mark wollte später dazukommen, um Sina den Wagen wieder zu übergeben. Für Louise war dies eine willkommene Gelegenheit, um mal wieder mit Sina alleine zu sprechen.

Karin wollte ebenfalls dazukommen, doch sie war in der Zwischenzeit nach Köln gefahren, um sich dort mit einem

Makler zu treffen. Für Louise nicht überraschend, hatte Karin sich entschlossen, ihre Eigentumswohnung zu verkaufen und zu Eddie nach Heiligenhafen zu ziehen.

Als Mark Louise gefragt hatte, ob sie und Karin wegen Alex mal mit Sina reden würden, wusste Louise zuerst nicht, ob dies eine gute Idee war. Schließlich kannte sie Sina und wusste, wie stur sie sein konnte. Aber da sie wie Karin immer deutlicher spürte, wie unglücklich Sina wirkte, konnte und wollte sie nicht weiter teilnahmslos zusehen. Sie wollte ihr zumindest klarmachen, dass sie sich das mit der Heirat wirklich gut überlegen sollte.

Schließlich wurde es langsam Zeit. Bereits in etwas mehr als zwei Wochen würde die Hochzeit stattfinden. Auch wenn sie gerne dabei gewesen wäre: Sie wollte auf keinen Fall, dass Sina einen Fehler machte, den sie hinterher bereuen würde. Und seitdem ihr Mark berichtet hatte, was er über Alex herausgefunden hatte, galt das umso mehr.

Es dauert nicht lange, und Sina kam ihr entgegen. Sie trug ein weit geschnittenes Jeanskleid und darunter schwarze dreiviertellange Leggings. Ihre inzwischen überschulterlangen blonden Haare hatte sie zu einem losen Pferdeschwanz zusammengebunden.

Sina beugte sich zu Louise und gab ihr einen Kuss auf die Wange.

„Hallo, Louise. Na, genießt du die Sonne?“

„Hallo, Sina-Schatz. Ja, ist das nicht herrlich hier draußen?“

Sina schaute sich um.

„Ja, nicht übel. Und die Aussicht ist auch nicht schlecht, oder?“ Sina deutete auf zwei ältere Herren um die siebzig, die nicht weit entfernt von ihnen spazieren gingen.

Louise verdrehte die Augen. „Du nun wieder. Als ob ich dafür jetzt Zeit hätte.“

Sina setzte sich zu Louise auf die Bank, holte eine kleine Schachtel Marzipan aus ihrer Tasche und reichte sie ihrer älteren Freundin. „Na, so ein Flirt könnte ja deine Genesung unterstützen. Aber für den Fall, dass du daran kein Interesse hast, habe ich dir einen süßen Gruß aus deiner Heimatstadt mitgebracht. Die Marzipanpralinen magst du doch so gerne."

„Das ist lieb von dir, Sina. Apropos süß. Wie geht es dem Baby?", fragte Louise, während sie die Schachtel öffnete, zuerst Sina eine Praline gab und dann sich selbst eine in den Mund steckte.

Sina fasste sich mit ihrer freien Hand auf den Bauch. „Na, der Zwerg ist inzwischen ein richtiger Riese geworden, wie du siehst. Ich kann mich nachts kaum noch umdrehen. Dabei bin ich erst Ende des sechsten Monats. Ich frage mich, wie das am Ende der Schwangerschaft bloß werden soll."

„Ach, das schaffst du schon." Louise blickte zu einem gegenüberliegenden Eichenbaum, während sie überlegte, wie sie am besten das Thema wechseln könnte. „Und mit den Hochzeitsvorbereitungen, läuft da alles nach Plan?"

Sina biss ein Stück von der Marzipanpraline ab und kaute genüsslich. „Ja, Alex' und meine Mutter haben inzwischen den Rest der Vorbereitungen übernommen, um mich zu entlasten. Aber eigentlich ist schon fast alles geregelt. Mein Hochzeitskleid muss allerdings noch etwas weiter gemacht werden, weil ich schon wieder fetter geworden bin."

Louise lachte. „Sina, du bist doch nicht fett. Du bist schwanger."

„Na ja, ich weiß jetzt jedenfalls, wie es ist, mit diversen Extrakilos herumzulaufen. Aber das nehme ich für den kleinen Zwerg, ähm Riesen, natürlich gerne in Kauf."

„Und Alex, freut er sich schon auf die Geburt? Will er dabei sein?"

Sina schien zu überlegen, denn sie runzelte ihre Stirn und blickte angestrengt auf das restliche Stück Marzipan zwischen ihren Fingern. „Ich glaube schon, obwohl wir darüber noch gar nicht gesprochen haben. Aber wenn nicht, ist das auch okay. Er hat immer so schrecklich viel zu tun, das weißt du ja."

Louise fasste Sina plötzlich am Arm, worauf diese mit einem fragenden Blick reagierte. Louise atmete tief ein und aus, bevor sie erneut zu sprechen begann. „Sina, ich muss dir jetzt eine Frage stellen. Und du musst mir versprechen, nicht sauer zu sein. Aber Karin und ich wollen nur das Beste für dich."

„Was? Ich versteh' nicht, was du meinst."

Sina blickte Louise fragend an.

„Das wirst du gleich. Sina, bist du ganz sicher, dass du Alex heiraten willst?"

„Ja natürlich, was denkt ihr denn?"

„Wir denken, dass du vielleicht nicht alles über Alex weißt und er dir etwas verheimlicht."

„Verheimlicht, wie meinst du das? Was sollte er mir denn verheimlichen?", fragte Sina gereizt.

Louise sah, wie an Sinas Hals hektische rote Flecken sichtbar wurden.

„Nun, es gibt den Verdacht, dass die Firma Seiler-Maschinenbau in einen riesigen Bestechungsskandal verwickelt und Alex einer der Hauptverantwortlichen ist."

„Woher willst du das denn wissen?"

„Nun, das ist noch nicht offiziell. Aber ein Wirtschaftsjournalist, ein alter Studienfreund von Mark, hat dies herausgefunden."

„Mark? Na, da steckt ihr drei ja unter einer Decke. Wieso mischt ihr euch überhaupt in mein Leben ein? Spinnt ihr denn?"

Louise hatte so eine Reaktion befürchtet. „Bitte Sina, reg' dich nicht auf. Denk' an dein Baby. Wir wollen ja nur verhindern, dass du einen schweren Fehler begehst und dich in Alex täuschst."

„Das kann gar nicht sein. Ich kenn' Alex schon lange und weiß alles, was ich wissen muss. So etwas hätte er mir bestimmt erzählt. Und ich denke sehr wohl an mein Baby. Deswegen werde ich ihn nämlich heiraten – egal, ob ihr das gut findet oder nicht. Verstanden?" Sina wurde so laut, dass einige der Parkbesucher sich irritiert umblickten.

„Sina, bitte", versuchte Louise, ihre Freundin zu besänftigen. In diesem Moment kam Mark den Weg entlang. Ahnungslos lächelte er Sina und Louise an, blieb aber abrupt vor ihnen stehen, als er ihre ernsten Mienen sah. Hatte seine Mutter sich also doch getraut und Sina auf das heikle Thema angesprochen. „Hallo, Sina", lächelte er verlegen.

Trotz ihres dicken Bauches war Sina im Nu aufgesprungen und stand nun drohend vor Mark. „Dass ich mich in dir so getäuscht habe! Du Feigling, mischst dich einfach heimlich in mein Leben ein und schickst deine Mutter vor!", raunzte sie ihn an. „Los, gib' mir meinen Autoschlüssel und den KFZ-Schein! Ich fahre jetzt. Und auf meiner Hochzeit will ich euch nicht sehen."

Vollkommen eingeschüchtert, gab Mark Sina die gewünschten Gegenstände.

Sina drehte sich um und sah Louise mit einem so wütenden Blick an, wie sie ihn noch niemals zuvor bei ihr gesehen hatte. „Und sag' Karin, dass das auch für sie gilt."

„So ein Mist", sagte Mark, während er sich zu seiner Mutter auf die Bank fallen ließ und sie enttäuscht anblickte. Louise hatte Tränen in den Augen. Mark legte seinen Arm um sie.

„So sollte das Ganze eigentlich nicht laufen. Es tut mir so leid, dass ich dich und Karin da mit hineingezogen habe."

Louise schniefte. Mark holte ein Taschentuch aus der Innentasche seiner Jeansjacke und reichte es seiner Mutter. Louise schnäuzte sich die Nase, bevor sie zu sprechen begann. „Du kannst überhaupt nichts dafür. Ich hätte einfach nicht so mit der Tür ins Haus fallen sollen. Schließlich weiß ich ja, wie Sina reagieren kann. Wie konnte ich nur so dumm sein."

Mark strich seiner Mutter mit der Hand über den Arm. „Momi, du bist alles andere als dumm. Ich bin der Feigling, da hat Sina schon recht. Hätte ich mit ihr gesprochen, wäre sie nur auf mich sauer gewesen und hätte euch nicht die Freundschaft gekündigt. Jetzt wird sie diesen Blödmann aus Protest wohl erst recht heiraten. Na toll." Mark legte seinen Kopf enttäuscht in beide Hände.

Sina wusste nicht, auf wen sie am meisten wütend war: Auf Louise, Karin, Mark, Alex oder sich selbst. Warum konnte nicht einfach Ruhe und Harmonie in ihrer Beziehung herrschen? Gerade jetzt, so kurz vor ihrer Hochzeit. Doch nun hatten Louise, Karin und Mark etwas ins Rollen gebracht, was sie schon lange geahnt, aber bislang nicht wirklich wahrhaben wollte: Dass Alex nicht der Typ war, für den sie ihn jahrelang gehalten hatte und der mehr vor ihr verbarg, als sie glaubte.

Nachdem Louise und Mark sie mit dem Vorwurf konfrontiert hatten, hatte sie einige Minuten gebraucht, um sich wieder zu beruhigen. Sie hatte sich einfach in ihr Auto gesetzt und abwechselnd tief ein- und ausgeatmet – so, wie sie es vor kurzem im Geburtsvorbereitungskurs gelernt hatte. Als sie sich wieder einigermaßen im Griff hatte, rief sie Alex von ihrem Handy aus an und sagte ihm, er solle heute Abend bitte pünktlich nach Hause kommen, weil sie etwas mit ihm zu besprechen hätte. Alex hatte gefragt, ob etwas passiert sei. Doch Sina hatte nur gesagt, dass er es später erfahren würde.

Erwartungsgemäß war das Gespräch nicht gut gelaufen. Alex hatte sich tierisch darüber aufgeregt, dass ihre Freunde ihn ausspionierten. Zuerst hatte er alles abgestritten. Doch Sina war diesmal hartnäckig geblieben. Schließlich hatte Alex klein beigegeben und eingestanden, dass die Firma in eine finanzielle Schieflage geraten war und er sich nicht anders zu helfen wusste, als seine Kunden mit „einem kleinen Bonus" zu ködern. Wie Sina schließlich erfuhr, waren die Bordellrechnungen, die sie vor einigen Wochen in Alex' Akten gefunden hatte, nur der Anfang. Es ging um große Summen – wie groß, wollte Alex allerdings nicht sagen.

Was ihn aber brennend interessierte, war der Name des Journalisten, von dem die Information angeblich stammte; schließlich wollte Alex auf keinen Fall, dass die Sache an die Öffentlichkeit gelangte. Doch Sina wusste den Namen nicht. Und wenn, hätte sie Alex den auch bestimmt nicht verraten. Mit dieser Antwort wirkte Alex alles andere als zufrieden, doch er schwieg.

Schließlich blickte Alex Sina ernst an und holte tief Luft. „Kannst du mir verzeihen?"

„Dir verzeihen?" Sina wandte sich ab, weil sie Alex' Blick momentan nicht ertragen konnte. „Alex, ich weiß nicht. Wenn du mir jetzt schon so viel verheimlichst, wie soll das bloß während unserer Ehe werden?"

Alex trat auf Sina zu, drehte sie zu sich herum und blickte sie mit seinen dunklen Augen eindringlich an. „Sina, kannst du dir nicht vorstellen, dass ich dich und unser Baby in dieser schwierigen Situation schützen wollte? Glaub' mir, ich hätte das gerne anders gelöst, wusste jedoch keinen anderen Ausweg. Ich werde das so schnell wie möglich wieder in Ordnung bringen, das verspreche ich dir."

Sina schluckte. „Wirklich?", fragte sie mit Tränen in den Augen. „Ich will nicht, dass du ins Gefängnis kommst. Oh Gott, Alex, wie konntest du nur so dumm sein?"

Alex zog Sina zu sich und nahm sie in seine Arme. „Ja, mein Schatz, ich war dumm. Aber so etwas wird nie wieder vorkommen."

Sina löste sich aus Alex' Umarmung und blickte ihn unsicher an.

„Das hoffe ich, Alex. Das hoffe ich."

Karin stand am Strand und blickte aufs Meer, das heute grauer aussah als sonst. Sina hatte Louise und ihr die Freundschaft gekündigt. Diese Vorstellung war für Karin nur schwer zu ertragen. Sie war kaum zurück in Heiligenhafen, als Louise ihr davon erzählt hatte. Seitdem hatte sie bestimmt schon zehnmal versucht, Sina zu erreichen. Doch sie ging einfach nicht ans Telefon. Danach hatte sie sofort Eddie angerufen. Er war gerade dabei, eine defekte Badezimmerlampe in einem der Ferienhäuser zu reparieren und versprach, gleich danach zu ihr an den Strand zu kommen.

Mit gesenktem Kopf ging Karin im Sand hin und her, hob zwischendurch einen Stein auf und warf ihn ins Wasser.

„Was ist los?", fragte Eddie atemlos plötzlich hinter ihr. „Du klangst am Telefon so verzweifelt."

Karin drehte sich zu Eddie um und umarmte ihn so fest, dass Eddie dachte, er bekäme keine Luft mehr. „He he, ist ja schon gut. Nun sag' mir doch endlich, was passiert ist."

Nachdem Karin alles erzählt hatte, was sie von Louise wusste, schaute Eddie sie nachdenklich an und strich ihr eine

Haarsträhne aus dem Gesicht. „Mm, das hätte ich von Sina nicht gedacht. Anscheinend stellt sie sich immer noch hinter Alex – koste es, was es wolle."

„Ja, und das Schlimme ist: Jetzt können wir es nicht mehr verhindern. Sie will ja von uns nichts mehr wissen."

„Bist du sicher?"

„Wie meinst du das?", fragte Karin irritiert.

„Na, so wie ich Sina einschätze, ist sie sehr stark und selbstbewusst, aber gleichzeitig auch sehr verletzbar. Ich glaube, sie weiß sehr wohl, dass Louise und du recht habt, will es aber nicht zugeben. Ich an deiner Stelle würde zu ihr fahren und versuchen, mit ihr zu reden."

„Mit ihr reden? Sie wird mich hochkant rauswerfen." Karin war nicht von Eddies Idee überzeugt.

Eddie fasste Karin bei den Oberarmen und schaute ihr fest in die Augen. „Denk' doch mal daran, wie es dir gegangen ist, als du herausgefunden hast, dass Dieter dich mit einer Jüngeren betrügt. Warst du da nicht auch zutiefst verletzt und hast aber trotzdem noch an deiner Ehe festgehalten?"

„Ja, aber Sina ist noch zehnmal sturer als ich. Sie wird das mit Alex durchziehen – selbst wenn sie mir zuhören sollte."

„Karin?"

„Ja?"

„Versuch' es einfach. Noch ist Zeit."

Soll ich Louise mitnehmen oder nicht? Das war die Frage, die sich Karin vor ihrer Fahrt nach Hamburg stellte. Schließlich hatte sie sich dazu entschieden, Louise nur anzurufen, um sie über ihr Vorhaben zu informieren. Natürlich hatte Louise protestiert, aber dann doch eingesehen, dass sie sich etwas schonen musste. Für Karin völlig überraschend, war Louise inzwischen auf eigenem Wunsch aus dem Krankenhaus entlassen worden – unter der Voraussetzung, dass sich jemand um sie kümmerte. Da Mark noch in Lübeck war, wollte er dies gerne übernehmen.

So konnte Karin guten Gewissens nach Hamburg fahren. Sie hatte Sina vorher bewusst nicht angerufen, sondern war extra am frühen Abend gestartet, in der Hoffnung, dass Sina dann schon zu Hause wäre.

Etwas mulmig war es Karin dann schon zumute, als sie die ihr bereits bekannte Auffahrt nahm. Sie hatte ein Gespräch in Erinnerung, in dem Sina ihr erzählt hatte, dass Alex kurz vor ihrer Hochzeit zu einer längeren Geschäftsreise nach Bulgarien musste. Daher hoffte sie inständig, dass er derzeit nicht zu Hause war. Doch ganz sicher war sie sich nicht.

Alex' Porsche stand nicht vor dem Haus, dafür jedoch ein großer dunkler BMW. Hatte Sina etwa Besuch? Es sah ganz danach aus. Karin zweifelte. War das jetzt wirklich ein guter Zeitpunkt, um mit Sina zu reden?

Sie stieg aus, schloss vorsichtig ihren alten Volvo ab und ging zur Haustür, vor der sie schließlich unschlüssig stehen blieb. Plötzlich hörte sie laute Stimmen, die aus dem Haus drangen. Karin legte ein Ohr an die Tür. Es waren zwei Männerstimmen zu hören.

Was sie sagten, konnte sie nicht verstehen. Dennoch klangen sie ziemlich bedrohlich. War Sina etwa in Not? Ohne zu zögern, drückte Karin auf die Klingel. Einmal, zweimal, dreimal. Als keiner öffnete, begann Karin laut an der Tür zu klopfen und Sinas Namen zu rufen. Nach schier unendlichen Sekunden – so kam es Karin zumindest vor – öffnete sich die Tür.

Vor ihr stand Sina. Sie wirkte ängstlich und verstört. „Karin?", fragte sie überrascht und anscheinend erleichtert.

„Was machst du denn hier?"

Hinter Sina tauchten zwei Männer auf. Sie waren unrasiert, trugen alte, abgewetzte, mit Nieten besetzte schwarze Lederjacken und wirkten auf Karin alles andere als sympathisch.

„Störe ich? Wie ich sehe, hast du gerade Besuch."

„Nein, nein", antwortete Sina hastig, zog Karin in den Flur und drehte sich kurz zu den Typen hinter ihr um. „Die beiden Herren wollten ohnehin gerade gehen."

Der Aufforderung Sinas folgend, drängten sich die Männer an Karin und Sina vorbei. „Okay, wir gehen jetzt. Aber vergiss' nicht, deinem Macker auszurichten, was wir dir gesagt haben, ansonsten gibt es richtig Ärger, hast du verstanden?", sagte der größere der beiden, während er drohend den rechten Zeigefinger hob.

Sina nickte und schloss die Tür. Erschöpft lehnte sie sich von innen dagegen und blickte Karin erleichtert an. „Du bist gerade zum richtigen Zeitpunkt gekommen."

Karin verstand gar nichts mehr. War Sina nicht mehr sauer auf sie? Und was hatte das Ganze eben zu bedeuten? Was wollten diese Typen bloß von ihr? Sina schien ihren fragenden Gesichtsausdruck zu verstehen. Sie war blass und wirkte viel ernster als sonst.

„Komm', lass' uns ins Wohnzimmer gehen. Ich glaub', ich muss mich nach dem Schreck jetzt erst mal setzen und mich ein wenig sammeln. Und dann erzähl' ich dir alles."

Sina und Karin saßen auf der Couch. Sina schluckte ein paar Mal und starrte schweigend auf das in Glas gerahmte Bild, das vor ihnen auf dem Tisch stand. Es zeigte sie und Alex, Wange an Wange in die Kamera lächelnd, beim Geburtstag eines gemeinsamen Freundes. Plötzlich nahm Sina das Bild in die Hand und schleuderte es an die gegenüberliegende Wand. Mit einem lauten Klirren zerbrach der Rahmen und hinterließ unzählige kleine Scherben auf dem edlen Buchenholzparkett. „Du Schwein“, rief Sina wütend und hielt sich die Hände vors Gesicht.

Karin legte beschützend die Arme um ihre Freundin. „Ist ja schon gut. Willst du mir erzählen, was passiert ist?“

Schluchzend richtete Sina sich auf. Ihr schwarzer Mascara war verschmiert und hatte dunkle Streifen unter ihren Augen hinterlassen. „Alex ...“, brachte Sina mühsam unter Tränen hervor. „Alex hat unser, er hat unser Haus verspielt.“ Und mit diesen Worten sank sie wieder in Karins Arme.

Karin wusste nicht, wie lange Sina geweint hatte. Doch sie gab ihr die Zeit, die sie brauchte. Endlich hatte sich Sina wieder beruhigt. Mit überkreuzten Beinen saß sie da und wischte sich mit einem Papiertaschentuch die letzten Tränen aus den Augen. „Seh' ich schlimm aus?“, fragte sie Karin, die inzwischen Tee gemacht hatte und mit einem Tablett vor ihr stand.

Karin schüttelte den Kopf und musste lachen. Typisch Sina! Kaum hatte sie sich gefangen, war sie schon wieder um ihr Aussehen besorgt.

Schließlich begann Sina zu erzählen. Dass sie von der Arbeit gekommen war und die beiden Typen schon vor ihrer Haustür gewartet hatten. Auf die Frage, ob sie jemanden suchten, hatten sie nach Alex gefragt. Sina war unsicher, was sie antworten sollte, weil sie nicht wusste, ob die beiden ihr etwas antun wollten. Die Männer schienen ihre Befürchtung zu verstehen, blickten auf Sinas Schwangerschaftsbauch und erklärten ihr, dass sie keine Angst zu haben brauche. Es handle sich nur um eine Sache zwischen ihnen und Alex. Als Sina nachhakte, meinten sie, dass sie ihr dies gerne im Haus erläutern wollten. Sina überlegte, die Polizei zu rufen, entschied sich dann doch dafür, die Typen ins Haus zu lassen.

„Das war ziemlich leichtsinnig, ich weiß“, gab Sina zu, während sie erneut ihre Nase schnäuzte. Sie hatte jedoch das

Gefühl, dass sie ihr nichts antun würden. Kaum im Haus, erzählten ihr die beiden, dass sie im Namen ihres Chefs, den Alex gut kennen würde, nur seine Spielschulden eintreiben und sich daher schon einmal das Haus ansehen wollten. Als Sina einwandte, nicht zu verstehen, erzählten sie ihr, dass Alex beim Poker das Haus gesetzt und leider verloren hätte. „Pech für Alex, Glück für unseren Chef“, wie die Typen schadenfroh meinten. Als Sina vorgab, dass dies nicht angehen könnte, zeigte ihr der kleinere der beiden Männer eine Art Schuldschein mit Alex' Unterschrift und meinte, sie solle sich schon mal darauf einstellen, demnächst unter einer Brücke zu schlafen – es sei denn, Alex würde bis Ende der Woche eine Million Euro beschaffen.

„Und was willst du jetzt tun?“, fragte Karin schließlich, nachdem Sina ihr alles erzählt hatte.

„Als erstes muss ich mich bei dir, Louise und Mark entschuldigen. Ich war so eine dumme Kuh“, sagte Sina, rückte näher an Karin heran und umarmte ihre Freundin. „Ihr wolltet mir die Augen öffnen und ich habe nicht gemerkt, was für ein großes Schwein Alex wirklich ist. Ich kann es immer noch nicht fassen, dass er unser Haus verspielt hat.“

„Und was heißt das jetzt?“, fragte Karin erwartungsvoll, während Sina sie noch immer umarmt hielt.

Sina schwieg einen Moment, da ihr der folgende Satz nicht leicht von den Lippen kam. „Das heißt“, antwortete sie langsam, „dass ich Alex auf keinen Fall mehr heiraten werde.“

Karin drückte ihre Freundin ganz fest. Das waren die Worte, auf die sie die ganze Zeit gewartet hatte.

Zufrieden legte Louise den Hörer auf und lächelte ihren Sohn an. Mark, der gerade vom Einkaufen gekommen war und, mit zwei vollen Taschen beladen, durch die Wohnzimmertür lugte, verstand die Mimik seiner Mutter nicht und blickte fragend zurück.

„Es gibt gute Nachrichten. Sina lässt die Hochzeit mit Alex platzen."

„Was?", rief Mark erstaunt und ließ vor Schreck eine der Einkaufstaschen fallen. Er zuckte zusammen und hoffte, dass die Eier den Sturz überlebt hatten. „Das gibt es doch gar nicht. War das gerade Sina selbst am Telefon?"

„Ja, und stell' dir vor, sie hat sich bei mir für ihr Benehmen im Klinikpark entschuldigt. Und dich will sie auch noch um Verzeihung dafür bitten, dass sie dich so angemacht hat."

Mark konnte sich ein Grinsen nicht verkneifen. „So, so. Aber was ist denn eigentlich passiert?"

Louise erzählte Mark alles, was sie wusste. Dass Alex ihr Haus verspielt hatte und dass Sina nun endlich einen Strich unter ihre Beziehung ziehen wollte. Nach langer Diskussion hatte Karin Sina überreden können, auszuziehen. Obwohl die Typen ihr nichts getan hatten: Wenn Alex nicht auf die Forderung einging, konnte sich dies schnell ändern. Louise, die zum Schluss auch noch Karin an den Hörer bat, hatte sich spontan angeboten, Sina vorübergehend aufzunehmen. Karin wollte, dass Sina zu ihr und Eddie kam, musste aber einsehen, dass Louises Dreizimmer-Wohnung mit rund 120 Quadratmetern viel größer und komfortabler war als Eddies kleine Kapitänswohnung. Mark würde für diese Zeit sicher gerne das Gästezimmer räumen und im Wohnzimmer auf der Couch schlafen.

Auf Sinas Protest, sie müsse doch schließlich noch ein paar Tage arbeiten, bevor sie ihren vermeintlichen Hochzeitsurlaub antrete und danach in den Mutterschutz ginge, bat Karin sie, ihrem Chef zu erklären, dass es sich um einen Notfall handele. Schließlich gab Sina klein bei und packte ihre wichtigsten Sachen. Die größeren Koffer und Taschen legte sie in Karins Volvo und den Rest in ihren Karman Ghia.

Louise war froh und erleichtert, Sina zu sehen. Sie bewunderte ihre Freundin dafür, dass sie endlich den Mut gefunden hatte, sich von Alex zu trennen – und das so kurz vor der Hochzeit.

Alex war vermutlich noch auf Geschäftsreise und ahnte nichts. Noch nicht. Spätestens, wenn er den Brief fand, den Sina ihm zum Abschied geschrieben hatte, würde er toben. Da war Louise sicher.

Glücklicherweise wusste Alex nicht, wohin Sina gefahren war und wo sie wohnte. So konnte ihre Freundin vor Alex sicher sein und sich erst einmal in Ruhe erholen. Und das brauchten sie und ihr ungeborenes Kind auch. Sina wirkte äußerlich gefasst, doch Louise bemerkte an Sinas Atmung und ihrer flattrigen Stimme, dass es in ihr ganz anders aussah. Kein Wunder, wenn man so von einem Mann hintergangen wird. Louise wusste nicht, wie sie an Sinas Stelle reagiert hätte. Jedenfalls war sie froh, dass Sina ihr Angebot angenommen hatte, was bei Sinas Stolz keine Selbstverständlichkeit war.

Louise hatte das Gefühl, dass dies auch mit Mark zusammenhing. Sie wusste natürlich schon lange, dass ihr Sohn in Sina verliebt war. Und auch Sina schien sich in Marks Gegenwart sichtlich wohlzufühlen. Louise hatte das Gefühl, dass Mark ihr die Wertschätzung entgegenbrachte, die Sina von einem Mann schon so lange vermisst und die sie auch verdient hatte. Mehr als freundschaftliche Gefühle ihm gegenüber konnte man in ihrer derzeitigen Situation nicht erwarten. Ob sich daraus mehr entwickelte, würde die Zeit zeigen.

Jetzt galt es erst einmal, das Chaos zu ordnen. Und so zögerte Sina auch nicht lange und rief ihre Eltern an, um ihnen mitzuteilen, dass die Hochzeit nicht stattfinden würde. Ihre Mutter war, wie Sina erwartet hatte, alles andere als begeistert. Sie könne sich das von Alex gar nicht vorstellen. Und was sie bloß den eingeladenen Familienmitgliedern sagen solle. Wie es Sina ging, hatte Sonnhild nicht gefragt. Daraufhin war Sina vor Wut rot angelaufen und hatte erwidert, ihr würde schon etwas einfallen. Damit war das Gespräch beendet.

Ihr Vater hatte dagegen ganz anders reagiert. Ihm war Alex eigentlich nie so richtig sympathisch gewesen, hatte Gunnar Bergheim gemeint und ergänzt: Wer so viel Haargel benutze, könne nur ein schmieriger Typ sein. Damit hatte er seine Tochter sogar zum Lachen gebracht. Sein Angebot, trotzdem von Australien nach Deutschland zu fliegen, um ihr seelischen Beistand zu leisten, hatte Sina jedoch abgelehnt mit der Bemerkung, er solle lieber dann kommen, wenn sein Enkelkind da sei.

Ein schwierigerer Part stand Sina jedoch noch bevor: Alex' Eltern. Da sie sich nicht so einfach aus dem Staub machen wollte, hatte sich Sina schließlich ein Herz gefasst und die Nummer der Seilers gewählt. Glücklicherweise war Wolfgang Seiler, zu dem Sina ein innigeres Verhältnis hatte, am Telefon.

„Hallo Wolfgang. Hier ist Sina."

„Ah, meine zukünftige Lieblingsschwiegertochter. Wie geht es dir und dem Baby?"

„Ganz gut."

Wolfgang Seiler schien irritiert. Sonst antwortete Sina immer mit „Super" oder „Besser geht's nicht". „Nur ganz gut? Ist etwas mit dem Zwerg in deinem Bauch?"

„Nein, nein, dem Baby geht es bestens."

„Na, was ist es dann? Ich höre doch an deiner Stimme, dass etwas nicht in Ordnung ist."

„Ist Dorothee auch da? Ich muss euch etwas sagen."

„Na, dann komm' doch vorbei. Oder sollen wir lieber kommen?"

Sina schüttelte den Kopf. „Das geht nicht. Ich bin nicht in Hamburg, sondern in Lübeck."

„Was machst du da denn? Sina, ich verstehe nicht."

„Wolfgang", sagte Sina und holte tief Luft. „Die Hochzeit wird nicht stattfinden."

Sina hörte ein leises Plumpsen. Wolfgang schien sich vor Schreck hingesetzt zu haben. Sina wartete auf eine Antwort, doch Wolfgang Seiler schwieg. „Wolfgang, hast du verstanden?"

„Das habe ich", sagte Wolfgang leise. Er schien keinerlei Zweifel an Sinas Entscheidung zu haben. „Darf ich fragen, warum?"

„Wusstest du, dass deine Firma in einen Bestechungsskandal verwickelt ist?"

„Was?", rief er ungläubig.

„Ja, und das ist noch nicht alles. Alex hat riesige Schulden gemacht und unser Haus verspielt."

Sina hatte das Gefühl, dass Wolfgang zutiefst verletzt war. Er tat ihr richtig leid, doch sie musste ihm einfach die Wahrheit sagen. Als sie schließlich alles erzählt hatte, schwieg er einen Moment lang. Dann vertraute er ihr an, er hätte bei seinen gelegentlichen Besuchen in der Firma, die er nach seinem Ruhestand immer noch unternahm, gehört, dass es ein paar Unregelmäßigkeiten gäbe. Daraufhin hatte er Alex zur Rede gestellt. Doch sein Sohn hatte nur geantwortet, dass dies eine vorübergehende Absatzkrise wäre und er sich keine Sorgen zu machen brauchte. Das hatte er ihm seinerzeit geglaubt.

Schließlich wollte er kein Seniorchef sein, der seinem Nachfolger in alles reinredete. Doch jetzt wünschte er sich, er hätte seinem Sohn etwas genauer auf die Finger geschaut.

Komisch. Alex hielt vor dem Haus und runzelte verwundert die Stirn. Wo war Sina bloß? An ihr Handy ging sie auch nicht. Dem Baby ging es doch hoffentlich gut, fragte sich Alex, als er die Tür aufschloss und ins Haus ging.

Alex stellte seinen schwarzen Ledertrolley im Flur ab, zog seine Jacke aus und ging in die Küche, um sich etwas zu trinken zu holen. Er nahm eine Flasche Cola aus dem Kühlschrank, öffnete sie und setzte sie an den Mund. Dabei fiel sein Blick auf einen Brief, der an einem Kerzenhalter auf dem Tisch lehnte und auf dem sein Name stand. Einer unguten Vorahnung folgend, stellte Alex die Flasche ab und ging zum Tisch. Er nahm den Briefumschlag in die Hand, öffnete ihn und begann zu lesen:

Alex,
du wirst jetzt sicherlich denken, dass es nicht die feine englische Art ist, sich heimlich aus dem Staub zu machen, doch ich musste es einfach tun. Denn was du mir und unserem Baby angetan hast, ist einfach nicht mehr zu toppen:

Du hast unser Haus verspielt!!!

Vorhin waren zwei Männer da und haben es mir erzählt. Sie haben gedroht, uns das Haus wegzunehmen, falls du ihnen bis zum Wochenende nicht eine Million Euro zahlst. Nachdem, was du mir alles schon verschwiegen hast, habe ich keinerlei Zweifel daran, dass es stimmt.

Alex, das ist zu viel! Ich habe dir schon oft verziehen und gehofft, dass wir es irgendwie schaffen. Doch jetzt glaube ich nicht mehr daran. Dabei hatte ich mich so auf unsere kleine Familie gefreut.

Es tut mir sehr leid, dass ich diese Entscheidung so kurz vor unserer Hochzeit treffen musste. Wahrscheinlich hätte ich damals erst gar nicht mehr zu dir zurückkehren sollen.

Ich wünsche dir trotzdem alles Gute für deine Zukunft,

Sina

P. S.: Bitte such' mich nicht. Ich melde mich bei dir, sobald unser Kind da ist. Dann werden wir hoffentlich eine gute Lösung für uns alle finden. Übrigens: Deine und meine Eltern wissen schon Bescheid.

Dong – das saß! Sina hatte ihn sitzengelassen! Gerade jetzt, so kurz vor der Hochzeit. Er hatte gehofft, dass Sina von den Spielschulden beim Pokern nichts mitbekommt. Schließlich hatte er Lennie versprochen, das Geld so schnell wie möglich zu beschaffen und eindrücklich gebeten, seine Familie da nicht mit hineinzuziehen. Schließlich würde er in wenigen Tagen heiraten. Doch es war nicht so einfach, kurzfristig an eine so große Summe zu kommen. Daher hatte er Lennie gebeten, ihm einen Aufschub zu gewähren. Doch der verstand keinen Spaß. Das war ihm jetzt klar.

Scheiße, was sollte er jetzt nur machen? Alex rannte unruhig durchs Haus. Im Wohnzimmer blieb er jäh stehen. Er blickte auf den Boden, wo Glasscherben verstreut herumlagen. Was war hier passiert? Alex bückte sich und nahm das Bild von ihm und Sina in die Hand – oder das, was davon übrig geblieben war. „Oh, Sina", sagte er halblaut zu sich selbst, „was sollte das bloß? Auch wenn du glaubst, dass es jetzt vorbei ist: So leicht lass' ich dich nicht ziehen. Dass du es auch gleich meinen Eltern erzählen musstest. Aber ich krieg' das wieder hin. Und ich weiß auch schon, wie."

Alex zögerte nicht lange. Er zog ein frisches Hemd an und setzte sich ins Auto. Zwanzig Minuten später hielt er vor dem

Haus, das er nur allzu gut kannte. Er holte ein paarmal tief Luft. Das würde einer der schwierigsten Besuche werden, die er vor sich hatte. Doch Alex war fest entschlossen. Er klingelte zweimal und wartete. Schließlich öffnete sich die Tür. Vor ihm stand seine Mutter und blickte ihn schweigend an.

„Wer ist da?" Hinter Dorothee Seiler wurde sein Vater sichtbar. Alex sah, wie sich sein Blick verdunkelte.

„Du wagst es, hier aufzutauchen? Verschwinde!"

„Wolfgang, bitte", versuchte seine Frau zu beschwichtigen. „Lass' Alex doch erst mal reinkommen und alles erklären."

„Erklären?" Wolfgang Seiler glaubte, seinen Ohren nicht zu trauen. „Was gibt es denn da noch zu erklären?"

„Pst, Wolfgang. Müssen denn die Nachbarn alles mitbekommen?" Dorothee Seiler fasste Alex am Arm und zog ihn in die Eingangshalle. „Komm' rein. Dann können wir in Ruhe alles besprechen."

Alex saß auf einem der hellen weichen Sessel, seine Eltern ihm gegenüber auf der Couch. Er kam sich vor wie damals, als er elf Jahre alt war und seinen Eltern erklären musste, dass er mit seinem BMX-Rad ein parkendes Auto gerammt hatte. Nur, dass dies hier eine viel größere Dimension hatte.

„Nun, wir hören", sagte sein Vater ungeduldig, während er seine Arme vor der Brust verschränkte. Seine Mutter lächelte ihn gequält an.

Alex wählte die Worte, die er sich während der Fahrt zu seinen Eltern zurechtgelegt hatte. Dass alles mit der schlechten Auftragslage angefangen und er daher nach Alternativen gesucht hatte. So kam ihm die Idee, bei den Neuaufträgen etwas nachzuhelfen – schließlich sei dies ja in einigen Branchen inzwischen so üblich. Dabei habe er sich jedoch verkalkuliert, da die neuen Kunden nicht so schnell zahlten wie erhofft. Da er aber zuvor viel investiert habe, war die Firma in einen finanziellen Engpass geraten. Er habe dann irgendwann keinen anderen Ausweg gewusst, als alles auf eine Karte zu setzen. Dabei wollte er natürlich nie das Haus verspielen. Lennie, der die Pokerrunden veranstaltete, habe ihn jedoch betrunken gemacht und schließlich mit einem viel höheren Einsatz, als geplant ausgetrickst. Natürlich bereue er alles zutiefst. Und das würde ihm garantiert nie wieder passieren. Er würde alles versuchen, dass die Presse die Geschichte nicht veröffentlichte. Und natürlich sei ihm bewusst, dass das Ganze so kurz vor der Hochzeit ein denkbar ungünstiger Zeitpunkt war. Aber er würde Sina schon wieder zur Vernunft bringen.

Die entscheidende Frage hatte sich Alex für den Schluss aufbewahrt. Alex blickte auf seine Uhr und drehte nervös am Metallarmband, bevor er seinen Eltern in die Augen sah.

„Dafür brauche ich jedoch schnell das Geld. Daher wollte ich euch fragen, ob ihr mir die eine Million leihen könnt."

Sein Vater glaubte, sich verhört zu haben.

„Wir sollen was? Ja, tickst du denn nicht richtig? Wir sollen für deine Spielschulden aufkommen und eine Million Euro an Kriminelle bezahlen?"

Wolfgang Seiler konnte nicht länger sitzenbleiben. Zu groß war seine innerliche Anspannung. Er stand auf und ging zum Bild seines Vaters, das über dem dunklen Sekretär an der Wand hing. Er hatte die Firma im Jahr 1952 gegründet – vor fast 50 Jahren. Wolfgang Seiler schien zu überlegen. Alex wertete das als gutes Zeichen. Dann drehte sich sein Vater wieder zu ihm um.

„Kannst du dich noch an deinen Großvater erinnern?"

Alex nickte.

„Und weißt du noch, was er immer gesagt hat?"

Alex verstand nicht, worauf sein Vater hinauswollte, daher schwieg er.

„Er hat gesagt: Fehler können passieren. Doch wichtig ist, dass man immer ehrlich ist. Das gilt sowohl für das Geschäfts- als auch für das Privatleben."

Alex schluckte, denn das zielte in seine Richtung.

„Ich hätte mir gewünscht, dass du ehrlich zu uns und Sina gewesen wärst. Warum hast du nur so lange gewartet, bis die Firma den Bach runtergeht, und uns nicht frühzeitig um Rat gefragt? Warum nur, Alex?", fragte sein Vater zornig und traurig zugleich.

„Ich, ich wollte euch nicht enttäuschen", stammelte Alex wie der kleine Schuljunge von damals, der er nie wieder sein wollte. „Ach, und du meinst, das hast du damit erreicht?"

„Ja, aber …"

Mit einer Geste brachte sein Vater ihn zum Schweigen.

„Nichts aber. Ich möchte, dass du jetzt gehst. Deine Mutter und ich müssen nachdenken." Dorothee Seiler wollte etwas einwenden, hielt es aber dann doch für besser, zu schweigen.

Alex lehnte an einer der zwei marmornen Eingangssäulen des Hauses seiner Eltern. Er konnte sich nicht erinnern, sich jemals so schlecht gefühlt zu haben. Er hatte nicht nur Sina, sondern auch seine Eltern über alle Maßen enttäuscht.

Doch was hatte er eigentlich erwartet? Dass sie ihn mit offenen Armen empfangen würden – vor allem, nachdem Sina sie schon informiert hatte? Nein, das war alles andere als gut gelaufen. Doch er würde Sina zurückholen und außerdem die Firma retten. Und das so schnell wie möglich. Schließlich setzte sich Alex in seinen Porsche. Mit quietschenden Reifen fuhr er los.

Mit jedem Tag, den Sina bei Louise und Mark war, blühte sie mehr auf. Louise genoss das, zumal sich ihr Sohn als äußerst rücksichtsvoll und zuvorkommend erwies. Er machte ihr und Sina Tee und achtete auch sonst darauf, dass sich die beiden Frauen ausruhten. So kannte Louise ihren Sohn gar nicht. Bislang hatte er in Frauendingen keine so glückliche Hand gehabt. Er sagte, das läge daran, dass er Frauen einfach nicht verstehen könne. Doch bei Sina war das anders. Er schien genau zu wissen, was sie brauchte. Aber Sina war ja auch anders als die meisten Frauen, die er kannte. Sie war nicht nur schön, sondern hatte eine interessante Mischung aus Verletzlichkeit, Wärme, Stolz, Selbstbewusstsein und Willensstärke, die ihn einfach faszinierte.

Und so ließ Sina es sich nicht nehmen, an diesem Vormittag an seiner Stelle mit Louise Einkäufe zu machen und mit ihr zur Physiotherapie zu fahren, damit sich Mark an seinen Laptop setzen und etwas arbeiten konnte. Von Deutschland aus war es natürlich schwer, an seinem Projekt in Buenos Aires weiterzuarbeiten. Es ließ sich einiges per E-Mail regeln, doch eigentlich hätte er auch vor Ort sein müssen. Sein Chef äußerte Verständnis, forderte jedoch in Kürze eine klare Entscheidung darüber, ob er wieder nach Argentinien zurückkehren wolle. Mark hatte sich längst entschieden, obwohl er Louise und Sina noch nichts erzählt hatte. Er würde kündigen und sich hier in der Nähe einen neuen Job suchen. Einige Jobvermittler hatte er auch schon angerufen. Da seine Qualifikation nicht zuletzt wegen des Auslandsaufenthaltes gut war, räumten sie ihm große Chancen ein, bald etwas Passendes für ihn zu finden. Bis dahin genoss er es, auch mal nicht den ganzen Tag arbeiten zu müssen. Zufrieden schloss Mark den Deckel seines Laptops und streckte sich auf der Couch aus.

Als es klingelte, blickte Mark verwundert auf seine Armbanduhr. So früh hatte er die beiden Frauen gar nicht zurückerwartet. Mark ging an die Tür und öffnete. Doch vor ihm standen nicht seine Mutter und Sina, es war Alex Seiler.

Siebzehn

„Oh, hallo Alex."

Insgeheim hatte Mark damit gerechnet, dass Alex irgendwann bei ihnen auftauchen würde. Dass er Louises Adresse aber so schnell herausbekommen hatte, überraschte ihn.

„Wo ist Sina?"

Alex verzichtete auf eine Begrüßung. Stattdessen blickte er Mark feindselig an. Er schien keine Zeit verlieren zu wollen.

„Nicht hier", antwortete Mark kurz angebunden und versperrte mit seinen Armen den Türeingang. „Und selbst wenn, sie würde nicht mit dir sprechen wollen."

Alex schien das nicht zu beeindrucken. Rüde schob er Marks Arme beiseite und drängte sich an ihm vorbei. „Davon würde ich mich gerne selbst überzeugen, wenn du erlaubst. Sina?"

Mark ging hinter Alex her, der einen Raum nach dem anderen absuchte. „Ich sagte doch schon, dass sie nicht hier ist."

„Wann kommt sie wieder?"

Mark war sich bewusst, dass es keinen Zweck hatte abzustreiten, dass Sina hier vorübergehend wohnte. „Das weiß ich nicht."

„Na, dann warte ich eben auf sie."

„Alex, es ist besser, wenn du jetzt gehst", versuchte Mark die Situation zu entschärfen.

Alex kam dicht auf Mark zu, sodass er beinahe dessen Atem spüren konnte. Er wirkte wie ein verletztes Tier – bereit, seinen letzten Kampf anzutreten. „Nicht, bevor ich mit Sina gesprochen habe. Außerdem habe ich mit dir auch noch ein Hühnchen zu rupfen."

Mark wandte sich ab und biss sich auf die Lippen. Er wusste genau, worauf Alex hinauswollte, stellte sich aber unwissend. Er drehte sich wieder um und blickte Alex ungerührt an. „Ich weiß nicht, was du meinst."

Alex schien noch wütender zu werden, als er ohnehin schon war. Dementsprechend wurde seine Stimme lauter. „Das weißt du ganz genau. Du hast einen befreundeten Journalisten auf mich angesetzt und einen Skandal inszeniert, der meine Firma ruinieren und Sina gegen mich aufhetzen soll. Glaubst du, ich habe nicht gesehen, wie verknallt du in sie bist?", rief er.

Mark versuchte, ruhig zu bleiben, obwohl ihm das zunehmend schwerer fiel.

„Für den Skandal hast du durch deine Machenschaften schon selbst gesorgt. Mein Studienfreund hat mir nur gesagt, was in der Branche ohnehin schon fast jeder weiß: Dass du ein jämmerlicher Geschäftsmann bist, der auch vor illegalen Mitteln nicht zurückschreckt. Und was Sina betrifft: Sie hat in jedem Fall etwas Besseres verdient als dich. Glücklicherweise hat sie das gerade noch rechtzeitig erkannt."

Das war zu viel. Mark wusste das, doch er konnte seine Worte nicht mehr zurückhalten. Seine Gefühle für Sina waren einfach zu stark.

Wütend stürmte Alex auf Mark zu. Ehe er sich versah, hatte Alex ihn auch schon gepackt und zu Boden geworfen. Marks Hinterkopf schlug dabei schmerzhaft auf. Bei dem Angriff fiel eine Porzellanfigur, die Mark seiner Mutter aus Argentinien mitgebracht hatte und die auf einem kleinen Tischchen an der Wand stand, herunter und ging zu Bruch.

Mark versuchte, sich wieder aufzurappeln, doch Alex, der um einiges kräftiger war als er, hielt ihn fest. „Dir werd' ich's zeigen."

Mark stöhnte. Er nahm alle seine Kräfte zusammen. Schließlich gelang es ihm, sich aus Alex' Griff zu befreien und aufzustehen. Er stolperte in Richtung Telefon auf der gegenüberliegenden Seite des Raumes, um die Polizei anzurufen. Doch Alex war schneller. Er riss ihm den Hörer aus der Hand und warf ihn weit von sich. „Das machen wir besser unter uns aus."

„Alex, sei doch vern ..." Doch Mark hatte keine Zeit mehr, den Satz zu Ende zu sprechen. Alex hatte ihn mit seiner rechten Faust mitten ins Gesicht geschlagen. Er spürte, wie das Blut langsam und warm über seine Lippen lief. Instinktiv fasste sich Mark an die Nase. Kaum hatte er das Blut in seiner linken Handfläche betrachtet, kam Alex auch schon wieder auf ihn zugestürmt.

In dem Moment öffnete sich die Haustür. Im Nu hatten Sina und Louise die Situation erfasst. Ohne auf sich oder ihr Baby zu achten, eilte Sina auf den blutenden Mark zu.

Louise sah, dass Alex zu einem weitere Angriff ansetzen wollte. Sie nahm ihre Handtasche und schleuderte sie Alex mit einem gezielten Schwung direkt ins Gesicht.

Schmerzverzerrt taumelte Alex zurück. „Aaargh", rief er, während er sich die Hände vors Gesicht hielt.

„Schluss jetzt", rief Louise bestimmt.

„Verdammt, schon wieder Sie und Ihre Handtasche", murmelte Alex.

„Ja genau. Und so wie damals in Heiligenhafen fordere ich Sie jetzt auf, zu gehen."

„Okay, aber Sina kommt mit mir.“

Sina, die Marks Kopf mit ihren Händen umfasst hielt, drehte sich zu Alex um und schüttelte den Kopf. „Nein, Alex, ich bleibe hier.“

„Das meinst du nicht ernst.“

„Doch Alex, ich meine es verdammt ernst.“

„Am besten, wir rufen jetzt die Polizei“, sagte Mark, dem noch immer die Nase blutete, während er auf dem Boden nach dem schnurlosen Telefon suchte.

„Nein, Mark, das wird nicht nötig sein.“ Dann wandte sie sich erneut Alex zu und sah ihn ernst an. „Alex, mach‘ nicht alles noch schwieriger für dich und geh‘ einfach.“

Alex sah Sina lange an. Nach einem Moment des Schweigens antwortete er: „Na gut. Ich hoffe, du weißt, was du tust.“

Sina nickte.

Alex warf noch einen letzten wütenden Blick auf Mark und Louise. Dann drehte er sich um und ging. Mit einem lauten Knall fiel die Tür ins Schloss.

Sina zuckte zusammen. Doch es blieb nicht lange Zeit, über das gerade Geschehene nachzudenken. Ihr Blick fiel auf Mark, der sich gerade ein Taschentuch unter die Nase hielt, das seine Mutter ihm gegeben hatte. Er lächelte tapfer, schien jedoch Schmerzen zu haben.

„Wir fahren besser mit dir ins Krankenhaus“, meinte Louise. Mark versuchte zu protestieren. Es wäre alles halb so schlimm und er würde doch wohl so eine kleine Schlägerei unter Männern wegstecken können.

Louise hatte Mitleid mit ihrem Sohn; doch bei dieser Antwort musste sie lachen und zwinkerte Sina zu.

Sina nickte und nahm ihren Autoschlüssel in die Hand. Da fiel ihr ein, dass sie zu dritt gar nicht in ihren Karman Ghia passten.

Kurz entschlossen rief Louise Siggi Schmidt an, der keine zehn Minuten später mit seinem Taxi vorfuhr. Er sah die drei irritiert an. Louise sagte ihm, sie würde ihm alles später erklären. Er solle jetzt einfach schnell in die Klinik fahren.

Im Krankenhaus mussten die drei über eine Stunde warten, bis Mark endlich dran kam. Als er aufgerufen wurde, wollten die beiden Frauen unbedingt mit in den Behandlungsraum kommen. Der behandelnde Arzt willigte ein. Nachdem er Mark gründlich untersucht hatte, schickte er ihn zum Röntgen. Die Wartezeit nutzte Louise, Sina zu fragen, wie es ihr ginge.

Sina sah Louise nachdenklich an. „Eigentlich ganz gut. Ich bin nur wütend darüber, was Alex Mark angetan hat. So ein Schwein. Wie gut, dass ihr mir rechtzeitig die Augen geöffnet habt." Sina blickte auf Louises Handtasche und fing plötzlich an zu kichern.

Louise blickte Sina verdutzt an. „Warum lachst du?"

„Ich musste gerade daran denken, wie du Alex deine Handtasche um die Ohren gehauen hast. Das muss ganz schön wehgetan haben. Aber das geschieht ihm ganz recht."

Trotz der Sorge um ihren Sohn musste Louise ebenfalls lachen. Sie nahm ihre Handtasche, öffnete sie und holte eine große Medizinflasche heraus, hielt sie in die Höhe und betrachte sie ausgiebig.

„Kein Wunder bei dem Geschoss. Wie gut, dass wir gerade vorher in der Apotheke waren, um meine neuen Medikamente abzuholen."

Nach einiger Zeit kam Mark aus dem Röntgenraum und setzte sich zu ihnen. Etwa zehn Minuten danach kam auch der Arzt und bat die drei wieder in den Behandlungsraum. Er nahm zwei Röntgenbilder und klemmte sie an den beleuchteten Schirm an der Wand.

„Ja, so wie es aussieht, haben Sie einen Nasenbeinbruch und eine angebrochene Rippe auf der linken Seite." Er zeigte mit einem Kugelschreiber auf die entsprechende Stelle.

„Und jetzt?", wollte Mark wissen.

„Da derzeit nicht die Gefahr besteht, dass die gebrochene Rippe innere Organe verletzt, kann man nichts tun – außer, dass Sie sich schonen. Und was die Nase betrifft, handelt es sich glücklicherweise um einen nicht verschobenen Bruch, sodass wir momentan nicht operieren müssen. Gegen die Schwellung und die Schmerzen gebe ich Ihnen Medikamente mit. Sie haben viel Glück gehabt."

Mark war erleichtert, wieder nach Hause zu können. Dass auch er jetzt noch ins Krankenhaus müsste, wollte er seiner Mutter und Sina nicht antun.

„Da ist noch eine Sache", unterbrach der Arzt seine Gedanken. „Nachdem, was Sie mir erzählt haben, würde ich Ihnen empfehlen, Anzeige gegen den Täter zu erstatten."

Mark sah Sina an, deren Blick unergründlich war, bevor er antwortete. „Danke, Herr Doktor. Ich werd's mir überlegen."

„Alex hat was?" Als Louise Karin von den Ereignissen erzählte, konnte diese es fast nicht glauben. Alex, ein Schläger? Sie hatte ihm ziemlich viel zugetraut, doch das war einfach zu viel. Arme Sina! Armer Mark! Und erst recht Louise, die sich doch eigentlich erholen sollte und solche Aufregung derzeit nun so gar nicht gebrauchen konnte!

Karin saß in Eddies kleiner Kapitänswohnung vor einer Tasse Tee und dachte darüber nach, wie sie ihren Freundinnen helfen könnte. Genau, das war's! Die drei brauchten dringend eine Auszeit. Warum sollten sie da nicht nach Heiligenhafen kommen? Eddies Wohnung war definitiv zu klein für mehrere Gäste. Doch was war mit dem Ferienhaus? Kurz entschlossen wählte Karin die Nummer von Herrn Petersen. Und sie hatte Glück. Obwohl die Nachsaison in Heiligenhafen gerade bei Senioren und Familien mit kleinen Kindern sehr beliebt war, war das Haus frei. Eine Familie hatte kurzfristig ihren Urlaub stornieren müssen, weil eines der Kinder krank geworden war.

Karin rief sofort in Lübeck an, um ihnen dies mitzuteilen. Und tatsächlich: Sowohl Sina als auch Louise fanden den Vorschlag gut. Und Mark, der derzeit noch einen Arzttermin hatte, von dem Sina ihn später abholen wollte, würde schon mitkommen. Platz war ja genug im Ferienhaus.

Zurück in Heiligenhafen! Als Louise aus Siggis Taxi stieg – Sina war mit Mark in ihrem Zweisitzer gefahren – sog sie die frische Brise ein, die vom Meer kam. Es war kühler als bei ihrem letzten Besuch – kein Wunder, es war ja auch schon Mitte September.

Aber Louise liebte das. Früher war sie mit ihrem Mann oft erst im September nach Heiligenhafen gefahren. Pflaumenzeit, wie sie immer zu sagen pflegte. In dieser Zeit war das Licht am Meer besonders schön. Drei Wochen lang war das Haus frei. Sie würde es genießen, vor allem, weil sie diesmal nicht allein war. Drei liebe Menschen würden in ihrer Nähe sein. Drei Menschen, die ihr in den letzten Monaten so toll beigestanden hatten und auf die sie sich absolut verlassen konnte.

Ihnen verdankte sie auch ihren neuen Lebenswillen. Nach dem unfreiwilligen Abbruch der Chemotherapie und dem Koma war längst noch nicht alles ausgestanden. Manchmal hatte sie noch leichte Gehprobleme, und ihre Atemwege waren durch die Lungenentzündung noch etwas angegriffen. Doch wo sollte sie sich sonst erholen, wenn nicht hier?

Und was die Krebstherapie betraf, so hofften die Ärzte, dass die bisherige Behandlung ausreichen würde. Eine weitere Chemotherapie wollte man ihr unter diesen Umständen nicht zumuten. Und das wollte sie auch nicht. Stattdessen hatte ihr der Arzt in der Lübecker Klinik die Adresse einer bekannten Heilpraktikerin gegeben, die Krebspatienten erfolgreich mit pflanzlichen Mitteln und speziellen Mikronährstoffen behandelte. Das wollte sie demnächst, sobald sie wieder ganz stabil war, ausprobieren. Eines wusste sie sicher: Sie würde es schaffen, den Krebs zu besiegen.

Die Freude über das Wiedersehen der drei Freundinnen war groß. Auch Mark und Eddie wurden herzlich in die Runde aufgenommen, als die Gruppe abends in einem Fischrestaurant im Ferienpark saß und die jüngsten Ereignisse Revue passieren ließ.

So froh und erleichtert Sina einerseits auch war, Alex dank ihrer Freunde letztendlich doch durchschaut zu haben, so schmerzhaft war es dennoch für sie, statt verheiratete Frau demnächst alleinerziehende Mutter zu sein.

Das wurde vor allem am nächsten Tag deutlich, dem 15. September – dem Tag, an dem sie eigentlich heiraten wollte. In der Nacht hatte Sina schlecht geschlafen und sah dementsprechend blass und müde aus. Louise und Mark bemerkten dies sofort und ließen Sina, die wortkarg ihr Frühstück mit den beiden einnahm, in Ruhe. Und das war auch gut so. Sina wollte jetzt alleine sein. Sie zog sich eine Jacke an, um zur Steilküste zu marschieren. Das hatte ihr schon vor einigen Monaten geholfen, als sie nach dem Streit mit Alex um die Hochzeit (welche Ironie!) Ruhe suchte. Und es tat auch an diesem bewölkten Tag gut, nur den Wind, die Wellen und das Kreischen einiger Möwen zu hören, als sie sich dem Steilufer näherte. Sina setzte sich in das Gras und blickte auf die blaugraue See. Wie beruhigend war doch das gleichmäßige Schlagen der Brandung an das Ufer. Das hatte sie jetzt gebraucht. Sina seufzte zufrieden, als plötzlich ihr Handy klingelte.

Sie schaute auf das Display und erkannte die Nummer ihrer vermeintlichen Schwiegereltern. Oh nein, sie wollen mich doch jetzt nicht auf die Hochzeit ansprechen, dachte Sina. Eigentlich wollte sie nicht abnehmen, entschied sich dann aber doch dafür.

„Hallo, Wolfgang oder Dorothee?“

„Wolfgang. Hallo, Sina.“ Wolfgang Bergheim klang sehr ernst – zu ernst, wie Sina fand.

„Wolfgang, ist etwas passiert?“

Am anderen Ende der Leitung entstand eine kurze Pause. „Ich weiß, dass das ein ungünstiger Zeitpunkt ist, Sina, wo doch heute eigentlich eure Hochzeit wäre. Aber ..“

„Aber was?“, fragte Sina ungeduldig. „Nun erzähl‘ schon. Ist etwas mit Alex?“

„Ja, leider. Alex ist ... Die Kripo war heute Morgen in der Firma und hat Alex wegen Betrug und Bestechung verhaftet.“

„Was?“ Sina hörte ihr Herz bis zum Hals schlagen. Insgeheim hatte sie es befürchtet. Doch trotz der Dinge, die Alex ihr angetan hatte, wollte sie auf keinen Fall, dass das passierte.

„Wer? Wer hat ihn angezeigt?“, fragte sie aufgeregt.

Wolfgang Seiler räusperte sich. „Das spielt, glaube ich, gar keine Rolle.“

„Oh, mein Gott. Kann ich etwas tun?“

Sina hörte, wie Wolfgang Seiler schluckte.

„Das ist furchtbar nett von dir, nachdem Alex dich so schlecht behandelt hat. Du weißt, wie gerne wir dich als Schwiegertochter gehabt hätten. Ich fürchte aber, wir können derzeit nicht viel tun. Natürlich habe ich gleich unseren Anwalt eingeschaltet. Aber so schwer es mir als sein Vater auch fällt, das zu sagen: Letztendlich muss Alex für seine krummen Geschäfte geradestehen."

„Ja, du hast recht. Aber falls ich doch noch etwas tun kann ..."

„Pass' gut auf dich und unser Enkelkind auf. Und bitte informiere uns gleich, sobald es da ist."

„Ja, das mache ich. Und du ruf' bitte an, wenn du etwas Neues weißt."

„Ja."

Sina wusste nicht, wohin mit ihren Gefühlen. Ihr taten vor allem Wolfgang und Dorothee Seiler leid. Und ihr Baby. Was würde es für einen Vater haben? So wie es aussah, würde es ihn das erste Mal im Gefängnis zu Gesicht bekommen. Alex, was hast du nur angestellt? Sina war aufgebracht und wütend. Sie stand auf, um zum Ferienhaus zurückzugehen, um die anderen zu informieren, als plötzlich ein starker stechender Schmerz ihren Unterleib durchzuckte. Nein, nicht jetzt schon! Das war viel zu früh. Das Baby sollte doch erst in sechs Wochen kommen! Sina krümmte sich vor Schmerzen. Es dauerte nicht lange, da standen ihr trotz der kühlen Temperaturen Schweißperlen auf der Stirn. Sie blickte sich um. Es war niemand zu sehen.

Glücklicherweise hatte sie ihr Handy dabei. Mit zittrigen Fingern wählte sie die Nummer des Ferienhauses. Es klingelte dreimal, viermal, fünfmal. War denn niemand da? Endlich hörte sie Marks Stimme. „Mertens?"

„Ich, hier ist Si ..." Sina konnte kaum atmen, so stark war der Schmerz, der erneut ihren Unterleib durchzog. Ihr war es, als ob sie etwas Warmes an ihren Oberschenkeln entlanglaufen spürte.

„Sina?", rief Mark aufgeregt. „Wo bist du?"

„Steil ..., Steilküste."

„Okay, warte dort, ich bin gleich da."

Keine 15 Minuten später war Mark tatsächlich da. Wahrscheinlich war er die ganze Strecke gerannt, denn er war vollkommen außer Atem. Dennoch war es Sina vorgekommen wie eine Ewigkeit, denn inzwischen war sie sicher: Ihre Fruchtblase war geplatzt. Mark versuchte Sina, so gut es ging, zu stützen, während sie sich langsam auf den Rückweg in Richtung Straße machten. Es dauerte nicht lange, da hörten die beiden die Sirene eines Krankenwagens. Mark winkte aufgeregt mit seiner Jacke in Richtung des sich nähernden Wagens. Danach wusste Sina nicht mehr viel. Sie nahm nur noch verschwommen wahr, wie zwei Männer sie mit geübten Griffen vorsichtig auf eine Trage legten und in den Krankenwagen schoben. Eine Frau sprach beruhigend auf sie ein, während sie ihr eine Spritze verabreichte. Das Letzte, was sie dachte, war: Hoffentlich geht es dem Baby gut.

Als Sina die Augen wieder öffnete, musste sie sich erst an die Helligkeit gewöhnen. Sie blickte sich um und sah, dass sie in einem Krankenhauszimmer lag. Die Sonne schien ihr ins Gesicht. Vorsichtig tastete Sina ihren Bauch ab und erschrak. Wo ist mein Baby? Panik stieg in ihr auf, als sie ihren Arm ausstreckte, um den Notknopf hinter sich zu drücken. Dabei spürte sie ein unangenehmes Ziehen im Bauchbereich. Sina musste ein paar Mal tief Luft holen.

Endlich ging die Tür auf und eine Schwester kam ins Zimmer. „Oh schön, Sie sind wach."

„Wo ist mein Baby?", fragte Sina ängstlich.

„Keine Sorge, dem jungen Mann geht es gut. Wir haben ihn zur Sicherheit noch etwas unter Kontrolle, weil seine Herztöne am Anfang etwas schwach waren."

„Was?“ Sina versuchte, sich aufzurichten.

Die Schwester kam ihr zur Hilfe. „Na ja, Ihr Kleiner lag zudem in Beckenendlage. Daher mussten wir so schnell wie möglich einen Kaiserschnitt einleiten. Und da die Rückenmarksanästhesie leider nicht ausgereicht hat, mussten wir Sie in Vollnarkose legen.“

Sina merkte, dass sie noch nicht wieder im Vollbesitz ihrer Kräfte war, doch sie wollte unbedingt zu ihrem Sohn. Die Schwester holte einen Rollstuhl, um Sina zur Frühchenstation zu bringen. „Ach, übrigens“, sagte sie, während sie Sina aus dem Zimmer schob, „draußen warten eine Menge Leute auf Sie.“

Und tatsächlich: Auf dem Gang warteten Louise, Mark, Karin und Eddie. Ihre liebsten Freunde. Sie sehen übermüdet aus, dachte Sina, als sie einen nach dem anderen begrüßte und die Gratulationen entgegennahm.

„Habt Ihr ihn schon gesehen?“, wollte Sina wissen.

Karin schüttelte den Kopf. „Nein, wir durften leider nicht.“

„Dürfen meine Freunde mit?“, fragte sie die Schwester hinter ihr.

„Da wir auf der Perinatalstation auch intensivmedizinische Fälle behandeln, haben wir dort bestimmte Hygienevorschriften. Aber sie können gerne durch die Scheibe gucken.“

„Das lassen wir uns auf keinen Fall entgehen“, sagte Louise, die ebenfalls schon ganz aufgeregt war.

Oh, mein Gott! Wie klein und zerbrechlich er war. Als Sina ihren Sohn das erste Mal berührte, übermannten sie die Gefühle. Sie konnte nichts dagegen machen: Sie musste einfach weinen. Vor ihr lag das süßeste Baby auf der ganzen Welt. Das hatte sie schon von vielen Eltern gehört, doch jetzt wusste Sina: Das stimmte auch! Mit seinem blonden Flaum und der kleinen Stupsnase sah er aus wie ein kleiner Engel. Und was für ein kleiner: Er war nur 47 Zentimeter groß und wog 2490 Gramm.

Egal, was in der letzten Zeit auch alles passiert war: Schon allein für diesen kleinen Wurm hatte es sich gelohnt, das alles durchzustehen. Gedankenverloren streichelte Sina die winzige Hand ihres Sohnes, als ihr einfiel, dass draußen noch ihre Freunde darauf warteten, den neuen Erdenbürger zu begrüßen. Sina bat die Säuglingsschwester um einen Stift und ein Blatt Papier. Anschließend half ihr die Schwester, legte ihr ihren Sohn in den Arm und schob dann den Rollstuhl mitsamt den beiden bis dicht vor die Glasscheibe, damit Louise, Karin, Mark und Eddie sie gut sehen konnten. Dort angekommen, drehte sie ihren Sohn mit dem Gesicht vorsichtig zu ihnen um. Ihre Freunde winkten und lachten, als Sina ihnen mit der anderen Hand den Zettel entgegenhielt, auf dem geschrieben stand: „Darf ich vorstellen? Das ist Ben."

„Ben", murmelte Mark leise, der sich wie die anderen an dem süßen Fratz kaum sattsehen konnte. Er wusste, dass Sina, die ihm müde, aber zufrieden zulächelte, noch einige Zeit brauchen würde, um über die Sache mit Alex hinwegzukommen. Doch er konnte warten. Und wenn die Zeit gekommen wäre, würde er für Ben und seine Mutter da sein. Darauf konnte sie sich verlassen.

Achtzehn

Vier Wochen waren inzwischen vergangen. Wochen, die alles andere als langweilig waren. So musste Sina, so schwer es ihr auch fiel, ihren kleinen Sohn noch fast drei Wochen in der Klinik lassen.

Ben war ein sogenanntes spätes Frühchen, doch die Ärzte wollten ganz sichergehen, dass er stabil genug war, um nach Hause entlassen zu werden. Daher fuhr sie jeden Tag den Weg von Heiligenhafen nach Eutin und zurück. Dabei wurde sie abwechselnd von Louise und Mark oder Karin und Eddie begleitet.

In dieser Zeit wohnte sie mit Louise und Mark in dem Ferienhaus. Sina genoss das. Sie hatte Louise schon immer sehr gerne um sich gehabt, doch in dieser schwierigen Zeit war sie für sie so etwas wie eine Mutter geworden. Sie hatte inzwischen auch ihre eigene Mutter besucht, doch Sina hatte das Gefühl, der ging es dabei mehr um ihren Enkelsohn als um sie. Einerseits war es auch verständlich, schließlich stand er jetzt im Mittelpunkt. Andererseits hatte sie gehofft, nach der geplatzten Hochzeit mit Alex etwas Trost von ihrer Mutter zu bekommen. Doch Sonnhild schwieg das Thema konsequent tot, und als Sina sie nach dem Besuch in der Klinik darauf ansprach, meinte sie nur: „Das war deine Entscheidung, und du musst die Konsequenzen tragen." Sie hielt es allen Ernstes für einen Irrtum der Justiz, dass Alex schon seit einigen Wochen in Untersuchungshaft war.

Louise war ganz anders. Obwohl sie immer noch mit den Auswirkungen ihrer Krebserkrankung und des Komas zu tun hatte und daher leicht erschöpft war, war sie jederzeit für Sina da, wenn sie sie brauchte – ebenso wie Karin, die täglich vorbeikam, um mit ihren Freundinnen eine Tasse Tee zu trinken. Das Gleiche galt für Mark. Er war es, der Sina wie selbstverständlich begleitete, als sie endlich ihren Sohn aus der Klinik abholen konnte. Und was Sina absolut nicht erwartet hatte: Er nahm ihr Ben ab und wiegte ihn sanft in seinen Armen, wenn sie hundemüde war und der Kleine nicht einschlafen wollte. Und er half ihr sogar beim Wickeln – etwas, was selbst Louise nicht von ihrem Sohn erwartet hatte.

Als Sina eines Nachmittags mit Louise und Karin beim Tee saß, während Mark mit Sinas Wagen zu einem Vorstellungsgespräch nach Kiel gefahren war, wo er sich um eine Stelle als Ingenieur beworben hatte, konnte sich Louise nicht länger zurückhalten. Sie war sich mit Karin schon länger einig, dass Sina und Mark das ideale Paar abgeben würden.

„Sag' mal Sina-Schatz, weißt du eigentlich, dass Mark dich sehr mag?", fragte Louise, während sie etwas Kandiszucker in ihren Tee gab und mit dem Löffel umrührte.

Sina hätte sich fast an ihrem Kräutertee verschluckt, den Karin ihr für die Stillzeit empfohlen hatte. „Ich mag ihn auch", murmelte sie verlegen, ohne aufzublicken.

Jetzt konnte auch Karin sich nicht zurückhalten. „Und zu Ben ist er wie ein Vater."

„Ja, er kümmert sich toll um den Kleinen." Sina wusste noch immer nicht, worauf ihre Freundinnen hinauswollten.

„Was wir dir damit sagen wollen ...", setzte Louise an, wurde aber von Karin unterbrochen.

„Mark liebt dich.“ Sina setzte vor Schreck die Teetasse zu laut auf die Untertasse, wodurch der neben ihr in der Wiege schlummernde Ben wach wurde. „Das wüsste ich aber“, antwortete sie wütend. „Wenn er mich lieben würde, hätte er Alex nicht angezeigt. Er wusste doch, dass ich das auf keinen Fall wollte.“ Louise neigte sich näher zu Sina heran.

„Bist du dir da sicher, dass er es war? Das kann ich mir gar nicht vorstellen.“ Karin schüttelte den Kopf. „Ich glaube das auch nicht. Aber wenn du ganz sicher gehen willst: Warum fragst du ihn nicht selbst?“

Ungeduldig wartete Sina auf Mark. Er hatte gesagt, er würde im Laufe des Nachmittags wieder aus Kiel zurück sein. Nun war es schon nach fünf. Endlich hörte Sina das vertraute Motorengeräusch ihres Wagens. Kurze Zeit später klingelte es an der Tür. Sina öffnete, und Mark lächelte sie an. Er schien ganz aufgeregt zu sein.

„Stellt euch vor, ich habe den Job. Wenn ich will, kann ich schon ab dem nächsten Ersten in Kiel anfangen. Sie hatten einige qualifizierte Bewerber, doch meine Auslandserfahrung hat sie anscheinend überzeugt. Jetzt muss ich nur noch klären, ob mein bisheriger Chef mich vorzeitig aus meinem Vertrag lässt. Damit kann ich bald dauerhaft hier in der Nähe sein. Ist das nicht toll?“

„Oh Mark, das sind ja wirklich gute Nachrichten“, antwortete Louise an Sinas Stelle, die Mark mit offenem Mund anstarrte. Ihm fiel Sinas Schweigen auf. „Freust du dich denn gar nicht für mich?“

„Doch, doch“, antwortete Sina geistesabwesend, bis sie das fragte, was ihr den ganzen Tag auf dem Herzen lag. „Darf ich dich mal sprechen?“ „Ja, natürlich.“ Mark zuckte mit den Schultern und wollte schon die Jacke ausziehen, als Sina ihn aufhielt. „Nein, nein, nicht hier. Lass' uns ein paar Schritte am Strand spazieren gehen." Und zu Louise gewandt, fragte sie: „Passt du solange auf Ben auf?"

„Ja, geht nur."

Sina und Mark waren bestimmt schon zehn Minuten am Wasser entlanggegangen. Es war ein windiger und wolkiger Tag. Nur hin und wieder kamen ihnen ein paar Strandläufer entgegen. Mark fröstelte und machte den Reißverschluss seiner Jacke weiter zu. Er wartete darauf, dass Sina endlich etwas sagte. „Worüber wolltest du mit mir sprechen?"

Sina blieb stehen und strich sich eine Haarsträhne aus dem Gesicht. Ihr war bewusst, dass sie jetzt nicht mehr kneifen konnte. Und so drehte sie sich zu Mark um und sagte: „Ich würde gerne wissen, ob du Alex angezeigt hast."

Mark blieb abrupt stehen. „Du glaubst, dass ich ihn angezeigt habe? Warum hätte ich das tun sollen?" Er konnte nicht glauben, was er da hörte.

„Na, zum Beispiel, um ihm eins auszuwischen, nachdem er dich verprügelt hat. Der Arzt im Krankenhaus hat es dir doch geraten."

„Ja, das hat er", antwortete Mark wütend. „Und du glaubst, ich hätte das getan, nachdem ich wusste, dass du das vermeiden wolltest?"

„Ich weiß es nicht. Wer sollte es denn sonst gewesen sein?", schrie Sina.

„Keine Ahnung. Ich war's jedenfalls nicht. Sina, was denkst du eigentlich von mir?" „Was soll ich denn von dir denken?"

Mark wandte sich ab und schaute zwei Möwen nach, die eben noch vor ihnen im Sand gesessen hatten und jetzt erschrocken davonflatterten. Was sollte er ihr jetzt bloß antworten? In seinem Inneren spielte sich ein Kampf ab. Ich kann einfach nicht! Was, wenn sie mich zurückweist? Wie steh' ich dann da? Na, worauf wartest du noch? Sag's ihr endlich. Mark drehte sich wieder zu Sina um und holte tief Luft, bevor er antwortete. „Dass ich in dich verliebt bin, verdammt. Eigentlich schon vom ersten Tag an, als du mir die Tür vor den Kopf gehauen hast."

So, jetzt war es raus. Mark hoffte, dass Sina etwas sagen würde, doch sie schwieg. Auch wenn Louise und Karin es ihr schon gesagt hatten: Damit hatte sie nicht gerechnet. Mark liebte sie tatsächlich. Ja, sie waren sich in letzter Zeit nahegekommen und so etwas wie gute Freunde geworden. Aber Liebe? War sie etwa so blind gewesen, dies nicht zu bemerken? Andererseits war das ja auch nicht verwunderlich bei dem Stress mit Alex und ihrer Schwangerschaft. Tatsache war, dass sie Mark sehr mochte – vielleicht mehr, als sie sich bislang eingestanden hatte. Sina gab sich einen Ruck und berührte Mark sanft am Arm. „Warum hast du mir nicht schon früher etwas gesagt?"

„Na, du warst vergeben", antwortete Mark leise, der nicht wusste, wie er auf Sinas Berührung reagieren sollte. „Und nach der Sache mit Alex so verletzt, dass mir klar war, dass du noch nicht bereit wärst, eine neue Beziehung einzugehen. Und dann kam Ben, der dich natürlich den ganzen Tag auf Trab hält ..."

„Das stimmt. Ben ist derzeit der wichtigste Mann in meinem Leben." Mark nickte enttäuscht. Das hatte er sich schon gedacht. Doch plötzlich lächelte Sina ihn an. „Das heißt jedoch nicht, dass da kein Platz mehr für jemand anderen ist. Ich wäre ja blöd, wenn ich einen Supertypen wie dich so einfach wieder ziehen lassen würde. Nur lass' uns bitte nichts überstürzen. Gib' mir einfach etwas Zeit."

Überglücklich schloss Mark Sina in seine Arme und flüsterte ihr ins Ohr. „Die sollst du haben. Solange du brauchst."

Neunzehn

Sechs Monate später:

„Und du glaubst, wir sollten es ihnen heute sagen?“, fragte Karin aufgeregt, nachdem sie geklingelt hatte und noch einmal einen prüfenden Blick auf den Blumenstrauß warf, den sie in ihrer Hand hielt.

„Warum denn nicht?“, antwortete Eddie, der direkt hinter ihr stand.

„Na, ich meine, wir wollen Louise an ihrem Geburtstag doch nicht die Schau stehlen.“

Eddie gab Karin einen Kuss in den Nacken.

„Das werden wir schon nicht. Sie wird sich bestimmt mit uns freuen.“

„Worüber werde ich mich freuen?“, wollte Louise wissen, die soeben die Tür zum Ferienhaus geöffnet hatte.

„Das sagen wir dir später“, meinte Eddie, der die verdutzte Karin durch die Tür schob.

„Erst einmal wollen wir dir zum Geburtstag gratulieren.“

„Oh, wie nett von euch“, freute sich Louise, die mit jedem Tag besser aussah, wie Karin und Eddie fanden. Die biologische Krebstherapie, der sich Louise seit einiger Zeit unterzog, war anscheinend erfolgreich. Sie konnte wieder besser laufen und hatte sogar etwas zugenommen, was Louise allerdings auch auf ihren guten Appetit hier an der See zurückführte.

Und sie war glücklich - vor allem, seitdem es amtlich war: Das Ferienhaus, das sie schon seit Jahren so liebte und in dem sie so viele glückliche Stunden mit ihrem Mann Carl verbracht hatte, gehörte jetzt ihr! Und das hatte sie vor allem Eddie und Karin zu verdanken.

Denn Eddie hatte gehört, dass sich der Besitzer mit dem Gedanken trug, das Haus zu verkaufen. Nachdem er dies Karin erzählt hatte, hatte sie sofort Louise in Lübeck angerufen, um ihr dies mitzuteilen. Louise musste diese Nachricht erst einmal verkraften und darüber nachdenken.

Schon am nächsten Tag, nachdem sie den Eigentümer kontaktiert und den Kaufpreis erfahren hatte, war klar: Sie würde ihre Wohnung in Lübeck aufgeben und ganz nach Heiligenhafen ziehen. Damit würde ein neues Leben für sie beginnen.

Mark und Sina freuten sich über diese Entscheidung und bewunderten ihren Mut, noch einmal ganz neu anzufangen.

Heute an Louises Geburtstag wollten sie dies feiern. Sina und Mark, die seit kurzem zusammen in Kiel wohnten, waren ebenfalls schon da. Natürlich war auch der kleine Ben, den Louise wie einen Enkel liebte, mit von der Partie. Er lag vergnügt vor sich hin quietschend in seinem Kinderwagen und freute sich auf sein Fläschchen, dass Sina gerade in der Küche für ihn zubereitete.

Mark kam ebenfalls aus der Küche. Er hatte eine Schürze um, worüber sich Eddie sichtlich amüsierte.

„Ha, ha, sehr witzig. Das nächste Mal könnt ihr ja das Kochen übernehmen“, drohte er spielerisch mit dem Kochlöffel in Richtung Karin und Eddie, während Sina ihre Freunde umarmte, bevor sie Ben versorgte.

„Ich wollte das ja übernehmen. Aber Mark wollte unbedingt an meinem Geburtstag für uns kochen“, meinte Louise fast entschuldigend.

„Ja, und das ist auch völlig in Ordnung so. Denn er kann es super“, bestätigte Sina, während sie Ben das ersehnte Fläschchen gab.

„Was gibt es denn?“, wollte Karin wissen.

„Locro, ein argentinisches Nationalgericht. Das ist ein Eintopf, der aus Mais, Fleisch und verschiedenen Gemüsesorten besteht. Dazu gibt es einen leichten Salat und Brot. Ich hoffe, das ist ernährungsphysiologisch o. k?“, fragte Mark augenzwinkernd.

„Das ist ernährungsphysiologisch völlig in Ordnung“, lachte Karin. Seitdem sie im Reha-Zentrum Heiligenhafen als Ernährungsberaterin arbeitete, zogen die anderen sie ständig mit dieser Frage auf.

Als sie schließlich beim Essen saßen und Mark für seine Kochkünste lobten, konnte Louise ihre Neugierde nicht länger zurückhalten.

„Was wolltet ihr beiden uns eigentlich später erzählen?“, fragte sie an Karin und Eddie gewandt.

Eddie, der gerade den Mund voll hatte, bedeutete Karin zu antworten.

„Nun gut“, meinte Karin bedeutungsvoll. „Also wir, ich meine, Eddie und ich ...“.

„... wollen heiraten“, ergänzte Sina und klatschte aufgeregt in die Hände.

„Ja, genau“, antwortete Karin erleichtert, weil es nun endlich raus war, und nahm Eddies Hand.

„Müsst ihr oder wollt ihr?“, fragte Mark Eddie trocken, glücklich, Eddie nach der Bemerkung mit der Küchenschürze eine Retourkutsche geben zu können.

Alle lachten.

„Und Dieter?“, wollte Louise wissen, schließlich war Karin immer noch verheiratet.

„Er ist mit der Scheidung einverstanden", erklärte Karin, während sie sich ein Stück Brot aus dem Korb nahm und abbiss. „Mein Anwalt hat das jetzt für uns beide in die Hände genommen. Das Trennungsjahr ist ja ohnehin schon rum. So wird das vermutlich ganz schnell gehen. Ich wollte ja noch etwas warten", meinte Karin und blickte dabei Eddie verliebt an, „doch dieser Kerl lässt ja nicht locker und will so schnell wie möglich heiraten."

„Nun, wir sind ja nicht mehr die Jüngsten. Und ich möchte so lange wie möglich mit meiner Traumfrau verheiratet sein und unsere Silberhochzeit noch erleben."

„Und hat dich das mit deiner Ex denn nicht abgeschreckt?", wollte Sina wissen.

„Wenn die Richtige kommt, sollte man nicht zögern, sondern sein Glück beim Schopf packen", antwortete Eddie.

„Apropos, wollt ihr beide denn nicht auch bald mal vor den Traualtar treten? Schließlich wohnt ihr doch schon zusammen."

Karin, die Sinas Vorbehalte gegen die Ehe kannte, schaltete sich ein. „Das hat doch wohl noch Zeit, oder? Ich meine, das mit Alex war doch bestimmt ein ganz schön harter Brocken für dich."

Sina legte ihre Gabel beiseite und trank einen Schluck Wasser, bevor sie antwortete. „Ja, du hast recht. Die Vorstellung, dass ich ihn beinahe geheiratet hätte ... Nicht auszudenken. Aber wisst ihr was? Alex tut mir beinahe ein bisschen leid. Habe ich euch schon erzählt, dass sein eigener Vater ihn angezeigt hat?"

In der Runde herrschte ungläubiges Staunen.

„Ich war letzte Woche bei ihm und Dorothee, um ihnen Ben vorzustellen. Da hat er es mir erzählt. Er sagte, es war die einzige Möglichkeit, um Alex und die Firma vor weiterem

Schaden zu bewahren. Sobald Alex in ein paar Tagen aus der Untersuchungshaft entlassen wird, soll er Ben ebenfalls kennenlernen. Ich will ihm schließlich seinen Sohn nicht vorenthalten."

„Und hast du denn keine Angst, dass er euch etwas antun könnte?", wollte Karin wissen.

Sina schüttelte ihre blonde Mähne. „Nein, das glaube ich nicht. So wie ich Wolfgang verstanden habe, bereut er es zutiefst, wie er sich verhalten hat. Die Einsicht kommt zwar etwas spät, aber besser spät als nie."

„Das stimmt. Aber du hast uns noch immer eine Frage nicht beantwortet: Kannst du dir vorstellen, doch einmal zu heiraten?"

Eddie ließ nicht locker, was Karin mit einem entnervten Blick in Richtung Sina und Louise quittierte.

Doch Sina schien nicht unangenehm berührt zu sein – im Gegenteil. Sie schmunzelte und legte Mark die Hand auf die Schulter. „Nun gut. Bevor ihr noch weiter bohrt: Solange wird es vermutlich gar nicht mehr dauern. Ich habe nämlich Mark vor zwei Wochen ebenfalls einen Heiratsantrag gemacht. Und stellt euch vor: Er hat ‚Ja' gesagt!"

„Echt? Du willst tatsächlich? Ich dachte, das Thema Ehe sei für dich abgeschlossen."

Karin konnte gar nicht glauben, was sie da hörte.

„Alex hat mir immer vorgeworfen, keine Verantwortung übernehmen zu wollen. In gewisser Weise hatte er recht. Doch Ben hat mich erwachsen werden lassen. Daher will ich auch den Job in der Werbeagentur aufgeben, der mir schon lange keinen Spaß mehr macht, und das tun, was ich schon immer wollte: Kinderbuchautorin werden."

„Und warum erfahre ich das erst jetzt?", schaltete sich nun auch Louise in das Gespräch mit ein.

„Wir wollten es dir ebenfalls heute sagen – sozusagen als weiteres Geburtstagsgeschenk“, erklärte Mark.

„Das sind die zwei besten Geschenke, die ich seit langem bekommen habe“, meinte Louise und lehnte sich zufrieden zurück.

Wie gut sich die Dinge manchmal doch noch entwickeln, auch wenn es am Anfang gar nicht so aussieht, dachte Louise, nachdem die anderen sie weggeschickt hatten, damit sie sich etwas ausruhen konnte, während sie das Geschirr abräumten und den Abwasch machten.

Louise nutzte den ruhigen Augenblick, um eine Jacke anzuziehen und alleine an den Strand zu gehen. Es war ein kühler und klarer Abend. Die Sterne leuchteten am Himmel und auf der ruhigen See spiegelte sich das Mondlicht.

Louise sog die frische Luft ein und seufzte. Sie musste an Carl denken. Sie hatte plötzlich das Gefühl, dass er ganz nah bei ihr war. Und es fühlte sich irgendwie gut an zu spüren, dass er weiterhin in ihrem Herzen lebte. Sie wusste nun, dass sie nicht trauern musste, sondern sich über die Jahre, die sie gemeinsam verbracht hatten, freuen konnte. Verrückt: Noch vor einem Jahr war sie überzeugt davon, nie wieder richtig glücklich sein zu können. Doch wenn sie jetzt darüber nachdachte, musste sie zugeben: Sie war rundherum glücklich.

Alles in allem hatten Sina, Karin und sie selbst in den letzten Monaten einiges durchgemacht: Sina die Trennung von Alex, den Autounfall, die Schwangerschaft und dann das endgültige Aus der Beziehung noch vor ihrer Ehe; Karin die Affäre ihres Mannes, die Entwicklung vom hässlichen Entlein zum schönen Schwan und schließlich der Kampf um Eddie; sie den Tod ihres Mannes, die Krebserkrankung und die schwierige Beziehung zu Mark. Doch alle drei hatten sie gekämpft und – gewonnen. Und das lag zu einem großen Teil daran, dachte Louise, während sie durch den Sand zum Wasser ging und dem Gesang der Wellen lauschte, dass sie sich gegenseitig immer unterstützt hatten. So sah wahre Freundschaft aus!

Louise drehte sich zum Ferienhaus um und lächelte. Sie hörte Sina und Mark, Karin und Eddie leise reden und lachen. Und oben schlief Ben friedlich in seinem Bettchen.

Es war Zeit zurückzugehen – zu ihren Freunden und ihrer Familie.

Danke

I believe I can fly
I believe I can touch the sky
I think about it every night and day
Spread my wings and fly away

Ich glaube, ich kann fliegen
Ich glaube, ich kann den Himmel berühren
Ich denke darüber nach, jeden Tag und jede Nacht
Spreize meine Flügel und fliege davon
R. Kelly

Danke an Anja G., Anja K., Anja M., Dirk und Uli (meine NLP-Mastergruppe). Ihr habt mir geholfen, an mich zu glauben, meine Flügel zu spreizen und loszufliegen.

Danke an meine Mutter und meine Freundinnen. Ihr habt mich zu der Geschichte inspiriert. Danke an Andrea fürs kritische Lesen und dafür, dass du mich und meine verrückten Ideen schon so lange begleitest.

Das Gleiche gilt für Sigrid, die immer für mich da ist.

Mein besonderer Dank gilt Dr. Beate Forsbach. Sie haben meinen Traum Wirklichkeit werden lassen.

Und nicht zuletzt: Danke an Andreas und Noah. Ihr seid meine Basis.

Bremen, im Juni 2014 Stella Cornelius-Koch

Zur Autorin

Stella Cornelius-Koch, Jahrgang 1967, lebt mit ihrem Mann, ihrem Sohn und ihren zwei Katzen in Bremen.

Sie ist Medizin-Journalistin, Herausgeberin eines Pressedienstes, Sachbuchautorin und Referentin. Als „Leseratte“ liebt sie Romane, die humorvoll, romantisch und ernsthaft zugleich sind.

Schon als Kind fuhr sie regelmäßig mit ihren Eltern nach Heiligenhafen in den Urlaub. Seither zieht es sie immer wieder in das Ostseebad zurück, wo sie sich entspannt und neue Energie tankt.

Durch ihre eigenen Erfahrungen hat sie vielfach erleben dürfen, wie wertvoll und hilfreich Freundschaften mit Frauen unterschiedlichen Alters sein können – ohne Neid und Zickereien.